阿金

六篇小说

Ah King

Six Stories

[英] 威廉·萨默塞特·毛姆————著

叶尊 ————译

浙江出版联合集团

浙江文艺出版社

目录

作者序

　　我当时在新加坡,准备出发去婆罗洲①、印度支那和暹罗②旅行,想找一个什么活儿都会干的用人。我向朋友们打听是否认识哪位正在寻找工作的中国人。他们都清楚哪种人合乎我的要求,可惜这样的人不是刚找到了工作,就是回广州度假了。后来有人给了我一个佣工介绍所的地址,我动身前去,费了点劲儿才找到那个地方。那是一所干净整洁的小平房,周围有一片小花园,不知出于什么原因,那所房子给我一种不祥的印象。接待我的是一个欧亚混血儿,他长着两只亮闪闪的眼睛,一张皮色灰暗的扁脸,一口白晃晃的牙齿。他露出巴结讨好的样子,老是面带笑容,几乎在我开口之前就已经知道我需要什么,准确得让我失去了自我阐述的机会。他对我说,他轻而易举地就能找到我想要的人儿,接着神气十足地打开一本巨大的名册,上面记载着他手中的佣工的姓名。当他发现每个合

---

①　婆罗洲,东南亚加里曼丹岛的旧称,现分属于印度尼西亚、马来西亚和文莱。
②　暹罗,东南亚国家泰国的旧称。

适的人不是刚找到了工作,就是前去广州度假的时候,他感到十分气恼。最后他双眼含泪地恳求我,三四天后,一个星期以后,或许一个月后,再过来,那时他一定可以向我提供理想的人选。我解释说我次日就要离开新加坡,并且必须带上一个男用人同行。他发誓说那不可能做到,他苦恼地绞扭着双手,然后对我说,如果我愿意等上半个小时,他可以去试试看能否找到什么人。我点起一支烟来,打算等待。他就离开了。

一个小时以后,他回来了,带着一个二十岁左右的小伙子,有着光滑的黄色脸庞,黑色的眼睛里露出羞涩的神情,个子不高,但穿着白色的衣服,看上去很干净,也很镇定。他名叫阿金,准备跟我前去旅行。他会讲英语,给我看他那些写在邋遢的半张纸上的介绍信,推荐人都对他十分满意,说他为人正派,做事主动,手脚勤快,对工作十分在行。我喜爱他的模样,立刻雇用了他。

第二天我们就动身出发了。我很快发现,虽然他英语说得还算可以,但却听不大懂,因此我们的谈话变成了一方的自言自语。他跟我一起待了六个月。他是一个理想的用人,他会烧饭做菜,懂得贴身服侍,也会整理行装,又会端饭上菜。他动作敏捷,做事干净利落,不爱多嘴说话。他总是泰然自若。什么情况都不会叫他震惊,什么灾祸都不会叫他慌乱,什么困苦都不会叫他烦心,什么新鲜玩意儿都不会叫他感到意外。他永远不知疲倦,整天都面带笑容。我从来没有见到哪个人像他这样心情愉快。他有自己独特的癖好。他非常爱好洗澡,一开始,我发现他在我转身处理别的事务时,到我的浴室里,用我的肥皂洗澡,又用我的毛巾擦干身体,心里感到有点儿不快,但我叮嘱自己不要过于挑剔。他唯一的缺点,就是在我准备赶火车或上轮船的时候,总是怎么也找不到他。我派人去四处找他,却哪儿都不见他的踪影。谁都不知道他在哪儿。最后我只好独自动身,但每一次,就在火车冒着蒸汽准备出发,或者最后一条运送客人的小船快要离开码头的时候,他总缓缓走来,不慌不忙,面带微笑。当我怒气冲天地问他这样跑开到底是怎么回事的时候,他脸上仍然充满笑意。

"我没错过火车,"他说。"时间充足。火车总会等着。"

我问他究竟到哪儿去了,他神色平静、无忧无虑地望着我,回答说:

"哪儿都没去。我散步去了。"

旅行结束后,我回到新加坡,打算从那儿坐船前往欧洲。我告诉阿金我不再需要他了。他要我给他写一封推荐信。我把信和报酬都给了他,另外还送了他一份礼物。

"再见,阿金,"我说,"希望你早日找到新的工作。"

随后我发现他正在哭泣。我惊讶地注视着他。他是一个出色的用人,六个月里,他的照料满足了我所有的需求,但是我觉得,他似乎总保持着一种异常超然的神态。他对我的赞赏无动于衷,对我的责备也毫不在意。我一刻也没有想到,他除了把我看成一个给他报酬、供他食宿的既古怪又愚蠢的雇主外,还会有什么其他想法。我头脑中从未想到他心中对我会有什么感情。我相当困窘,感到有点不大自在。我知道我经常对他很不耐烦,显得讨厌而苛刻。我从来没有把他当作一个人来看待。他却因为要离开我而落泪。正是由于这些泪水,我现在以他的名字来命名这本与他一起旅行时所创作的短篇小说集。

　　我深信,这是我创作的最后一些严格地说可以称作异国情调的故事,尽管我觉得这种说法并不完全准确。给故事设定一个外国背景,仅仅因为那个地方风景如画,那是站不住脚的。如果你叙述的事件同样可能发生在英格兰,而你又是一个英国作家,却把那些事件安排在别的地方,不免显得矫揉造作。如果你要跨出国门,那你的故事必须无法脱离异域的场景。当然,我并不是说,这本书里的故事只能发生在我所描绘的世界的那个地区。我觉得它们也可能发生在印度或者大英帝国的其他殖民地。但毫无疑问,它们不可能发生在英格兰,因为它们都无法脱离当地的环境和生活方式的影响。作者选择的人物发现自己身处那种环境之中,受到一种他们觉得并不自然的生活方式的影响。在我的这类故事里,我从来没有试图去谈论生活在当地的居民,只有当他们对生活在他们当中的白种人产生影响时,才把他们形诸笔墨。对一个英国作家来说,要了解他的同胞的情况,是相当困难的,尽管他不仅可以通过观察,而且也可以通过自己的感觉、习惯和知识来了解他们。要以同样熟悉的程度去了解一个美国人、一个法国人或者一个德国人,那是不可能的。他可以猜测到不少情况,因为他们跟他属于同一人种,但仍然有许多地方,也许是更为本质的方面,他无法跟他们交流沟通。因为他们玩的游戏与自己玩的不同,读的书也与自己读的不同,又以不同的方式接受教育,根据不同的传统,由各自的母亲哺育成长。在许多细小的方面,他们对他来说都是陌生的。要是说到别的人种,我不相信他对他们会有多少了解。棕种人和黄种人的行动目的是用白种人无法破解的密码写成的。他甚至拿不准他们一个极其简单的动作的真实含义。有些作家已经描绘了印度人和中国人相当逼真的形象。我不禁暗自寻思,这些人物看上去如此活生生的,是否出于他们合乎传统以外的任何原因。

在这些故事中,我只描写若干白种人在荒僻偏远的地方的生活方式对他们所产生的影响。可是主题有限。那些地方的生活相当奇特,但很简单。那就像是用调色板上有限的颜色绘成的画作。作家在探讨那些要求异域背景的主题时,最终发现那些主题已经给用完了。他要处理的人物往往都有些不同寻常,因为在那样的环境中,人们经常有机会把自身独特的习性充分发展,在另一种环境中,要达到这种程度是根本不可能的,但他们多少都缺乏变化。他们往往属于易于识别的类型。即便他们行为古怪的时候,他们的古怪表现也有一定的模式。当然实际上他们都是平凡的人,相同的原因在他们身上获得相同的结果。在他们身上,通常无法发现那种处于品味高雅的文化生活环境中的人所具有的复杂性,而正是这种复杂性使得那些人成为永无穷尽的研究主题。一旦作家写的是异国环境中所特有的人物和事件,那么他就能驾驭所有的故事。因为作家头脑中构思的故事,都只是在其个人气质的促使下凭借眼前的材料所形成的故事,他只能发现与他自己有某种情感共鸣的人物。丰富的矿藏让他开采一空,却似乎仍然跟以往一样富足。尽管我用过了这些材料,但其他作家仍然会在其中找到发挥他们想象的大量机会。

丛林中的脚印

　　在整个马来亚,哪个地方都不像丹那美拉那么风韵迷人。这个市镇位于海边,沙岸上都是排列成行的马尾树①。政府机构仍然设在荷兰人拥有这片土地时所修建的老市政厅②,山上耸立着灰色的城堡废墟,当年葡萄牙人就是凭借这座城堡,保持着对那些桀骜不驯的当地土著的控制。丹那美拉有着悠久的历史,中国商人在这儿修建了大量好似迷宫一般的房屋,这些房屋都背朝大海。因此每到黄昏,当天气凉爽下来以后,他们就坐在自己家的凉廊里,体味着吹来的带有咸味的海风,不少家庭在这个地区已经定居了三个世纪。许多人早已忘记了自己本国的语言,彼此之间用马来语和洋泾浜英语进行交谈。这儿总能引起人们愉快的想象,因为马来联邦③的过去仅存在于活着的人们对大部分祖辈的记忆中。

---

① 马尾树,即木麻黄,最初生长于东南亚及澳大利亚,树枝修长,叶小呈鳞状,形似巨大的马尾。
② 原文为荷兰语。
③ 马来联邦,十八世纪末,英国入侵马来半岛,实行逐步蚕食和分而治之的政策,一八九五年,将霹雳、雪兰莪、森美兰、彭亨四州组成"马来联邦"。华侨俗称"四州府"。

在很长一段时间里,丹那美拉都是中东地区最繁忙的商业中心,当快速帆船和平底帆船仍在中国海往来航行的时候,港口里也曾帆樯林立,可是现在却死气沉沉。许多市镇以前曾经一度占据重要的地位,如今却只能凭借回忆自身逝去的荣光度日。正如这种市镇一样,丹那美拉也充满了凄凉、浪漫的气息。这是一座让人感到昏昏欲睡的小镇,凡是来到这儿的陌生人,也会失去本来的干劲,不知不觉地陷入当地轻松、懒散的生活方式之中。橡胶市场的持续兴旺并没有给这儿带来繁荣,随之而来的萧条却加速了市镇的衰败。

欧洲人居住区十分安静,那儿的一切都显得整齐、清洁和干净。那儿的白人都是政府雇员和公司代理,他们的房屋耸立在巨大的运动场周围,宜人而宽敞的平房掩映在高大的肉桂树丛中。那个运动场十分开阔,露出一片绿色,显然受到细心的照管,就像大教堂四周场地中的草坪。实际上,在丹那美拉的这一角,的确有些寂静、美妙而又人迹罕至的地方,不禁会让你想起坎特伯雷大教堂周围的场地。

俱乐部朝着大海;那是一座宽敞而破旧的建筑,露出一副无人照看的样子。每逢你跨进门去,总有擅自闯入的感觉。这儿给你产生下面这样一种印象:它正因需要改建或修缮而关门停业,而你看到一扇敞开的大门,却冒失地踏入了这个并不好客的场所。早晨,你可能会发现两三个因为公务从自己的橡胶种植园赶来的种植园主,他们总喝上一杯甜味杜松子混调酒,再返回自己的住处。下午稍晚一些时候,你也许会看到一两个女子在偷偷翻阅过期的《伦敦新闻画报》。到了黄昏时分,有几个男人就会悠闲地走进俱乐部,在台球室里四处坐下,一边看着别人打球,一边喝着苏克斯酒。可是每星期三,这儿会显得多一点儿生气。那一天,楼上的大房间里留声机播放着乐曲,大家也会从附近的乡村赶来跳舞。有时候,竟然有十几对男女到场,甚至都可以组成两桌桥牌了。

　　我就是在这种场合遇到了卡特赖特夫妇。当时我正跟一个叫作盖斯的人待在一起,他是警察局的头头。那会儿,我坐在台球室里,他进来找我,问我愿不愿意和他搭档凑成四人一桌的牌局。卡特赖特一家以管理橡胶种植园为业,他们每星期三都来丹那美拉,想让他们的女儿得到一点娱乐。盖斯说他们都是很好的人,安安静静,不爱招摇,跟他们打牌会相当愉快。我跟着盖斯走进桥牌室,他把我介绍给那对夫妇。他们已经在一张桌子旁坐下了,卡特赖特太太正在洗牌。看到她那副娴熟的洗牌样子,我不由得产生了信心。她每只手握着半副纸牌——她的手看上去又大又有力——灵巧地把两只手里的纸牌交叠到一块儿,咔嚓一声,便干净利落地把纸牌整齐地合在一起。

　　整个动作看上去就像变戏法一样。打牌的人都明白,只有经过不断地练习,洗牌的动作才能做得如此完美。他很清楚,凡是能够如此熟练洗牌之人,肯定对纸牌怀有出自内心的热爱。

　　"你介意我和我丈夫搭档一起打吗?"卡特赖特太太问道。"我们互相赢对方的钱没什么意思。"

　　"当然不会介意。"

　　我们抽牌决定谁先发牌,盖斯跟我坐了下来。

　　卡特赖特太太抽出一张 A,接着她一边快速灵巧地发牌,一边仍和盖斯谈着当地事务。不过我意识到,她也在察看我。她显得相当精明,但是性情温和。

她是一个五十岁左右的女人(不过在东方,人们老得很快,很难猜出一个人的实际年龄),露出一头乱糟糟的没有梳理整齐的白发。她有个一成不变的动作,老是不耐烦地伸出手去,把不住掉到前额的一缕头发捋到脑后。你不禁暗自纳闷,不知她为什么不用一两个发卡来免去这种麻烦。她蓝色的眼睛显得很大,但颜色暗淡,有点儿倦意。她脸上已有皱纹,皮色灰黄。我想正是她那张嘴让我感到,她的神情具有一种刻薄而又宽容的颇具嘲讽意味的特征。你看出来这个女人很有主见,而且从不害怕说出自己心中的想法。她是一个喜爱闲谈的牌手(有些人对此极为反感,但我却一点也没有感到心烦意乱,因为我不明白为什么人们在打牌的时候应该表现得好像参加悼念仪式一样),不久就能明显地看出,她在说笑打趣方面有一套行之有效的方法。她的话往往含讥带讽,却很有趣,让人忍俊不禁,只有傻瓜才会感到自己受到冒犯。她不时会说出一句非常尖刻的话儿,需要调动你所有的幽默感才能看出其中的妙处。你不禁马上明白,她也愿意听到一句跟她说的意趣相同的话儿。如果你碰巧做出机敏的应答,把笑声转到她的身上,她那又大又薄的嘴上就会现出一丝冷笑,眼睛也会发出亮闪闪的神采。

我觉得她很讨人喜欢。我喜欢她的坦诚,喜欢她的机敏,喜欢她那不加修饰的脸。我从来没见过一个如此不在乎自己外貌的女人。她不仅头发凌乱,而且全身上下都显得那么马虎随便。她穿着一件高领的绸衬衫,但为了凉快,她并没有把最上面的几颗扣子扣上,露出了干枯瘦削的脖子。她那件衬衫皱巴巴的,也不怎么干净,因为她总是不停地抽烟,搞得身上满是烟灰。当她站起身来跟什么人说话的时候,我发现她那条蓝裙子的绲边也高低不平,急需用刷子刷一下。她脚上还穿着一双笨重的低跟靴子。但这些都无关紧要。她穿戴的每件衣物和她的性格都很相称。

而跟她打牌也实在叫人感到愉快。她出牌的速度很快，一点也不犹豫，她不仅精通桥牌的打法，而且很有天分。她当然知道盖斯的套路，而我是一个陌生人，但她不久就摸清了我的牌技高低。他们夫妇之间的配合真是令人赞叹。卡特赖特先生既明智又谨慎，她知道这一点，因此能够充满信心地大胆行动，毫无风险地展示高超的牌技。盖斯是一个愚蠢乐观的牌手，满心希望他的对手没有利用自己失误的见识。我们这对搭档根本不是卡特赖特夫妇的对手。我们一盘接一盘地输下去，什么都做不了，只好面带微笑，并表现出乐在其中的样子。

"我真不明白这牌是怎么了，"盖斯最终不无哀怨地说，"即便我们拿了一手好牌，却仍然赢不了。"

"你们打成这样也实在没什么法子，"卡特赖特太太回答说，同时用她那双淡蓝色的眼睛正视着盖斯的脸，"应该纯粹怪你们运气不好。如果你们在上一盘不把红桃和方块混在一起，本来是不会输的。"

这场不幸让我们付出了很大代价，盖斯开始详细解释它究竟是怎样发生的，但卡特赖特太太灵巧地用手一弹，就把那副纸牌铺展成一个巨大的弧形，让我们抽牌决定由谁发牌。卡特赖特先生看了看时间。

"亲爱的，这就是我们的最后一盘吧。"他说。

"哦，是吗？"她朝自己的手表瞥了一眼，随后把一个刚好经过这个房间的年轻人叫住了。"哦，布伦先生，如果你要上楼去的话，麻烦你告诉奥利芙一声,我们再过几分钟就要走了。"随后她把脸转向我。"我们需要将近一个小时才能回到家里,可怜的西奥明儿天一亮就得起床。"

"哦,我们只是一个星期来一次,"卡特赖特说,"这是奥利芙唯一能得到快乐和放纵的机会。"

我觉得卡特赖特看上去又累又衰老。他中等身材,头发都掉了,脑袋显得十分光亮。他留着又粗又短的灰色口髭,戴着金边眼镜,穿着白色帆布衣服,系着黑白相间的领带,整个人显得相当整洁,可以看出他在衣着上花费的心思要比他那不修边幅的妻子多多了。他很少讲话,但显然对他妻子那种尖酸刻薄的幽默十分欣赏,并且偶尔也能做出巧妙的反驳。他们显然是一对很好的朋友。他们已有一把年纪,想必已经一起生活了好多年,却仍然感情牢固,彼此宽容,让人看了也不禁感到高兴。

我们很快打完了最后一盘牌,并最后要了一次杜松子苦味酒。这时候,奥利芙走下楼来。

"你们真的已经要走了吗,妈妈?"她问道。

卡特赖特太太充满爱意地望着自己的女儿。

"是的,亲爱的。快到八点半了。看来我们要到十点才能吃上晚饭。"

"去他的晚饭。"奥利芙欢快地说。

"在我们走之前,让她再跳一个舞吧。"卡特赖特说。

"不行。你晚上必须好好休息。"

卡特赖特笑吟吟地看着奥利芙。

"亲爱的,既然你母亲已经打定了主意,那我们就不如默默地表示服从。"

"她真是一个意志坚定的女人。"奥利芙说,一面深情地抚弄着母亲那满是皱纹的脸颊。

卡特赖特太太轻轻拍了拍女儿的手,接着又拿起女儿的手吻了吻。

奥利芙并不怎么漂亮,但看上去极为可爱。她大概十九、二十岁的样子,仍然保持着她那个年岁的丰满体型。如果她的身子再瘦一点,就会变得更有魅力。她脸上一点没有让她母亲显得那么富有个性的坚定神情,反而比较像她父亲。她也长着跟她父亲一样的黑眼睛和微带鹰钩的鼻子,露出他那相当软弱温和的神情。奥利芙显然长得既强壮又健康。她脸蛋绯红,眼睛明亮。她身上还具有父亲早已失去的那种活力。她似乎是那种十分标准的英国姑娘,情绪高昂,极其渴望得到生活的乐趣,也有一副很好的脾气。

我们分开后,我和盖斯开始步行朝他家走去。

"你觉得卡特赖特一家怎样?"他问我说。

"我喜欢他们。在这样的地方,他们应该算是出类拔萃的人了。"

"我真希望他们能来得次数多些。他们过着十分平静的生活。"

"对那个姑娘来说,一定相当沉闷。她的父母对这种厮守在一起的生活似乎倒很满意。"

"是的,这是一场非常美满的婚姻。"

"奥利芙长得活像她的父亲,对吧?"

盖斯斜眼看了我一眼。

"卡特赖特并不是奥利芙的父亲。他们结婚时,卡特赖特太太是一个寡妇。奥利芙是在她的父亲去世后四个月才出生的。"

"哦!"

我拖长了声音,用来竭力表达我的惊讶、兴趣和好奇。可是盖斯没有再说什么。我们就那样默默地走完了剩下的路程。我们进门时,有个男仆等在门口。喝完了最后一杯杜松子苦味酒,我们就坐下吃晚饭。

一开始,盖斯显得很爱说话。由于橡胶的产量受到限制,最近出现了大量走私活动,而盖斯的职责之一便是识破走私者的狡诈伎俩。那天他们截获了两条走私船,盖斯为他取得的成功而高兴地搓着双手。货栈里堆满了没收来的橡胶,过一会儿就要被依法焚毁。可是不久他就陷入了沉默,于是我们默默地吃完了饭。仆人们把咖啡和白兰地端了进来,我们点起了各自的方头雪茄。盖斯朝椅背上一靠,沉思地望着我,随后又看着他的白兰地。仆人们都走了出去,房间里就剩下我们两个人。

"我认识卡特赖特太太已经有二十多年了,"他慢悠悠地说,"那时候,她并不是一个外貌难看的女子。她始终不是那么整洁,但年轻的时候,那似乎没有多么重要,反而显得风采动人。她嫁给一个叫作布朗森的人,雷吉·布朗森。他是一个种植园主,管理着位于北部的塞兰丹那儿的一个橡胶种植园。当时我被派驻在亚罗立卑工作。那会儿,那个地方比现在要小多了。整个社区大概顶多也只有二十个人,但他们有一个很小的俱乐部,我们曾在那儿度过十分愉快的时光。我仍然记得头一次遇到布朗森太太的情景,那就好像发生在昨天一样。当时还没有汽车,她和布朗森也只是骑着自行车前来。当然她看起来可不像现在这样神情坚决。她的身材要瘦多了,肤色很好,两只眼睛也很漂亮——你知道,蓝莹莹的眼睛——而且长着一头浓密的黑发。要是她略微用心打扮一下,她肯定会变得美艳绝伦。实际上,她是当地最漂亮的女人。"

我力图从她现在的模样以及盖斯那并不怎么生动的描述中,去想象卡特赖特太太,也就是那时的布朗森太太的外貌。我力图从那个身体结实、骨骼粗大的女人身上,那个相当笨重地坐在桥牌桌旁的女人身上,发现一个身体纤细的少女,一个举止轻快、动作娴雅自如的少女形象。如今她的下巴方方正正,鼻子也显得样子果断,但是这种地方,在她年轻的时候,一定都轮廓浑圆,不会给暴露出来。那时候,她一定显得娇艳动人,皮肤白里透红,长着一头没有经过精心梳理的浓密的褐色头发。那时候,她穿着长裙,腰身很紧,头上戴着阔边花式女帽。或许当时马来亚的女人仍会戴着你在旧画报中看到的那种遮阳帽?

"我已经有——哦,差不多有二十年没见到她了,"盖斯继续说,"我知道她住在马来联邦的某个地方。令我感到意外的是,我接受这份工作来到这儿后,竟然跟好多年前在北部的塞兰丹一样,也在俱乐部里遇到了她。当然她现在已经成了一个老妇人,样子变得几乎完全认不出来了。看到她带着一个成年的女儿,我相当震惊,那让我意识到时光流逝得有多么快。我上次见到她的时候,还是一个年轻小伙子,而如今,天哪,再过两三年,我就到了该退休的年龄了。真有点叫人受不了,对吧?"

盖斯那难看的脸上露出一丝悲伤的笑意,他略微有些气愤地看着我,仿佛我能阻止不断飞速流逝的岁月。

"我也不再是一个年轻人了。"我回答说。

"你并不是一辈子都在东方度过的。这儿让人过早衰老。一个人年满五十就成了一名老人,到了五十五岁,就什么都干不了了,成了废物。"

可是,我并不希望盖斯离开正题发表有关老年的长篇大论。

"当你又一次见到卡特赖特太太的时候,你认出她了吗?"我问道。

"噢,既可以说认出来又可以说没认出来。乍一见到她,我觉得我认识她,但无法确定她究竟是谁。我以为她是我出外度假时在船上遇到过的哪个面熟的女人。可是她一开口说话,我马上想起来了。我想起了她眼睛里闪现出的冷漠的光芒和清脆的说话声。她当时的声音仿佛在说:小子,你真有一点像个傻瓜,但你并不是一个坏人。凭良心说,我倒很喜欢你。"

"你居然能从她的声音里听出这么多含义。"我笑着说。

"在那个俱乐部里,她朝我走了过来,跟我握了握手。'你好吗,盖斯少校?你还记得我吗?'她说。

"'当然记得。'

"'自打我们上次见过面以后,一晃已经过去了好多年。我们都不再那么年轻了。你看到西奥了吗?'

"有一刹那,我没有反应过来她究竟说的是谁。那会儿我大概显得相当愚蠢,因为她突然笑了一笑,就是我很熟悉的那种打趣的笑容,给我做了解释。

"'你知道,我嫁给了西奥。这似乎是当时所采取的最得当的行动。我很寂寞,而他也需要我。'

"'我听说你嫁给了他,'我说,'我想你们一定十分幸福。'

"'哦,是呀。西奥是一个完美可爱的人。他一会儿就到了,见到你,他一定非常高兴。'

"我对这一点却很怀疑。我倒认为我是西奥最不愿意见到的人,我也认为她并不十分希望见到我。但女人总让人难以捉摸。"

"为什么她不希望见到你?"我问。

"我以后会讲到这一点的。"盖斯说。"接着,西奥出现了。我不知道为什么我要叫他西奥;我以前只把他称作卡特赖特,我头脑中所想到的也只是卡特赖特。西奥真叫人大吃一惊。你知道他现在的模样。在我的记忆中,他是一个满头鬈发的年轻人,显得干干净净,充满青春活力;他始终穿戴得光鲜整洁,他身材俊美,并且保持得很好,就跟一个习惯于从事大量运动锻炼的人那样。现在细想起来,他当时的模样并不难看,尽管个头并不高大魁梧,但是动作优雅、柔韧。因此,当我看到这个弯腰曲背、形容枯槁、戴着眼镜的秃头老家伙的时候,我简直不敢相信自己的眼睛。我没法认出他是哪个人。见到我,他似乎很高兴,至少表示出他的兴趣。他并不是一个热情洋溢的人,总是显得相当沉静。因此我并没有想到他会有这样的表现。

"'你发现我们在这个地方,感到意外吗?'他问我说。

"'噢,我先前完全不知道你在什么地方。'

"'我们对你的动向倒总多少有些了解。我们不时在报纸上看到你的名字。你改天一定得到我们住的那个地方来看看。我们已经在那儿住了好多年,我想在我们合眼归天之前,会一直住在那儿。你有没有回过亚罗立皁?'

"'不,没有回去过。'我说。

　　"'那个地方虽小,却挺不错。听说它发展起来了。我也从来没有回去过。'

　　"'那个地方并没带给我们十分愉快的回忆。'卡特赖特太太说。

　　"我问他们要不要喝一杯,接着我们就把侍者叫来。大概你也注意到了,卡特赖特太太喜爱喝酒。我并不是说她喝得醉醺醺的或这种意思,但她喝起斯腾佳①来,确实像个男人。我禁不住有些好奇地看着他们。他们看上去非常幸福。我猜他们的日子过得不错,后来我还发现,他们的境况相当富裕。他们有一辆很好的汽车,当他们出外休假的时候,他们总是奢靡地尽情玩乐。他们的关系无比融洽。你知道,看到结婚这么多年的夫妻,显然仍对对方而不是哪个别人的相伴感到满意,实在叫人感到愉快。他们的婚姻显然十分美满。他们两个人对奥利芙都很钟爱,并以有她这样的女儿而感到自豪,西奥尤其如此。"

　　"尽管奥利芙只是他的继女,是吗?"我说。

　　"尽管奥利芙只是他的继女,"盖斯回答说,"你可能会认为奥利芙会跟着他姓,但她却没有那样做。她当然管他叫爸爸,他是她见到的唯一的父亲,但她写信签名时,写的总是:奥利芙·布朗森。"

　　"顺便问一下,布朗森长得什么样子?"

　　"布朗森?他是一个身材高大的家伙,非常热诚,嗓门很大,笑声震耳,体格也很粗壮,真是一个完美的运动健将。他身上并没有特别值得注意的地方,但他为人非常正直。他生着一张红脸膛和一头红发。现在回想起来,我从来没有见过一个像他那样爱流汗的

_____

① 斯腾佳,一种把威士忌和苏打水掺兑在一起加冰调配而成的饮料。

人。汗水总是不断从他身上冒出来。每逢打网球的时候,他总随身带着一条毛巾来到球场。"

"听上去他不怎么富有魅力。"

"他是一个相貌端正的家伙。他身体一直很好,而他也喜爱锻炼身体。要知道,除了橡胶、体育活动、网球、高尔夫和射击外,他几乎就没有什么话题可谈的。我觉得他一年到头都不会看一本书。他是那种典型的在公学①念书的孩子。我头一次见到他的时候,他年纪大约三十五岁,但是头脑却仍像十八岁小伙子的一样。要知道,好多年轻人来到东方以后似乎就不再成长了。"

我对这种现象当然清楚。旅途中最让游客感到窘迫的,就是看到一些身体肥胖的秃顶的中年绅士,说话和行动却像一个中学男生。你可能会认为,自从他们最初穿过苏伊士运河后,头脑中就没有产生过什么想法。尽管他们已经结婚,有了儿女,也许还掌管着一家很大的企业,但他们却继续用六年级学生的观点来看待生活。

"但他并不傻,"盖斯继续说,"他对自己的生意了如指掌。他的橡胶种植园是当地管理得最好的几所橡胶种植园之一,而且他也知道怎样管理工人。他是一个极好的人。即便他有时叫你有点心烦,你仍然忍不住要喜欢他。他用钱十分慷慨,始终准备为哪个人提供帮助。这就是卡特赖特赶巧出现的首要原因。"

"布朗森夫妇相处得融洽吗?"

"哦,大概不错。我相信他们相处得很好。布朗森脾气温和,而她则兴高采烈,十分欢快。你知道,她说话非常直率。甚至现在,只

———————————

① 公学,英国一种贵族化的私立学校,实行寄宿制,常为大学的预科学校。

要她高兴,仍然可以显得极为风趣,但她的笑话中总暗藏着尖刺。当她是一个年轻女子并嫁给布朗森的时候,那纯粹是为了找乐子。她情绪高涨,喜爱开心取乐。她根本不在意自己说了什么话儿,但那种话儿一般都与她的性格相符,如果你能明白我的意思的话。她总是那么直率,那么坦诚,那么满不在乎,因此你不会在意她对你说了什么。他们似乎十分快乐。

"他们的橡胶种植园坐落在离亚罗立卑大约五英里的地方。他们有一辆马车,大部分日子的傍晚五点左右,他们都驾车前来。当然,那是一个很小的社区,居民大多数是男人。大约只有六个女子。布朗森夫妇就像上天给予的恩赐。他们一到那儿,一切就都变得充满生气。我们在那个小俱乐部里曾度过非常美好的时光。此后我常常想到那段时光。我不知道,总的看来,我是否还有过像驻扎在那儿时那样愉快的日子。二十年前,每晚六点到八点半,亚罗立卑的俱乐部就跟你在亚丁①和横滨②之间所能找到的这种俱乐部一样充满活力。

"一天,布朗森太太对我们说,有一位朋友要来跟他们住上一段时间。几天之后,他们就把卡特赖特带来了。他似乎是布朗森的老朋友,他们曾经一起在同一所学校读书,好像是马尔博罗③或这样的地方,而他们最初前来东方的时候坐的也是同一条船。后来橡胶业衰败了,好多人都失去了工作,卡特赖特也是其中之一。他那时已经失业了大半年,并且也没有什么好依靠的。那时种植园主的收入

---

① 亚丁,也门港口城市,在红海的南端,亚丁湾的北岸。
② 横滨,日本本州岛东南岸港口城市。
③ 马尔博罗,英国一所有名的私立学校。

甚至比现在还要微薄,哪个人要是拿得出积蓄以备不时之需,就算是十分幸运了。卡特赖特去了新加坡,你知道,遇到经济衰退,他们都会到那儿去。那时的情况糟透了,我曾亲眼目睹。我听说有些种植园主因为付不起夜晚住宿的费用竟然睡在大街上。我知道他们经常拦住来到欧洲境外的陌生游客,向他们索取一块钱来买顿饭吃。我想卡特赖特一定生活相当艰难。

"最后他给布朗森写信,问布朗森是否能为他提供什么帮助,于是布朗森就请他过来跟他们住在一起,直到情况好转为止,至少可以为他提供免费的食宿。卡特赖特抓住了这个机会,但布朗森却不得不把买火车票的钱给他寄去。当卡特赖特到达亚罗立卑时,他几乎已经身无分文了。布朗森手头有一点钱,大概每年两三百的样子,尽管他的薪水也受到削减,但他保住了工作,因此他的境况比大部分的种植园主要好一些。卡特赖特来到这儿以后,布朗森太太对他说,他可以把这儿当成自己的家,爱住多久就住多久。"

"她真是一个心地善良的人,是吧?"我说。

"非常善良。"

盖斯又点起一支方头雪茄,并给自己的杯子倒满了酒。四周静悄悄的,只有壁虎偶尔发出呱呱的叫声,把那片寂静衬托得越加明显。在这个热带的夜晚,世上仿佛只有我们俩,唯有上天知道我们与其他人的住所离得有多遥远。盖斯很长时间都没有说话,最终我不得不开口找点儿话说。

"那时卡特赖特是个什么样的人?"我问道。"当然比较年轻,你还告诉我说,相貌很英俊,但他的为人怎样呢?"

"噢,老实告诉你,我并没有对他多加注意。他很讨人喜欢,举止也很谦和。现在他不大开口说话，大概你也注意到了这一点。噢，那时他也并不怎么活跃。但他一点也不叫人讨厌。他喜爱阅读，钢琴也弹得相当娴熟。你不会在意他待在你的周围，他从不会让你感到碍事，而你也不用为他多费心思。他跳舞跳得很好，这一点很受女性的喜欢。他台球打得相当出色，网球打得也不错。他十分自然地就进入了我们的生活圈子。我不想说他受到狂热的欢迎，但大家都喜欢他。当然，我们都为他感到惋惜，就像为一个落魄潦倒的人感到惋惜那样，但我们也无能为力。我们只是对他表示接受，忘了他以前并不是这儿的人。他总是在每天黄昏时分跟布朗森夫妇一起前来，也像别的人一样自己买酒来喝。我想布朗森借了一些钱给他来做日常开销。他始终显得温文有礼。我并不是很了解他，因为他确实没有给我留下什么特别的印象。在东方，我们总会遇到不少这样的人。他就跟其他人一样，并没什么特别的地方。他尽力想要找份活儿干干，但他的运气实在不好。实际情况是，那时也确实没有什么工作。有时他似乎对此相当沮丧。他跟布朗森夫妇一起住了一年多时间。我记得他有次曾对我说：

"'我毕竟不能一辈子跟他们住在一起。他们对我实在是太好了，但凡事总该有个限度。'

"'我倒觉得布朗森夫妇一定很高兴有你做伴，'我说，'在一个橡胶种植园里过日子并不怎么令人愉快。就食物和饮料而言，你在不在那儿，实际不会有多大区别。'"

盖斯又一次停了下来，神色犹豫地望着我。

"怎么啦？"我问道。

"恐怕我没有把这个故事给你讲好，"他说，"我好像只是在信口闲聊。我并不是一个实实在在的小说家，我是警察，我只是告诉你那时我见到的一些实际情况。从我的观点来看，所有的细节都很重要，我的意思是说，都有利于认清他们究竟是什么样的人。"

"那是当然，就请说下去吧。"

"我想起一个人，一个女人，大概是医生的太太，问布朗森太太是否有时因为家里有个陌生人而感到厌烦。要知道，在亚罗立卑这种地方，大家并没有太多的话题可以闲谈。如果你不与人谈论你的街坊邻居，就没有什么别的事情好谈了。

"'根本不会，'她说，'西奥一点也不叫人烦心。'她把脸转向她的丈夫，只见他正坐在那儿抹去脸上的汗水。'我们很乐意他住在我们家，对吧？'

"'他是一个很不错的人。'布朗森说。

"'他成天都干些什么呢？'

"'哦，我也不知道，'布朗森太太说，'他有时跟雷吉一起去巡视种植园，偶尔也去射猎。他也跟我闲聊。'

"'他总是乐于帮忙做点什么，'布朗森说，'前几天，我发烧了，他就接过我手头的活儿，于是我就躺在床上，好好休息了一下。'"

"布朗森夫妇就没有儿女吗？"我问道。

"没有，"盖斯回答说，"我也不知道为什么，他们完全养育得起孩子。"

盖斯在椅子里朝后一靠，随手摘下眼镜擦了起来。眼镜的镜片厚实，他的眼睛受到严重的变形。眼镜摘下来后，他的模样倒不显得那么难看。天花板上的壁虎发出奇怪的像人一样的叫声，仿佛一个痴呆的孩子发出的咯咯笑声。

"布朗森是被杀死的。"盖斯突然说。

"杀死的?"

"是的,谋杀。我永远也忘不了那天夜晚。我们正在打网球,布朗森太太和那个医生的妻子,西奥·卡特赖特和我。接着我们就打桥牌。卡特赖特先前打网球时竞技状态不好,因此当我们在桥牌桌边坐下时,布朗森太太就对他说:'噢,西奥,要是你打桥牌也像刚刚打网球时那么糟的话,我们就会输得精光。'

"我们刚刚喝过酒,但她把侍者叫来了,又要了一巡酒。

"'喝下去吧,'她对他说,'要是你拿不到大牌和一个边花上的赢墩,就别再叫牌了。'

"布朗森那天没有露面。他骑车到卡布隆去取钱,好给苦力们发工资。他一回来,就会到俱乐部来找我们。布朗森夫妇的橡胶种植园距离亚罗立卑比卡布隆要近,但卡布隆是一个更加重要的商业市镇,布朗森把钱都存在那儿的银行里。

"'雷吉回来后,就可以跟我们一起打牌了。'布朗森太太说。

"'他晚到了,是吧?'医生太太说。

"'晚了不少时间,'布朗森太太说,'他说他来不及回来打网球,但可以回来打牌的。我猜他办完事后没有直接回来,而是到卡布隆的俱乐部去了,如今正在那儿喝酒呢,这个无赖。'

"'哦,他可以开怀畅饮,而身体也不会受多大影响。'我笑着说。

"'你知道,他越来越胖了,应当小心一点。'

"我们一伙人就坐在桥牌室里,可以听到台球室里传来的谈笑声。他们都沉浸在欢乐的气氛中。快到圣诞节了,我们都有点放纵不羁,圣诞前夕还要举行一场舞会。

"我事后回想起来,当我们坐下来的时候,医生太太问布朗森太太累不累。

"'一点也不累,'她说,'我怎么会累呢?'

"我不知道当时她的脸为什么突然变红了。

"'我是怕你刚刚打了一阵网球,会感到身子疲乏。'医生太太说。

"'哦,不会。'布朗森太太口气有点生硬地回答说。当时我觉得她似乎不想谈论这个话题。

"我当时并不知道那意味着什么,实际上,我也是后来才回想起这桩事的。

"我们又打了三四盘,布朗森仍然没有露面。

"'真不知道他出了什么事儿,'他妻子说道,'我实在想不出他这么晚还不来的理由。'

"卡特赖特素来沉默寡言,这天晚上,他几乎就没有开口说话。我以为他累了,就问他先前做了些什么事儿。

"'没做多少事儿,'他说,'吃完午饭,我就出门去打鸽子。'

"'你的运气好吗?'我问道。

"'哦,我打到了六只鸽子。鸽子的胆子都很小。'

"然而,这时他却接着说:'要是雷吉回来晚了,我想他可能觉得再赶到这儿来没有什么意义。我估计他已经洗了澡,我们回家的时候,就会发现他已经坐在椅子里睡着了。'

"'从卡布隆回来可有一段很长的路呢。'医生太太说。

"'你知道,他并没有走大路,'布朗森太太解释说,'他是抄近路穿过丛林。'

"'他骑着那辆自行车行吗?'我问道。

"'当然行,那条小路很好走。这样可以少走两三英里。'

"我们正要开始打下一盘时,酒吧侍者走了进来,说外面有位警官想要找我说话。

"'他想干什么?'我问道。

"侍者说他也不知道,但那个警官还带着两名苦力。

"'真该死,'我说,'如果我发现他无缘无故地来打扰我,我要好好教训他一顿。'

"我对那个侍者说我马上就来,我打完手里的牌后站起身来。

"'我很快就会回来的,'我说,'给我发一下牌,好吗?'我又对卡特赖特补充道。

"我走出去,发现那个警官和两个马来人正站在台阶上等我。我问他究竟想要做什么。于是他告诉我,那两个马来人来到警察局,报告说有个白人死在那条穿过丛林通往卡布隆的小路上。你可以想象当时我感到多么震惊。我立刻想到了布朗森。

"'死了吗?'我大声说。

"'是的,他遭到了枪击,直接打中头部。一个红头发的白人。'

"于是我知道那个人一定是雷吉·布朗森。事实也确实如此,有个马来人提到了他的橡胶种植园,说认得他就是那个种植园主。这真是一个可怕的打击。那会儿在桥牌室里,布朗森太太正不耐烦地等着我回去把牌整理好、叫牌。一时间我真的不知该怎么办是好,心里十分慌乱。要是直截了当地让她遭受这样可怕的突如其来的打击,那实在太糟糕了。但我完全想不出什么可以缓和这一打击的方法。我让警官和两名苦力略等片刻,随后转身回到俱乐部里面。我竭力让自己镇定下来。我走进桥牌室后，布朗森太太说：'你在外面待的时间太长了。'随后她看到我的脸色。'出了什么问题吗?'我看到她握紧拳头，脸色发白。你可能会想到她对灾祸有种预感。

"'出了一桩可怕的事儿。'我说，我的喉咙几乎堵住了，因此就连自己听上去，我的声音也显得嘶哑和奇怪。'出了一场事故。你的丈夫受伤了。'

"她深深地倒抽了一口气，那并不完全像是尖叫，倒奇怪地让我想到了一块丝绸给撕成两半的声音。

"'受伤了?'

"她一下子跳起来，两眼紧盯着卡特赖特，卡特赖特在她的逼视下惊恐不安，仰面靠在自己的椅子里，脸色突然变得像死人一样苍白。

"'恐怕是伤得非常、非常厉害。'我补充说。

"我知道我必须把实情告诉她，而且当时就告诉她，但我实在无法鼓起勇气马上告诉她。

"'他是不是，'她的嘴唇不住颤抖，以致她几乎语不成声，'他是不是——仍有意识?'

"我朝她看了一会儿，没有立刻回答。我宁愿交付一千英镑也不愿把实情说出来。

"'不，恐怕他已经没有意识了。'

"布朗森太太目不转睛地望着我，仿佛想看穿我头脑中的想法。

"'他死了吗?'

"我想我唯一能做的事儿就是说出真相，把这个问题彻底了结掉。

"'是的,他们发现他的时候,他已经死了。'

"布朗森太太瘫倒在椅子上,放声大哭。

"'哦,天哪,'她嘟囔道,'哦,天哪。'

"医生太太走到她的身旁,用两只胳膊搂住了她。布朗森太太双手掩面、歇斯底里地哭起来,身子不住晃动着。卡特赖特则脸色铁青、默默地坐在那儿,张着嘴巴,呆呆地望着布朗森太太。你可能以为他已经变成了石头。

"'哦,亲爱的,亲爱的,'医生太太说,'你一定得尽力振作起来。'随后她转过脸对我说道:'去给她拿杯水来,把哈里叫过来。'

"哈里是她的丈夫,他正在打台球。我走进台球室,把发生的事情告诉了他。

"'一杯水哪有什么用处,'他说,'她需要的是一大杯浓烈的白兰地。'

"我们给她拿来了白兰地,强迫她喝了下去,她那激烈的情绪才渐渐地平复下来。过了一会儿,医生太太带她到盥洗室去洗了洗脸。我也想定了如今最好该怎么行事。我发现卡特赖特没有什么用处,他整个人都垮掉了。我能理解,这对他也是沉重的打击,因为不管怎样,布朗森是他最好的朋友,曾经为他提供了一切帮助。

"'看来你也最好喝一点白兰地,伙计。'我对他说。

"他强自振作。

"'要知道,这实在叫我感到震惊,'他说,'我……我没有……'他停了下来,似乎有些神思恍惚;他仍然显得脸色煞白。他拿出一包纸烟,擦了一根火柴,但他的手抖个不停,几乎无法把烟点燃。

"'好的,我也喝一杯白兰地。'

"'跑堂的,'我喊道,接着我又对卡特赖特说,'现在,你能带布朗森太太回家吗?'

"'哦,可以。'他答道。

"'那就好。我跟医生,还有警察和苦力,一起到尸体所在的现场去看看。'

"'你们会把他带回家来吗?'卡特赖特问道。

"'我想应当直接把他送到停尸所去,'我还来不及回答,医生就开口说,'我还需要检验尸体。'

"布朗森太太回来时,样子显得镇静多了,让我感到十分惊讶。我把我的想法告诉了她。医生的太太是个好心肠的女人,提出要送布朗森太太回去,并在她家歇宿,但布朗森太太没有答应。她表示自己已经完全没有事了。当医生太太坚持己见的时候——你知道,有些人多么喜欢把自己的好意强加给那些陷入困境的人——她几乎气冲冲地发起火来。

"'不,不,我必须一个人待着,'她说,'真的必须如此。况且,家里还有西奥呢。'

"他们上了马车,西奥接过缰绳,驾车走了。我和医生,我们在他们走后也出发了,那个警官和两个苦力则跟在我们后面。我先前已打发我的小厮前往警察局,吩咐他们再派两个人到案发现场。我们不久就从布朗森太太和卡特赖特身边经过。

"'你们还好吧?'我大声问道。

"'还好。'卡特赖特答道。

"有好一阵子,我跟医生都默默地驾车前行。我们俩都深感震惊,同时我也充满忧虑。无论如何,我都得找出凶手,但可以预见,这并不是一件容易的事儿。

"'你觉得是盗匪团伙干的吗?'医生最后说。

"他可能看穿了我在想些什么。

"'我对此一点也没有疑问,'我答道,'他们知道他到卡布隆去取工人的工资,因此埋伏在他回来的路上加以袭击。当然,他真不该在大家都知道他带着一大笔钱的时候,独自穿过丛林。'

"'他多年来一直是这么干的,'医生说,'而且,他也不是唯一取道丛林的人。'

"'我知道,但问题是,我们怎样才能抓住那些杀人凶手。'

"'你觉得最早发现他的两名苦力跟这件事不会有什么关系吧?'

"'不。他们没有这样的胆量。我想,要是换了两个中国佬,倒有可能想出这种花招,但我不相信马来人会这么做。他们的胆子太小。当然,我们也要对他们密切加以注意。不久,我们就会发现他们是否在大肆挥霍钱财。'

"'这对布朗森太太实在糟透了,'医生说,'无论什么时候,出现这种情况都是够糟糕的,况且现在她就要生孩子了……'

"'这一点我倒不知道。'我打断了他的话,说道。

"'是的,出于某种原因,她不想让别人知道这件事儿。当时我觉得,她这样做实在相当可笑。'

"我回想起先前在布朗森太太跟医生太太之间出现的那个场面,立刻明白了那个好心的女人为什么如此热切希望布朗森太太不要过于劳累。

"'她结婚这么多年才怀上孩子,也真奇怪。'

"'要知道,有时也会出现这样的情况。但这叫布朗森太太感到相当意外。她头一次前来找我诊断,我告诉她真实原因的时候,她竟然晕倒了,接着就哭了起来。我本来以为她会快乐非凡。她告诉我布朗森并不喜欢孩子,怀孕的事会叫他深为烦恼。她表示自己会慢慢找机会把这个消息告诉布朗森,她让我保证在此之前不把这桩事泄露出去。'

"我沉思了一会儿。

"'布朗森是那种欢快活泼的汉子,想来会非常迫切地渴望生个孩子。'

"'这也很难说。有些人十分自私,就是不想增添累赘。'

"'嗯,那布朗森太太最终告诉他的时候,他有什么表示呢?他没有显出相当高兴吗?'

"'我不知道她有没有告诉他。不过,其实她也不能再等上多久。如果我没有看错的话,大约五个月之内,她就要分娩了。'

"'可怜的家伙,'我说,'你知道,我觉得他听到这个消息一定会万分高兴。'

"我们在剩余的路途中一直默默地驾着马车前行,最后来到了通往卡布隆的那条捷径与大路分叉的地方。我们在岔路口停了下来,过了一两分钟,警官跟那两个马来人驾着我的马车跟了上来。我们打开头灯用来照亮前面的道路。我让医生的小厮留下来照看马儿,吩咐他在两个警察来到后,顺着这条小路前行来跟我们会合。那两个苦力手里提着灯在前面带路,我们跟在他们后面。这条小路相当宽敞,它的宽度足以容纳一辆小型运货马车通过。在那条大路修建好之前,这儿一度是连接卡布隆和亚罗立卑的交通干线。路面坚实,相当好走。不少路面上布满沙子,有些地方还能清楚地看到自行车留下的车轮印子。这就是布朗森前往卡布隆时留下来的踪迹。

"我想我们几个人列成一路纵队,大约走了二十分钟。突然那两个苦力大叫一声,猛地站住了脚。尽管他们对眼前所会出现的景象早有预期,但那种景象骤然出现在他们面前,仍然让他们吓一大跳。在两个苦力手里的提灯那昏暗的灯光照射下,可以看到躺在小路中间的布朗森。他是从自行车上摔下来的,样子难看地身子横压在自行车上。我一时震惊得说不出话来,大概医生也跟我一样。可是我们虽然默不作声,但丛林里的喧嚣却震耳欲聋。那些该死的蝉和牛蛙发出的叫声大得简直能把死人吵醒。就算是在平常情况下,夜晚丛林中的这种喧闹声也总让我感到神秘可怕。因为你觉得,在这样一个本来应该万籁俱寂的时刻,那种连续不断的无形的喧嚣刺激着你的神经,对你产生了奇怪的影响。那种声响环绕着你,把你围在当中。也就在那会儿,说真的,实在令人毛骨悚然。那个可怜的家伙毫无生意地躺在地上,而在他周围的丛林中,躁动不安的生物仍然继续着各自冷漠而残忍的成长道路。

"他俯卧在地上,警官和两个苦力都望着我,似乎在等着我下达命令。那时我还很年轻,可能也有一点儿惊恐。尽管我无法看到他的脸,但我肯定那就是布朗森。不过,我觉得仍然应当把尸体翻过来加以确认。我想我们都有一些神经脆弱的地方。要知道,我以前一直讨厌触碰死者的尸体,就算现在,我早就习以为常了,但仍然会略微感到有些恶心。

"'不错,那就是布朗森,'我说。

"医生——天哪,幸亏他当时在场——医生弯下身子,把死者的头转了过来。于是警官把灯对准了死者的脸。

"'天哪,他的半个脑袋都被打掉了。'我大声嚷道。

"'是啊。'

"医生直起身来,用小路旁的一棵树上的树叶擦了擦手。

"'他确实死了吗?'我问道。

"'是呀,他应该是当场丧命的。凶手一定是在很近的距离朝他开枪的。'

"'你觉得他大概死了多久?'

"'哦,我不知道,应该有好几个小时了吧。'

"'我想,如果他期望在六点赶到俱乐部打牌的话,那他应该是五点左右经过这儿的。'

"'没有一点儿争斗的痕迹。'医生说。

"'是呀,不会有的。他是在朝前骑车时遭受枪击的。'

"我朝着尸体看了一会儿,禁不住想到,就在不久之前,吵吵嚷嚷、大嗓门的布朗森还是一个充满活力的人呢。

"'他身上带着发给那些苦力的工钱,你没有忘了这一点吧。'医生说。

"'没有,我们最好在他身上找一下。'

"'我们要不要把他的身子翻过来?'

"'等一下。咱们先来查看一下地面。'

"我拿起灯来,尽量仔细地把周围察看了一番。就在布朗森倒下的地方,布满沙子的路面上有经过踩踏的难以区分的痕迹。上面既有我们的脚印,也有最先发现布朗森尸体的两个苦力的脚印。我朝前走了两三步,就看到了自行车留下的相当清晰的车轮印。当时他骑着车笔直而平稳地前行。我顺着车轮印来到他倒毙的场所,更加确切地说,是他即将倒毙的场所,在车轮印的两侧,我清清楚楚地看到了他那笨重的皮靴留下的印子。显然他在那儿停了下来,两只脚都踏在地上,随后又开始朝前骑去,车轮剧烈地摇晃起来,最后他轰然倒下。

"'现在我们在他的身上搜索一下。'我说。

"医生和警官把那具尸体翻了过来,一个苦力把自行车移到旁边。他们让布朗森仰面平躺在地上。我原来以为,他身上所带的现金既有纸币,也有银币。银币应该装在一个袋子里,系在自行车上。我朝车子瞥了一眼,上面什么袋子也没有。纸币应该放在皮夹子里,应该有厚厚的一沓。我从头到脚在他的身上找了一遍,却一无所获。接着我翻了翻他的口袋,里面也都是空的。只在右边裤子口袋里找到一点零钱。

"'他是不是总随身带着一块表?'医生问道。

"'是的,他确实带着怀表。'

"我记得他的表链原来是挂在外套翻领的扣眼上,链子另一端连着的怀表、印章以及一些小型饰物都放在胸前口袋里。可是怀表和链子都不见了。

"'噢,现在看来没有多少疑问了,是吧?'我说。

"显然,他遭到了盗匪团伙的袭击,他们知道他身上带有钱财。这伙盗匪将他杀害后,就把他的财物洗劫一空。突然,我想起了那些脚印,脚印表明他曾一度静静地站了一会儿。我完全明白究竟是怎么回事了。一个盗匪找个借口把他拦了下来,接着当他再次骑车前行的时候,另一个盗匪悄悄从他身后的丛林里钻了出来,把两个枪筒里的子弹都打进他的脑袋。

"'嗯,'我对医生说,'该由我来负责把他们抓住。听我说,看到他们给绞死,我心里会十分痛快。'

"当然,随后展开了调查。布朗森太太提供了证词,但是她说的都是我们已经了解的情况。布朗森十一点左右离家出门,打算在卡布隆吃午饭,大概在五六点钟返回。他叫布朗森太太不要等他,他说他会把钱放在保险柜里,然后就直接前往俱乐部。卡特赖特证实了这一点。他一个人和布朗森太太吃了午饭,饭后抽了一支烟,就提着猎枪出门打鸽子去了。五点前后,也许不到五点,他回到家里,洗了个澡,换好衣服去打网球。他打鸽子的地方与布朗森遇害的地方相去不远,但他并没有听到枪声。当然,这并不能说明什么问题。丛林里蝉鸣蛙叫,还有各种其他声音,他只有离得很近,才能听到什么动静。再说,在布朗森遇害之前,卡特赖特可能已经回家了。我们探查了布朗森的行程。他先是在俱乐部吃了午饭,刚好在银行关门前取好钱,然后回到俱乐部,又喝了一杯酒,接着便骑着自行车出发了。他是乘渡船过河的,摆渡的船夫清楚地记得见过他,而且确定那天只有他一个人是带着自行车过河的。这样看来,凶手并没有尾随他,而是埋伏在半路上伺机而动。布朗森顺着大路骑了两三英里,随后转进那条小路,也就是那条通往他住所的捷径。

"看样子他似乎是被了解他生活习惯的人杀死的,嫌疑当然立刻落到了他橡胶种植园里的那些苦力头上。我们相当仔细地对他们每个人做了审查,却找不到一点证据可以说明他们中的哪个人跟这桩罪行有关。实际上,他们大都能对自己在案发当日的活动做出令人满意的说明,即便那些无法做出上述说明的苦力,在我看来,也出于这样那样的理由被排除了嫌疑。亚罗立卑的中国人中确实有几个坏家伙,我对他们也进行排查。但不知怎的,我觉得这桩罪案不会是中国人干的。我感到中国人会用左轮手枪,而不是猎枪。总之,我没有发现一点线索。因此我们提出了赏格,不管哪个人,只要能够协助我们发现凶手,就能获得一千元。我认为对许多人来说,他们既提供了公共服务,同时又获得一笔相当可观的赏金,这样会有很大的吸引力。可是我也知道,知情者大都不想冒险,只有在确保自身安全的情况下才会说出实情。因此,我始终耐心地等待着。赏金也引起了我手下的兴趣,我知道,他们一定会采用各种办法,将罪犯绳之以法,接受审判。在这样的案件中,他们可以发挥比我更大的作用。

"可是,奇怪的是,仍然没有一点动静;无论哪个人似乎都没受到赏金的吸引。于是我把网撒得更大一点。那条大路旁边有两三座村庄,我不知道凶手是不是那里的人。我去见了几位村长,并没有从他们那儿得到什么收获。那倒不是他们不愿意告诉我什么,而是他们的确也没什么可以告诉我的情况。我跟当地那几个泼皮无赖也交谈过,但他们与这桩凶案绝对没有任何联系。根本找不到一点线索。

"'好吧,伙计们,'在我驾车返回亚罗立卑时,我暗自说道,'不用着急;绳索总有一天会套在你们的脖子上。'

"那些恶棍带着一大笔钱款潜逃了,但要是手里有了钱而不花,就变得毫无意义。我感到,以我对当地人性情的了解,可以肯定,占有这笔钱财对他们始终是一大诱惑。马来人是一个言行放纵的种族，一个爱好赌博的种族，中国人也爱好赌博。早晚会有人开始挥霍钱财的，那会儿我就想要知道他手里的钱是打哪儿来的。凭着几个目标准确的问题，我大概就可以让那个家伙对神明产生畏惧，到那时只要我精通自己所干的活儿，让他如实招供就不会有多大困难了。

"如今唯一能做的就是坐下来静心等待，直到悬赏捉拿的风头过去以后，凶手认为大家早把这桩案子忘掉了。那时他们想要花掉这笔不义之财的欲望就会变得越来越强烈，最后，他们会再也无法抵抗这种欲望。我则继续忙着自己的事儿，但我并不打算放松警惕。早晚有一天，我面前会出现捉拿凶手的机会。

"卡特赖特带着布朗森太太去了新加坡。布朗森工作的那家公司问卡特赖特是否愿意接受布朗森原来的职位，但他十分自然地表示自己不喜欢这个主意。于是公司指派了另一个人，并告诉卡特赖特说他可以获得布朗森的继任者所空出的那份工作，也就是管理卡特赖特目前居住的那个橡胶种植园。他立刻就搬到那儿去了。四个月以后，奥利芙在新加坡出生了。又过了几个月，就在布朗森死了一年以后，卡特赖特跟布朗森太太结婚了。我开始感到相当惊讶，但仔细一想，又不能不承认这是很自然的事儿。在那场变故以后，布朗森太太便十分仰仗卡特赖特，他为她安排好一切事务；布朗森太太一定感到颇为孤独，相当迷茫。她想必对卡特赖特的热情帮助心怀感激，卡特赖特也确实表现得劲头十足。就他而言，我觉得他肯定为她的遭遇感到惋惜，那种处境，对一个女人来说，可实在糟透了。她没有什么地方可去，他们俩一起经历了那场不幸，彼此肯定产生了感情。他们完全有理由结婚。对他们双方来说,这大概也是最好的做法。

"看来杀害布朗森的凶手似乎永远抓不到了,因为我的计划并没有产生效果。这个地区并没有发现哪个人超越常理地大把花钱。如果哪个人把这笔钱财埋在地下而分文不花,那他可真表现出了超凡的自我控制的能力。一年过去了,这桩命案实际上已经被人置诸脑后。难道有人真会如此小心谨慎,竟然过了这么长时间都不让一点钱外流?这实在叫人难以置信。我开始认为,布朗森是被两三个四处游荡的中国人杀害的,也许他们逃到了新加坡,几乎没有可能在那儿抓住他们。最终我只好放弃了。如果你细加思量,通常正是这种罪案,也就是抢劫的罪案,抓到罪犯的可能最为渺茫,因为无法确定对罪犯的嫌疑。万一逮住了罪犯,那也只是出于他们自身的疏忽。那跟出于激情或报复的罪案不同,在那种情况下,你可以根据哪个人具有除掉受害人的动机而找到嫌疑对象。

"对个人的失败加以抱怨,实在徒劳无益,我凭借自己的实用知识,尽量把这桩案子从头脑中清除出去。没有人喜欢被打败,但既然已遭到了挫折,我就尽力装出若无其事的样子。接着,一个中国佬在想要典当可怜的布朗森的怀表时被抓住了。

"我跟你说过,布朗森的怀表和表链被人拿走了。当然,布朗森太太能向我们相当准确地描绘这块表的样子。那是一块本森牌护盖怀表,另外有一根金链条,三四个印章和一个高档的钱包。当铺老板是个聪明的家伙,那个中国佬拿出表来典当的时候,他立刻认出了那是布朗森的怀表。他找了个借口,让那个中国人等着,接着派人叫来警察。那个中国人被捕后,立刻给带到了我的面前。我就

像见到失散多年的兄弟那样接待了他。我一辈子还从没有因为见
到哪个人而感到如此高兴。要知道,我对罪犯一点也不同情。我为
他们感到惋惜,因为他们打牌面对的对手手里掌握着所有的爱司和
老 K。可是每逢我抓到一个罪犯的时候,总略微产生一阵得意的感
觉,就像在打桥牌时干净利落地完成了飞牌①一样。这桩罪案的谜
底终于要水落石出了。就算这桩案子不是那个中国佬本人干的,我
们也肯定可以通过他找到凶手的踪迹。我面带笑容地望着他。

"我要他解释一下是怎样得到这块表的。他说他是从一个陌生
人那儿买来的。这种说法实在不能令人信服。我简短地向他说明
了案子的情况,并告诉他,他会受到谋杀的指控。我只想吓唬他一
下,也确实产生了效果。他随即改口说怀表是他捡到的。

"'捡到的?'我说。'真是不可思议! 你是在哪儿捡到的?'

"他的回答让我大吃一惊;他说他是在丛林里捡到的;我对他的
说法加以嘲笑;我问他是否真的认为这样的表会给乱扔在丛林里
面。他说他曾顺着那条从卡布隆通向亚罗立卑的小路前行,他走进
丛林,一眼就看到什么东西在微微发光,接着就发现了怀表。这真
有点奇怪。为什么他要说是在那儿捡到的呢? 要么他说的是实情,
要么就是他极为狡猾。我问他表链和印章究竟到哪儿去了,他立刻
把它们交了出来。我叫他感到十分害怕,他脸色苍白,浑身发抖。
他是一个身材矮小的人,长着两条罗圈腿。我并没有抓到凶手,如
果我看不出这一点,那我就真是一个傻瓜了。不过,他的恐惧表明
他了解一些情况。

---

① 飞牌,指打桥牌时出较小的牌,保留大牌以取胜的手法。

"我问他是什么时候捡到怀表的。

"'昨天。'他说。

"我又问他从卡布隆抄那条近路去亚罗立卑干什么。他说他曾在新加坡工作，因为父亲生病，所以回到了卡布隆，如今要前往亚罗立卑干活。他父亲的一个朋友是个木匠，给他找了一份工作。他告诉我自己在新加坡时跟他一起干活的工友名字，以及他在亚罗立卑的新雇主的名字。他所说的一切似乎都合乎情理，而且很容易加以证实，几乎不可能是假的。当然，我也想到，如果真像他所说的那样，那块怀表是他捡到的，那么怀表一定已经在丛林里放了一年多了。它几乎不可能处于十分良好的状况。我试着想把表盖打开，却根本开不了。当铺老板也来到警察局，就在隔壁房间里等着问话。幸运的是，他也算是一个钟表匠。我就请他过来检查一下怀表。他打开表盖，低低吹了声口哨，里面的机件都已锈迹斑斑。

"'这表不行了，'他说道，一面摇了摇头，'再也不能走了。'

"我问他怎么会出现这种状况，他没有听我在说什么，马上回答说是长期受潮造成的。出于道义，我把那个犯人关进了单人牢房，并派人去传唤他的雇主。我向卡布隆和新加坡各发了一份电报。在等候消息期间，我尽力根据现有的事实加以推断。我有些相信那个人的供述是真实的。他的恐惧可能并不是因为自己犯了案子，而是因为他捡到财物后竟想变卖。即便完全无辜的人落到警察手中，心里也往往感到紧张不安。我不知道警察身上究竟有什么东西，但只要有警察在场，人们总感到不大自在。可是如果怀表确实是在他说的那个地方捡到的，那一定是给人扔在那儿的。这桩事儿倒真蹊跷。就算凶手觉得留着这块表很不安全，那么预想他们也会设法把金表壳熔化掉。对不论哪个当地人来说,这都是一件十分简单的事儿。况且,那根表链极为寻常,根本不可能从那上面追查到什么踪迹。在这个地区的各家珠宝店里都有这样的表链。当然,也有这样的可能:凶手在作案后钻进丛林,在慌乱中丢失了怀表,始终不敢回去寻找。我觉得这也不大可能,因为马来人习惯把东西藏在自己的纱笼①里。中国人的外套上也有口袋。再说,他们一钻进丛林,就知道用不着再匆忙行事了。他们多半就在那儿静心等待,然后当场分赃。

"几分钟后,我派人去找的那个人来到警察局,证实了犯人所说的话。一个小时以后,卡布隆那头也有了回应。当地警察见到了犯人的父亲,他告诉他们,他的儿子是去亚罗立卑,要到一个木匠那儿去干活。至此为止,犯人说的每句话似乎都是真实的。我又叫人把他带了进来,告诉他我要带他去勘察据他所说发现怀表的那个地方,他必须向我指出确切的位置。尽管我觉得没有必要(因为这个可怜的家伙害怕得浑身发抖),但仍然给他戴上手铐,交给一个警察看管,另外还带了两三个人。我们驾着马车来到了大路跟小路的分岔口,顺着那条小路前行。离布朗森遇害处不到五码的地方,那个中国佬站住了脚。

"'就是这儿。'他说。

"他指向那片丛林,我们跟着他进了林子,走了大约十码左右,他指着两块巨石间的一道裂缝,说他就是在那儿捡到怀表的。他只是极其偶然地才发现了那块怀表。如果他真的在那儿发现了那块

---

① 纱笼,马来人的民族服装,常用鲜艳的印花料子裁制,男女皆穿。

怀表,看来好像也是有人特意把它藏在那儿的。"

盖斯停了下来,沉思地看着我。

"要是你在场,会怎么看待这件事?"他问道。

"我不知道。"我回答说。

"噢,我来告诉你我是怎么想的。我认为如果怀表放在那儿,那么赃款可能也放在那儿。看来值得在周围好好搜查一下。当然,在丛林中找东西,使得草垛里寻针倒真成了客厅里的消遣①。但我仍不由自主地要这么做。我把那个中国佬放了,让他跟我们一起寻找,我想要获得所能得到的一切帮助。我让我的三个手下开始搜索,我自己也行动起来。我们五个人站成一排,从大路分岔口开始搜起。我们在布朗森遇害处两边五十码的范围内展开搜寻,在长达一百码的地界内,我们一步接一步地在地面上查找。我们在枯叶中翻找,在灌木丛中探寻,朝卵石下面和树洞里面察看。我知道这样做相当愚蠢,因为找到赃款的概率只有千分之一。我唯一的希望是基于以下的推测:不管哪个人,刚杀了一个人后都会惊慌失措,如果他想藏匿什么东西,就会迅速动手去做;他会选择摆在面前最明显的藏匿地点。凶手把那块怀表藏起来的时候,就是这么做的。我之所以要在这个限定的范围内加以搜索,也是出于下面这个唯一的理由:既然怀表是在离大路这么近的地方找到的,那么想把别的赃物处理掉的凶手,也一定想迅速动手这么做。

"我们继续搜寻,我开始感到疲惫,窝了一肚子火。我们都像猪一样汗水淋漓。我感到干渴难忍,但是找不到一点可以喝的东西。

---

① 此处意为:在丛林中寻找东西的难度甚至超过草垛里寻针。

最后我得出结论,我们必须放弃这样的苦差事,至少那天不再干下去了。就在那时,那个中国佬突然发出一个低沉的叫声,那个小伙子一定有一双十分敏锐的眼睛。他弯下身子,从盘曲的树根下掏出一个肮脏霉烂、腐臭不堪的玩意儿。原来是一个皮夹子,已经在那儿被雨水冲刷了一年多,并且遭到蚂蚁、甲虫和天知道什么东西的啃噬,反正已经湿漉漉的,发出一股臭味。不过,那确实是一个皮夹子,是布朗森的皮夹子,里面还装着他从卡布隆的银行取出来的新加坡纸币;那些纸币早已失去原有的形状,黏成一团,恶臭难闻。尽管银币仍然没有找到,但我确信它们也一定藏在附近的某个地方。只是我再也不想费神找下去了。我已经发现了十分重要的线索。无论哪个人杀害了布朗森,显然他并没有从中获利。

"我发现那宽宽的轮胎印两侧都有布朗森的脚印,当时他停下自行车,大概在跟哪个人说话,我先前跟你说过这一点,你还记得吧?他是一个身体沉重的人,留下的脚印自然相当明显。他并不是把脚踩在松软的沙路上,随后又骑车走了,而是至少停了有一两分钟的时间。我的解释是他停下来跟一个马来人或中国佬说话,但我越想越觉得不大可能。他究竟为什么要这么做呢?当时布朗森一心想要回家。尽管他是一个性情欢快的人,但他肯定不会遇到当地人就嘻嘻哈哈地随意攀谈。他跟当地人的关系就是主仆的关系。那些脚印一直使我相当困惑。如今真相才突然闪现在我的脑海中。无论谁杀害布朗森,他并不是为了劫夺财物才下手的。如果布朗森把车子停下来要跟哪个人说话,那么跟他交谈的只会是他的一个朋友。我终于明白那个凶手究竟是谁了。"

我始终觉得侦探小说是最引人入胜和结构精巧的一种小说,并且为自己没有能力写作这类小说而感到遗憾,但我却读过很多侦探小说,我相当自豪地认为,很少在案子的谜底揭示之前,我没有已经解开那些谜团的。有一阵子,我已预见到盖斯打算说什么,但当他最终揭示谜底的时候,我承认不管怎样,自己仍感到有些震惊。

"布朗森遇到的那个人就是卡特赖特。卡特赖特当时正在打鸽子。布朗森停下来,问他在做什么。当他重新骑车上路时,卡特赖特举起猎枪,把两个枪筒里的子弹都打进了布朗森的脑袋。卡特赖特拿走了布朗森的钱和怀表,以便让现场看上去好像是盗匪团伙抢劫杀人的光景,接着匆忙地把它们藏在丛林里,然后顺着林子边沿一直绕到大路上,回到布朗森的家中,换上网球服,驾着马车和布朗森太太一起来到了俱乐部。

"我想起了那天他打网球时的糟糕表现,以及在我表示布朗森只是受伤而没有丧命时他那精神崩溃的样子,当时我是为了口气比较缓和地把这个噩耗告诉布朗森太太才这样说的。如果布朗森只是受了一点伤,那他也许还能开口说话。天哪,那管保是一个十分艰难的时刻。那个孩子是卡特赖特的。只消看一眼奥利芙,嗨,你自己不也看到了他们的相似之处。医生曾经说过,当他告诉布朗森太太说她怀有身孕的时候,她心烦意乱,并且要他答应不告诉布朗森。为什么?因为布朗森明白自己不可能是那孩子的父亲。"

"你认为布朗森太太知道卡特赖特所干的事儿吗?"我问道。

"我肯定她是知道的。我回想起那天晚上她在俱乐部的表现,心里就确信无疑了。她心神不安,并不是因为布朗森被杀害了,而是因为我说他受了伤。当我最终告诉她,布朗森在被发现时就已经死去时,她才突然哭了起来,心里一下子感到解脱。我了解那个女人。只消看看她那方方的下巴,你就可以明白她是否会下这样的毒手了。她具有钢铁一般的意志,是她指使卡特赖特这样做的,也是她策划了每一个细节和每一个步骤。卡特赖特完全受她的影响,如今他仍然如此。"

"你是想告诉我,你跟其他人都从来没有怀疑过他们之间的私情吗?"

"从来没有,从来没有。"

"如果他们彼此相爱,并且知道布朗森太太怀上了孩子,那他们为什么不干脆逃走呢?"

"那怎么可能? 只有布朗森手里有钱,而她跟卡特赖特都身无分文,而且卡特赖特又没有工作。你觉得他身上背负那样的骂名,还能找到另一份工作吗? 在他挨饿的时候,布朗森收留了他,而他却拐走了布朗森的老婆。他们根本没有那样做的一点儿机会。要让真相公之于众,他们也经受不住。他们唯一的机会就是除掉布朗森,他们也确实把布朗森除掉了。"

"他们本可以乞求布朗森的宽恕。"

"不错,但我想他们一定十分羞愧。布朗森对他们那么宽厚,为人那么正派。我觉得他们根本没有勇气把实情告诉他。他们宁可杀了他。"

出现了片刻的沉默,这当儿,我琢磨着盖斯说的话儿。

"那么,你是怎么处理这桩案子的?"我问道。

"什么也没有做。我又能做些什么呢? 我手里有什么证据? 就因为找到了怀表和纸币吗? 它们很有可能是哪个人藏在那儿的,后来不敢回来取走而已。凶手带着银币逃走,也许心里已经相当满足了。那些脚印吗？布朗森停下来，也许只是为了点一支烟，或者正好有一棵树干倒卧在小路上，他只好等待那些碰巧路过的苦力把树干移开。谁能证明一个十分正派、受人尊敬的女子在她丈夫去世后四个月产下的孩子不是她丈夫生的？哪个陪审团都不会给卡特赖特定罪。我只能保持沉默，布朗森遭到谋杀的案子不久就被人遗忘了。"

"我想卡特赖特夫妇是忘不掉的。"我说。

"如果他们忘了，我也不会感到吃惊。人的记忆短暂得惊人。要是你想听一下我的专业观点，我可以告诉你：我相信如果一个人确信自己所犯的罪行绝对不会被发现，那他根本不会有很深的悔恨之意。"

我又一次回想起当天下午遇到的那对夫妇；那个又老又瘦、戴着金边眼镜的秃头男子，以及那个满头白发、衣衫邋遢的女子，她说话坦诚，脸上挂着友好而嘲讽的微笑。几乎无法想象的是，在遥远的过去，他们俩也曾受到无比狂暴的激情的控制（因为只有这样才能使他们的行为得到解释），逼得他们最终陷入了走投无路的困境，只好采用冷酷无情的谋杀。

"你跟他们在一起时，就不会为此而感到有点儿不自在吗？"我问盖斯。"因为，希望这不算是吹毛求疵，我不得不说，我觉得他们可算不上是什么好人。"

"要这样想，你就错了。他们是非常好的人。他们大概是这儿最讨人喜欢的人。卡特赖特太太是一个十足的好人，言谈非常风趣。我的职责是防止犯罪，并在有人犯罪后将他抓获，但我见过的罪犯多得无法计算，不会认为他们在总体上要比别人更坏。一个十分正派的人也可能在环境的逼迫下犯罪,如果被发现了,他会受到惩罚;但他完全可以继续成为一个十分正派的人。当然,如果他犯了法,就应受到社会的惩罚,这完全是正当合理的,不过,体现一个人本质的往往不是他的行动。如果你像我一样做了这么多年警察,你就会明白,真正重要的并不在于别人做了什么事,而是他们究竟是什么样的人。幸运的是,警察根本不过问别人的思想,而只针对他们的行为。如果警察要去过问别人的思想,那么情况就会变得大不相同,而且也困难得多。"

盖斯弹掉了方头雪茄上的烟灰,脸上露出了他那挖苦、嘲讽但并不讨厌的笑容。

"听我说,有一项工作我可不喜欢干。"他说。

"是什么呢?"我问。

"上帝在最后审判日要做的工作,"盖斯说,"先生,我不爱干。"

行动的时机

　　他们买到了头等车厢的座位，真是幸运，因为他们随身带了好多行李：奥尔本的手提箱和旅行袋，安妮的梳妆盒和帽盒。他们在行李车上还有两个大衣箱，装着他们随时需要的东西，但奥尔本把所有剩下的行李都托给一个代理人照管，让他带到伦敦，一直存放到他们最终决定如何处理为止。他们有许多东西，奥尔本在东方收集的书画、古玩，还有他的枪和马鞍。他们已经永远离开了桑都拉。奥尔本像他做事习惯的那样，慷慨地给了搬运工很多小费，随后回到报摊前去买几份报刊。他买了《新政治家》周刊、《民族》周刊、《闲谈者》《简报》和最新一期的《伦敦信使》。他回到车厢里面，把那叠报刊扔在座位上。

　　"只有一个小时的旅程。"安妮说。

　　"我知道，但我仍然想买。我已经好久没有看到这些报刊了。想到明儿早上，咱们就能买到当天的《泰晤士报》《每日快报》和《每日邮报》了，心里真高兴。"

　　安妮没有回答，他转过身去，因为他看到有两个人正朝他们迎面走来。原来是一个男人和他的妻子,也是跟他们一起从新加坡回来的旅客。

"行李都顺利地过了海关了?"他高兴地对他们大声说。

那个男人似乎没有听见他的话儿,仍然笔直地朝前走去,但那个女人却开口回答了:

"是的,他们从来都找不到卷烟。"

她看到安妮,友好地朝她微微一笑,接着便走了过去,安妮飞红了脸。

"我生怕他们想进来,"奥尔本说,"如果可以的话,最好就咱们俩占据这个车厢。"

她好奇地看着奥尔本。

"我觉得你用不着担心,"她答道,"我看并没有哪个人想进来。"

他点起一支香烟,开始在车厢门口徘徊,脸上洋溢着幸福的微笑。他们早先经过红海,发现苏伊士运河里刮的风寒冷刺骨,于是安妮平时习惯见到的不少显得相当体面的男子,只好脱下原来身上的白帆布衣服,换上更为暖和的衣服,那时安妮惊讶地发现他们的模样发生了巨大变化。他们变得无比猥琐。他们的领带糟透了,衬衫也完全不合适。他们穿着肮脏的法兰绒裤子,寒碜破旧的毛绒外套,明显都是买现成的衣服,或者由外地裁缝缝制的蓝色哔叽服装。大多数旅客都在马赛①下了船,但也有十来个人,一路坐到蒂尔伯里②,有的认为经过在东方的长期旅程后,坐船穿过海湾③会对自己

---

① 马赛,法国东南部港口城市。
② 蒂尔伯里,伦敦和英格兰东南部的主要集装箱港口城市,位于泰晤士河下游河口。
③ 海湾,指位于西班牙北海岸和法国西海岸之间的比斯开湾。

的身心有益,有的则跟他们一样,为了节省钱财。眼下,好几个人正顺着站台朝前走去。他们戴着印度遮阳帽或者双层阔边毡帽,穿着厚重的大衣,也有的戴着软踏踏不成样子的帽子或圆顶礼帽,刷得都不怎么干净,戴在头上也显得太小。看到他们这副样子,真叫人感到吃惊。他们看上去就像是来自郊区的平凡的人。可是奥尔本的身上已经具有伦敦的气派,在他那漂亮的大衣上没有一点灰尘,他那黑色的霍姆堡毡帽①看上去也跟崭新的一样。你绝对无法猜到他曾在海外待了三年。他的衣领服帖地裹住他的脖子,薄软绸的领带也系得相当匀称。安妮望着他的时候,禁不住感到他是多么英俊。他的身量正好接近六英尺,体形修长,他穿得相当得体,衣服剪裁得也很合身。他长着一头金色的头发,仍然相当浓密,两只蓝眼睛,皮肤微微泛黄,这对那些失去少年时期白里透红的鲜美肤色的人来说,是相当常见的。他的脸颊上没有什么血色。他那好看的脑袋安稳地生在长长的脖子上,露出一个多少有些突出的喉结。可是你对他的脸部特征的印象要比他那俊美的容貌更为深刻。那是因为他的眉眼那么端正,他的鼻子那么直溜,他的脑门那么宽阔,因而他非常上相。说真格的,只要看到他的照片,你就会认为他是一个极为英俊的人。但他实际上并不是这样的人,那也许是因为他的眉毛和睫毛的颜色很淡,嘴唇又薄,不过他显得很有才智。他脸上有种高雅的神气,那副超凡脱俗的样子实在奇特动人。你会认为这就是一个诗人该有的样子。安妮跟他订婚后,每逢她的女性朋友向她

---

① 霍姆堡毡帽,一种帽边卷起帽顶有纵向凹形的软毡帽,因首产地为德国城镇霍姆堡而得名。

问起未婚夫的情况时,她总说他看上去就像雪莱①。现在奥尔本朝她转过脸来,蓝眼睛里露出一丝笑意。他的笑容总那么富有魅力。

"真是一个在英国上岸的无比美好的日子!"

眼下已是十月,他们先前在英吉利海峡灰色的海面上航行,头顶上面笼罩着阴暗的天空。空中一丝风也没有。渔船都停在平静的水面上,好像暴风疾雨已经永远忘却了它们原有的敌意。海岸露出一片惊人的绿色,但这种令人感到惬意的明亮绿色又与东方丛林那种草木茂盛、来势汹汹的鲜绿色不同。他们沿途经过的各个红色市镇让人心里感到安闲舒适。那些市镇似乎都带着欣喜友好的神色,欢迎背井离乡的人归来。当他们进入泰晤士河河口的时候,他们先见到了埃塞克斯郡的富足景象,不一会儿,眼前出现了坐落在肯特郡海岸上的乔克教堂,样子孤零零的,周围都是饱受风雨侵蚀的树木,再往后就是科巴姆树林。红红的太阳出现在薄薄的雾气中,照射在沼泽上面,接着夜色降临。车站里面,在弧光灯的照射下,黑暗中出现了一块块冰凉刺目的光亮。看到搬运工穿着肮脏的制服缓慢吃力地往来走动的景象,看到那个身材肥胖、自命不凡的站长戴着圆顶礼帽的样子,真叫人心里舒畅。站长吹了一声哨子,挥动了一下胳膊。奥尔本走进车厢,在安妮对面的角落里坐了下来。火车开始启动了。

"咱们预计会在六点十分到达伦敦,"奥尔本说,"七点应当可以到达杰明街。那样咱们就可以有一个小时用来洗澡和换衣服。咱们可以在八点半到萨伏依饭店去用晚餐。今晚咱们可以喝一瓶汽

---

① 雪莱(1793—1822),英国浪漫主义诗人,容貌俊美。

水,亲爱的,并且吃上一顿高档的饭菜。"他发出咯咯的笑声。"我听到斯特劳兹夫妇和蒙狄斯夫妇商量好了要到特罗卡德罗的烤菜餐馆去会面。"

他拿起面前的那堆报刊,问安妮是否也要拿一份看看。安妮摇了摇头。

"你累了吗?"他笑着问道。

"不累。"

"感到兴奋吗?"

安妮低声笑了笑,免得回答他的问题。他开始看报,先从出版公司的广告开始看起,安妮意识到他心里极为满意,因为感到自己又能通过报刊来了解周围的一切了。他们在桑都拉也订阅了这几份报刊,但总要六个星期之后才能收到,尽管他们仍然对自己所关注的世间的最新局势保持了解,但晚到的报刊总让他们想到了自己漂泊海外的事实。可是如今奥尔本所看的都是刚出版的报刊,它们散发出不同的气味,具有一股令人舒畅的新鲜劲儿。奥斯本想要一下子把它们都看完。安妮则望着窗外。乡间一片漆黑,除了映照在车窗玻璃上的车厢灯光外,她几乎什么也看不见。但不一会儿,眼前出现了一个市镇,随后她看到一些低矮肮脏的房屋,一路绵延了好几英里,各处窗口闪现出零星的灯光,屋顶的烟囱在天空的衬托下形成单调的图案。他们经过了巴金、东哈姆和布罗姆利——他们经过上述车站的时候,站台上的这些名字竟然叫安妮心情激动,实在荒唐——随后到了斯特普尼。奥尔本放下了手中的报刊。

"咱们再过五分钟就到了。"

他戴上帽子,把搬运工先前放在行李架上的东西取了下来。他望着安妮,两眼闪闪发亮,嘴唇也在不住地抽搐。安妮看出他好不容易才控制住自己的情绪。他也朝窗外看去,火车经过了好些灯火辉煌的大街,上面挤满了有轨电车、公共汽车和运货汽车。他们看到街道上也满是行人,真是熙熙攘攘!商店都灯光明亮。眼前也出现了不少推着手推车在路边叫卖的小贩。

"伦敦啊。"他说。

他抓住安妮的手,轻轻地按了一按。他的笑容显得那么甜蜜,因而安妮不得不开口说些什么。她设法想要显得诙谐一点。

"这叫你心里感到很有趣吗?"

"我不知道我是想要大叫一声,还是想要呕吐。"

到了芬丘奇街,他放下车窗,朝外挥动胳膊寻找一个搬运工。在一声刺耳的刹车声后,火车一下子停住了。一个搬运工过来打开车门,奥尔本把行李一件接一件地交给他。接着他用自己那种斯文有礼的方式,先跳下车去,然后伸手帮助安妮下到站台。搬运工去拿手推车,他们就站在自己的那堆行李旁等着。奥尔本朝打他们身旁经过的两个同船旅客挥了挥手,其中那个男人举止僵硬地朝他点了点头。

"咱们再也不用对这些讨厌的人表示客气了,这真叫人心里舒畅。"奥尔本轻松愉快地说。

安妮飞快地朝他瞥了一眼。他真叫人无法理解。那个搬运工带着手推车回来了,他们的行李给放到车上,接着他们就跟在那个搬运工的后面去领取他们的大衣箱。奥尔本挽住妻子的胳膊,并按了一下。

"咱们四周充满伦敦的气息。天哪,真是太好了。"

他为眼前繁忙喧闹的景象,为周围拥挤的人群而感到高兴。弧光灯的亮光和他们那线条清晰、明暗鲜明的黑色身影,让他感到得意扬扬。他们出了车站来到街上,那个搬运工去为他们叫一辆出租汽车。奥尔本望着街上的公共汽车和正在对混乱的交通情况进行疏通的警察,他的眼睛不禁闪闪发亮。他那气度不凡的脸上露出好像获得灵感的样子。出租汽车来了,他们的行李都给堆放到司机旁边,接着奥尔本给了那个搬运工半个克朗,他们就坐上出租汽车走了。他们转入格雷斯丘奇街,随后在坎农街遇到了交通堵塞。奥尔本大声地笑起来。

"怎么啦?"安妮问道。

"我实在太兴奋了。"

他们顺着河堤路朝前驶去,那儿相对安静一些。别的出租汽车和小汽车超到了他们前面。有轨电车的当当声在他的耳中就是好听的音乐。经过威斯敏斯特大桥,他们穿过议会广场,又穿过苍翠寂静的圣詹姆士公园。他们已在杰明街口的一家旅馆预定了房间。旅馆的接待员把他们带上楼去,一个搬运工则把他们的行李提了上去。他们的房间里面放着一对单人床,另外附带一个浴室。

"看上去相当不错,"奥尔本说,"在咱们找到合适的公寓或套房前,可以暂时住在这儿。"

他看了看自己的手表。

"听我说,亲爱的,如果咱们一起打开行李,就会彼此碍手碍脚。咱们有大量的时间,而你收拾整理和穿衣打扮的时间也比我要长。所以我就出去一下。我想到俱乐部去看看有没有我的信件。我的无尾礼服就放在手提箱里,而且我洗澡更衣,只需要二十分钟的时间。这样安排合乎你的心意吗?"

"行,这样安排很好。"

"我会在一个小时后回来。"

"很好。"

他从口袋里掏出自己一向随身携带的那把小梳子,梳理了一下他那金色的长发。随后他戴上帽子,看了看镜子里面自己的样子。

"我要把洗澡水给你放好吗?"

"不,用不着。"

"好吧,再见。"

于是他出去了。

等他走后,安妮拿出他的梳妆盒和帽盒,放到她的大衣箱的顶上。接着她按了按铃。她并没有脱下帽子,而是坐下来点了支烟。当仆役听到铃声赶来的时候,她要他去找个搬运工来。搬运工来了。她指着那堆行李。

"你好不好现在把这些东西拿出去,放在门厅里面? 一会儿我会告诉你接下去怎么做。"

"好的,太太。"

她给了他一个弗罗林①。他把大衣箱和另外两个包裹拿了出去,随后带上房门。几滴泪珠从安妮的脸颊上淌了下来,但她竭力振作;她擦干了眼睛,又往脸上抹了点粉。眼下她需要保持镇静。奥尔本想到要去俱乐部看看,她对奥尔本的这个想法感到高兴。这

---

① 弗罗林,英国一八四九年首次铸造的两先令银币。

让事情变得容易了一些,也给了她一点时间来仔细思考。

眼下到了实现她已经确定了好几个星期的那件事儿的时刻,眼下她必须说出她不得不说的那些可怕的情况,她却畏缩不前。她的心沉了下去。她完全清楚自己打算对奥尔本说些什么,她很久以前就打定了主意要这么做,并且心里早已对自己要说的话说了上百遍了,在从新加坡到伦敦这段漫长的航程中,她每天总要对自己说上三四遍,而她也害怕自己会变得头脑糊涂。她害怕争吵。一想到可能出现的争吵,她就会感到有点恶心。不管怎样,如今她有一个小时可以集中思想。奥尔本也许会说她冷酷无情,不可理喻。可是她也没有法子。

"不行,不行,不行。"她大声嚷道。

她害怕得浑身发抖。突然她又看到了自己在平房里的模样,就像整个事情开始时那样坐在那儿。快到用午餐的时间了。几分钟后,奥尔本就要从办公室回来了。想到他们的住处对奥尔本仍是一个吸引他回来的地方,她很高兴,宽大的游廊就是他们的客厅。她知道尽管他们已经在那儿住了一年半的时间,但奥尔本仍然意识到她在这个住处的布置陈设上所取得的成功。眼下,百叶窗都放了下来用以遮挡正午的阳光。从百叶窗缝隙中透进来的柔和阳光,让人产生一种清凉寂静的印象。安妮是一个讲究家庭陈设的人,尽管他们根据部门的要求,不断从一个地区搬迁到另一个地区,极少在哪个地方停留很久,但每到一个新的驻地,她总是用新的热情把他们的房子布置得舒舒服服,令人喜爱。设计出新颖的装饰方案,让她兴味无穷。她的思想观点十分现代。前来拜访的客人往往因为他们家没有什么小摆设而觉得诧异;他们也会对她那鲜艳醒目的窗帘而感到震惊,他们根本无法辨别挂在墙上镀银镜框里的那些以极为灵巧的手法着色复制的玛丽·洛朗森①和高更②的画作。她意识到几乎没有多少人会赞同她的做法。华莱士港和彭伯顿的那些风雅女子会认为这样的安排布置显得奇特、做作,并不得当。但她却相当平静。她们会明白的。让她们有点儿惊讶,对她们也不无好处。眼下,她环顾着又宽又长的游廊,就像一个对自己的作品感到满意的艺术家,洋洋自得地舒了口气。这儿充满生气,毫无装饰,让人感到安闲宁静。这儿既能让人精神振作,又能渐渐激发想象。三盆巨大的黄色美人蕉完成了四周的色彩布局。她的眼睛在摆满书籍的书架上停留了片刻。那是另一样与殖民地不相协调的东西,他们手头拥有的全部书籍,也是一些述奇志异的书籍,在他们看来,大部分的内容都很沉闷。可她仍然充满深情地望着这些书籍,好像它们都是有生命的事物。接着她又朝钢琴瞥了一眼。琴架上仍有一本摊开的乐谱,那是德彪西③的乐曲,奥尔本在前去上班前曾经弹奏这首乐曲。

当奥尔本被任命为达克塔的地区长官时,安妮在殖民地的朋友们都向她表示慰问,因为那是桑都拉最偏僻的地区。那儿与政府总部所在的城镇无法用电报或电话加以联系。但是她却喜欢那个地方。他们已经在那儿待了一段时间,她希望他们可以再待一年,直

---

① 玛丽·洛朗森(1883—1956),法国女画家,受野兽派、立体派影响,风格简洁、细腻,色彩丰富,以善于描绘优雅而略带忧郁的妇女形象著称。
② 高更(1848—1903),法国后期印象派画家,醉心于"原始主义",用平涂表现带装饰性的真实场景及原始趣味和异国情调。
③ 德彪西(1862—1918),法国作曲家和评论家,印象派音乐的开创者,经常运用五声音阶、全音音阶、色彩性和声与配器,以造成朦胧、飘忽、空幻、幽静的意境。

到奥尔本休假回国的时候。那是一个面积与英国的郡几乎一样大
的地区,有着长长的海岸线,海面上布满了许多小岛。一条宽阔的、
蜿蜒曲折的河流穿过那个地方,河的两岸都是密密丛丛地布满原始
森林的山峦。他们的驻地位于河的上游很远的地方,那儿有一排中
国人开的商店,一个掩映在椰子树丛中的当地人的村庄,地区官署,
地区长官的宅子,办事员的住处和兵营。他们唯一的邻居,就是沿
河往上几英里外的一个橡胶种植园的主管以及河的支流旁的一个
伐木场的主管和他的助手(这两个人是荷兰人)。橡胶种植园的汽
艇每月两次在河流上来回往返,这就是他们与外界保持常规联系的
唯一方式。可是尽管他们生活孤独,但一点儿也不沉闷乏味。他们
的日子过得很充实,破晓时分,马儿就给他们就备好了,他们骑马出
门,那会儿天色微明,充满神秘的热带夜晚仍在穿越丛林的马道上
徘徊不去。随后他们回来,沐浴洗澡,更换衣服,吃早饭,接着奥尔
本前往办公室。安妮上午则用来写信和干家务活。她抵达这儿的
头一天就爱上了这个地方,而且费了不少力气学会了当地的日常口
语。她听到了不少有关爱情、嫉妒和死亡的故事,这充分激发了她
的想象。人家对她讲了若干刚刚过去的那个时代的传奇故事。她
试图潜心研究那些陌生的人们的传说。她和奥尔本都看了许多这
方面的书。他们收藏了大量介绍当地情况的书籍,也有不少从伦敦
寄来的新书,几乎每一次邮班都有新书寄到。他们几乎没有错过任
何值得一看的东西。奥尔本喜爱演奏钢琴。就一个业余爱好者来
说,他弹得很不错。他十分认真地用功学习。他的指法适宜,听力
敏锐。他可以轻松地识读乐谱。每逢他想要弹什么新曲子的时候,
安妮总喜欢坐在一旁,看着曲谱倾听。但他们最大的乐趣是在那个

地区漫游。有时他们会外出旅行两个星期。他们会坐着马来帆船①沿河直下,随后从一个小岛航行到另一个小岛,在海里洗澡,钓鱼,或者把船朝上游划去,最后河水逐渐变浅,两岸的树木彼此近得你只能看到中间一道狭长的天空。于是船夫只好用篙撑着船前行,他们会在当地人的房屋里度过夜晚。他们就在河流形成的水潭里洗澡,河水清澈得可以看到河底闪闪发亮的银白色沙子。那个地方是那么美好,那么宁静,那么偏远,因而你觉得自己可以永远待在那儿。另一方面,有时他们会顺着丛林里的小路一连走上好几天,晚上就睡在帐篷里面,尽管遭到蚊子叮咬,蚂蟥吸血,但他们仍每时每刻都感到很愉快。哪个人能像在折叠床上那样睡得如此香甜? 随后他们会高高兴兴地回去,欣然安逸地待在陈设有序的住处,阅读从家乡寄来的大量信件和各种报刊,而且也没忘了钢琴。

奥尔本会在钢琴前面坐下,手指迫不及待地想要摸到琴键,演奏着斯特拉文斯基②、拉威尔③、达里亚·米约④的作品,安妮似乎感到他在这些乐曲中添加了自己个人的一些东西,比如夜晚丛林里的声音,河口湾的黎明,星光灿烂的夜晚,还有晶莹清澈的林中水潭。

有时候,一连好几天都大雨滂沱。奥尔本就在家学习中文。学会了中文,他就可以同这个地区的中国人用他们的语言进行交流,而安妮则会做许多自己以前没有工夫做的事儿。在这段时间里,他们之间的关系变得更为紧密。他们总有大量的话题可谈。他们都

---

① 马来帆船,一种用大三角帆并装有舷外架的快速帆船。
② 斯特拉文斯基(1882—1971),俄国出生的作曲家,一九三九年起定居美国,后入美籍。
③ 拉威尔(1875—1937),法国作曲家。
④ 达里亚·米约(1892—1974),法国作曲家。

为各自的事儿操劳,高兴地打心底里感到彼此十分亲近。他们极为和睦。下雨的日子里,他们俩被困在所住的平房里,反倒让彼此觉得他们好像完全一致在面对外部的世界。

偶尔,他们会去华莱士港。那是一种环境的改变,但安妮总是很乐意回来。她在那儿总感到很不自在。她意识到他们所遇到的每一个人都不喜欢奥尔本。他们都是十分平凡的人,属于中产阶级,生活枯燥乏味,一点没有对知识的兴趣,而正是这些兴趣才使得奥尔本和她的生活极为充实,富有变化。他们中的不少人都胸襟狭窄,脾气粗暴。由于奥尔本和她生活的大部分时间都不得不跟他们接触联系,想到他们对奥尔本那么不友好,安妮就觉得心烦。他们说奥尔本自高自大,他始终对他们和和气气,但安妮知道,那些人对他表示的热情友好的态度却很厌恶。当奥尔本力图显得欢快的时候,他们说他装腔作势;当奥尔本跟他们开玩笑的时候,他们又觉得他是在拿他们打趣逗乐。

有一次,他们在总督官邸停留的时候,那个喜欢安妮的总督夫人,汉内太太对她说了这些情况。也许是总督让妻子给安妮一个暗示。

"你知道,亲爱的,可惜你的丈夫没能博得人们的好感。他非常聪明。你不觉得,如果他不让别人知道他一下子就把情况看得那么清楚,反而会好一些吗?昨天,我丈夫对我说:'我当然知道奥尔本·托雷尔是我们部门中最聪明的年轻人,但他比我认识的无论哪个别的人都叫我感到恼火。我是总督,但每逢他跟我说话的时候,总让我感到,他把我看作一个十足的傻瓜。'"

最糟的是,安妮知道奥尔本个人对总督才干的评价是多么低。

"他并不想要显得高人一等，"安妮笑吟吟地回答说，"他真的一点也不自负。我想那只是因为他鼻子很直，颧骨很高罢了。"

"你知道，他在俱乐部里也不受欢迎，人们把他称作'粉扑珀西'①。"

安妮脸红了，她以前曾听到人们这样叫他，这叫她感到非常生气。她的眼睛里满是泪水。

"我觉得这实在太不公平了。"

汉内太太抓起她的手，十分温柔地轻轻握了握。

"亲爱的，你知道我并不想伤害你的感情。你的丈夫不可避免地会在部门里升到很高的位置。如果他略微懂得一点人情，许多事情就会好办得多。为什么他不去踢足球呢？"

"这不是他拿手的运动。他一直非常爱打网球。"

"他并没有给人这样的感觉，他总让人觉得在这儿谁也不配跟他打球。"

"哎，没有这样吧。"安妮被她的话刺痛了，这样说。

奥尔本正好是一个极其出色的网球手。他在英国曾参加过许多网球比赛。安妮知道，他把那些身材粗壮、精力充沛的人打得满场奔跑，心中会有一种铁面无情的满足感觉。他会让最优秀的对手都显得愚蠢。他会在网球场上引得对手万分恼火。安妮也知道，有时他无法抵挡这样的诱惑。

"他确实有哗众取宠的表现，是吧？"汉内太太说。

---

① "粉扑珀西"原文为 Powder-Puff Percy，按 power-puff 一词既有粉扑的意思，也有女性化男子、软弱无能的男子的含义，所以此处实际含有"软弱无能的珀西"的意思，珀西是英国诗人雪莱的教名。

"我倒不这么看。说真的,奥尔本并不知道自己不受大家的欢迎。就我所知,他总是亲切友好地对待每个人。"

"但他却是最唐突无礼的人。"汉内太太冷冰冰地说。

"我知道人们不大喜欢我们,"安妮微微笑了笑,说,"我很抱歉,但我真的不知道我们能对此做点什么。"

"亲爱的,与你不相干,"汉内太太大声说,"大家都喜爱你。这也就是他们忍受你丈夫的原因。亲爱的,谁能不喜欢你呢?"

"我不知道他们为什么喜爱我。"安妮说。

可是她说这句话的时候,并不是那么真诚。她一直在故意扮演好妻子的角色,内心感到兴味无穷。他们不喜欢奥尔本,因为他显得那么气派不凡,而且也因为他爱好文学和艺术。他们不了解这些事情,因而认为对这些事情,男子汉不应加以关注。他们不喜欢奥尔本,因为他的能力比他们强。他们不喜欢奥尔本,也因为他比他们要有教养。他们觉得他高人一等;哎,他是高人一等,但并不是他们所指的那个意思。他们宽恕安妮,因为她是一个难看的小家伙。这是她对自己的称呼,但其实她并不难看。如果非要说她难看的话,也是那种最有吸引力的难看模样。她好像是一个小猴子,不过是一个十分可爱、富有人性的小猴子。她身材匀称,这是她最大的优点。身材和她的眼睛。她生着两只深褐色的大眼睛,水汪汪的,亮闪闪的。她的眼睛里充满了戏耍的意味,但有时她的眼睛也会显得相当温柔,露出一副迷人的同情神色。她的头发和皮肤的颜色都很深,鬈曲的头发几乎是黑色的,皮肤也是黑黝黝的。她长着一个肉乎乎的小鼻子,鼻孔很大,还有一张过大的嘴。可是她机敏活泼,可以装出充满兴趣的样子,跟殖民地的那些女子谈论她们的丈夫和

仆人,以及她们在英国的子女。她也可以满口赞赏地注意听着男人
们给她讲那些她以前已经听过好多次的故事。大家都觉得她是一
个极好的人儿。他们并不知道,在私底下她怎样巧妙地取笑他们。
他们压根儿不会想到,她觉得他们心胸狭隘,举止粗俗,自命不凡。
他们一点也没有发现东方的魅力,因为他们总是用实际的眼光,趣
味庸俗地看待眼前的世界。浪漫传奇在他们的门口徘徊不去,他们
却像对待一个纠缠不休的叫花子那样将其赶走。她冷漠超然,心里
反复念着兰多的诗句①:

"我爱大自然,其次就是艺术。"

她思考着自己同汉内太太的谈话,但总的来说,那并没有叫她
感到忧虑。她不知道自己是否应该把这桩事对奥尔本提一下。奥
尔本对自己的不受欢迎竟然毫无察觉,始终叫她感到有点儿奇怪。
但她又担心自己如果告诉了奥尔本,他会变得局促不安。

他根本没有注意到俱乐部里那些人的冷漠神态。在他面前,他
们感到畏缩,因而不大自在。他的到场经常会造成一种困窘的局
面,但是他一向乐呵呵的,毫无感觉,仍然对每一个人都轻松愉快,
热情友好。实际情况是,他奇怪地没有察觉别人的态度。安妮是独
具一格的人,她以及他们在伦敦的一小群朋友都是这样的人,但奥
尔本从来没有意识到殖民地的居民,那些政府官员、种植园主和他
们的妻子也是人。在他看来,他们就像是一盘象棋中的小卒。他跟

① 兰多(1775—1864),英国诗人、散文家,此处所引诗句出自他的《七五生辰有感》。

他们一起欢笑,拿他们打趣,对他们亲切地加以容忍。安妮轻声笑着暗自认为,他真像一个预备学校①的校长,带着一些男孩子出去野餐,急切地想让他们玩得畅快。

她觉得把实情告诉奥尔本大概没有什么好处。奥尔本无法装出毫不知情的样子,而她开心地知道,装假掩饰就她来说实在轻而易举。对那些人,她还能怎么应付呢?那些从国内来到殖民地的男人原来都是从二流学校出来的家伙,生活并没有教给他们什么东西。到了五十岁,他们看上去仍像笨手笨脚的小伙子。他们中的大多数人都喝酒喝得太多。他们根本不读任何值得一读的书。他们的抱负就是成为一个与众人毫无差别的人。他们对一个人最高的颂扬,就是称道他是一个十足的好人。如果你对精神事物感兴趣,你就是一个自命清高的人。他们彼此眼红,为了琐碎的事儿满怀妒忌。至于那些可怜的女人,则不断无聊地钩心斗角。她们所形成的圈子比英国最小的市镇中的圈子还要狭隘守旧。她们假装正经,充满恶意。这样的人不喜欢奥尔本,那有什么关系呢?他们不得不对他加以容忍,因为他的能力那么强。他既聪明机敏,又充满活力。他们不能说他没有很好地完成他的工作。在他所任职的每一个岗位上,他都干得相当成功。凭借他的敏感和想象,他可以明白当地人在想些什么,并能让他们按照他的意思去做,而这一点,任何一个处于他的地位的人都无法做到。他很有语言天赋,会说当地的所有方言。他不仅通晓大部分政府官员说的日常语言,而且对语言的细

---

① 预备学校,学生为升学做准备而进的学校。在英国专指为进入公学或其他中学做准备的私立小学,以收费高及贵族化为特征。

微差别也相当熟悉。偶尔他会采用礼仪场合使用的言辞,博得长官的欢心,给他们留下深刻的印象。他也很有组织的才能。他并不害怕承担责任。到了适当的时候,他一定会成为一个驻地长官。奥尔本在英国有些影响。他的父亲是一个陆军准将,已经在战争中阵亡了。尽管他没有什么个人财产,但却有不少颇有权势的朋友。他提到他们的时候总用开玩笑的嘲讽的口气。

"民主政府的最大好处,"他说,"就是战功在受到奖励的影响下,可以很有把握地获得应有的酬劳。"

奥尔本显然是部门中最能干的人,看上去没有理由他最终不能当上总督。那时候,安妮心里暗想,眼下大家抱怨的他那种高人一等的神态就会变得完全适当。他们会接受他作为他们的长官。他也会知道怎样让大家对他表示尊敬和服从。她预见到的这种情况并没有冲昏她的头脑。她将其看作他们应有的权利加以接受。如果奥尔本成为总督,而她成为总督夫人,那会相当有趣。好一个机会!那些政府工作人员和种植园主都缺乏主见。一旦总督官邸成为文化的中心,他们就会马上跟风追随。如果最能博得总督好感的方法是聪明才智,那么聪明才智就会成为时兴的事物。她和奥尔本会珍视当地的艺术,并小心地收集消逝的往昔的碑刻。这个国家会取得意想不到的进步。他们会让它不断发展,但采用的是秩序和美的方式。他们对于眼前这片美丽的土地无比热爱,对于这些富于浪漫色彩的种族充满爱意和兴趣;他们会把这样的感情灌输给自己的下属。他们会使那些人明白什么是音乐。他们会倡导文学。他们会创造美。这儿会出现一个黄金时代。

突然,她听见奥尔本的脚步声。于是安妮从她的白日梦中醒了过来。所有这一切只会出现在遥远的未来。如今奥尔本还只是一个地区长官。真正重要的是他们目前的生活。她听见奥尔本走进浴室,接着便是龙头的水喷洒到他身上的声音。不久奥尔本就进来了。他已换上了衬衫和短裤。他那金色的头发仍然湿漉漉的。

"午餐准备好了吗?"他问道。

"准备好了。"

他坐到钢琴前面,演奏了早晨他曾演奏过的那首乐曲。悦耳动听的曲调像瀑布般倾泻到闷热的空气中,带来一股凉意。你有一种印象,觉得自己好像置身于一座布置井然的花园之中,里面满是大树,还有造型雅致的人造水池和供人悠闲散步的小路,道路两旁则安放着几座仿效古典风格的雕像。奥尔本演奏得十分精妙细腻。不久仆役头儿通报说午餐准备好了。奥尔本从钢琴前站起身来,把手伸给安妮。他们手挽手走进饭厅,一个布屏风扇懒懒地转动着。安妮朝桌子上瞥了一眼。在颜色鲜艳的桌布和可爱的盘子的衬托下,桌面上显得气氛欢快。

"今儿早上,办公室里有什么激动人心的事儿吗?"她问道。

"没有,没有什么特别的事儿。只有一桩关于水牛的案子。哦,普林派人来请我到他的橡胶种植园去一次。有些苦力毁坏了里面的树木,他想要我过去调查一下。"

普林是河流上游那个橡胶种植园的主管,他们偶尔会去跟他消磨一个晚上。有时候,他想要改变一下环境,也会沿河而下,到他们家来吃晚餐,并在地区长官的宅子里安歇。他们俩都很喜欢他。他年纪大约三十五岁,长着一张红脸,上面布满了深深的皱纹,头发乌黑。他没有受过什么教育,但天性欢快,脾气随和。既然他是他们周围两天的旅程内唯一的英国人,他们自然不能不对他表示友好。一开始他感到有些腼腆。各种消息在东方传播起来很快,早在他们到达这个地区之前,他就听说他们是文化修养很高的人。他不知道应该如何来面对他们。他大概不知道自己身上的魅力可以弥补更多值得称道的品质,而奥尔本以他那种近乎女性的敏感,特别容易受到这种魅力的影响。他觉得奥尔本要比他所预期的通达人情得多。当然安妮也让他留下深刻的印象。奥尔本为他演奏散拍乐曲①,那是总督也没有享受到的待遇,也跟他一起玩多米诺骨牌。奥尔本和安妮头一次在驻地四处游历,曾提出想在他的橡胶种植园里度过两三个夜晚,他觉得自己不妨预先告诉奥尔本,他跟一个当地女子同居,并且那个女子还给他生了两个孩子。他会尽量不让安妮见到他们,但无法把他们送走,因为他也没有什么地方可以打发他们。奥尔本笑起来。

"安妮压根儿不是那样的女人。用不着考虑把他们藏起来。她很喜爱孩子。"

安妮很快便跟那个神情羞涩、矮小漂亮的当地女子成为朋友,不久就开心地跟那两个孩子一起玩耍嬉戏。她跟那个女子往往推心置腹地谈上好久。孩子们也很喜欢她。她会从华莱士港给他们带来一些可爱的玩具。她总是笑吟吟的,显得相当宽容,而殖民地的其他白种女人却总是摆出一副不以为然的刻薄样子,两相比较,普林说自己那时真是大吃一惊。他怎么都无法充分表达自己内心

---

① 散拍乐曲,一种大量采用黑人音乐创作而成的早期爵士乐,以采用鲜明的切分音节奏为特色,流行于十九世纪九十年代至二十世纪二十年代。

的喜悦和感激之情。

"如果所有趣味高雅的人都像你们一样，"他说，"那么希望每次派来的都是趣味高雅的人。"

他不愿去想再过一年，他们就要永远离开这个地区，那时很有可能出现下面这种情况，如果下一任地区长官也结了婚，长官夫人就会觉得他的生活方式实在可怕，因为他并没有独自生活，却与一个当地女子同居，而且更糟的是，他对这个女子还很眷恋。

可是，最近橡胶种植园里出现了许多不满的情绪。那些中国苦力受到共产主义思想的影响，变得目无法纪。奥尔本已不得不因其中一些人所犯的种种罪行而把他们判处有期徒刑。

"普林告诉我说，一旦他们的聘用期满以后，他就把他们都送回中国去，重新找一些爪哇人来替代他们，"奥尔本说，"我确信他这种想法是对的。爪哇人要温顺得多。"

"你觉得不会闹出什么严重的乱子吧?"

"哦，不会的。普林明白自己该干些什么，他是一个相当坚定的家伙，不会容忍他们瞎胡闹的。况且，有了我跟警察的支持，我想那些中国人也不会再耍什么鬼把戏了。"他露出笑容。"外柔内刚嘛。"

他话音刚落，突然响起一阵喧嚣。外面出现了骚乱，传来杂乱的脚步声。也有大声说话和喊叫的声音。

"老爷，老爷。"

"到底出什么事了?"

奥尔本一下子从椅子上跳起来，飞快地跑到游廊上。安妮跟在他的后面。台阶底下聚集了不少当地人。其中有一个警官，三四个警察，几个船夫，以及一些从村庄里来的村民。

"这是怎么回事?"奥尔本大声嚷道。

有两三个人喊叫着回答他。那个警官把其他人推到一旁。奥尔本看到地上躺着一个穿着衬衫和卡其布短裤的汉子。他奔下台阶,认出那个汉子是普林的橡胶种植园的主管助理。他是一个欧亚混血儿。他的短裤上沾满了血,头部和脸部的一侧也满是凝固的血块。他已经失去了知觉。

"把他抬过来。"安妮大声说。

奥尔本下达了命令。于是那个汉子便给抬起来,移到游廊上,平放在地上。安妮在他的头底下放了一个枕头,又叫人取来了水和药箱,药箱里面装着紧急情况时所用的药品。

"他死了吗?"奥尔本问道。

"没有。"

"最好能给他喝点儿白兰地。"

那几个船夫给大家带来了可怕的消息。那些中国苦力突然发起暴动,袭击了主管办公室。普林被杀害了,他的助理奥克利侥幸逃了出来。他撞见那帮暴徒的时候,他们正在办公室里抢劫财物。他看到他们把普林的尸体从窗口扔了出来,就拔脚飞跑。有几个中国人看到他,就追了出来。他朝河边跑去,在他跳进那条汽艇的时候,已经身负重伤。在那些中国人赶到船上前,汽艇总算开走了。他们尽快地顺流而下,寻求帮助。他们行船的途中,看见橡胶种植园的办公房屋都冒出了火焰。无疑,那些苦力焚毁了所有可以焚毁的东西。

奥克利呻吟了一声,睁开了眼睛。他是一个身材矮小、皮肤黝黑的汉子,五官扁平,头发又粗又密。他那两只淳朴的大眼睛里充满了恐惧的神色。

"你没有什么要紧的,"安妮说,"现在你很安全。"

他叹了一口气,露出了笑容。安妮帮他洗了脸,又用蘸了抗菌剂的药签给他的伤口消毒清洗。他头部的伤并不怎么严重。

"你还能讲话吗?"奥尔本说。

"等一下,"安妮说,"咱们必须先看看他的腿。"

奥尔本吩咐警官把围观的人群从游廊上打发走。安妮撕开了奥克利短裤的一条裤腿。有些布料仍然粘在鲜血凝固的伤口上。

"我始终像一头猪一样在流血。"奥克利说。

幸好只是皮肉之伤。奥尔本的手指十分灵活,在伤口又开始流血时按住那个地方,为他用绷带做了包扎。接着警官和一个警察把奥克利抬到一把长椅上。奥尔本给他喝了一杯加了苏打水的白兰地。不久,他感到自己恢复了体力,可以开口说话了。但他知道的情况跟那几个船夫刚刚说的也相差不多。普林死了,橡胶种植园也着了火。

"那么,那个女子和两个孩子呢?"安妮问道。

"我不知道。"

"哦,奥尔本。"

"我必须召集警察。你确定普林已经死了吗?"

"是的,先生。我看到他的。"

"那些暴徒抢到枪支了吗?"

"我不知道,先生。"

"你不知道,这是什么意思?"奥尔本急躁地嚷道。"普林手里有一支枪,对吧?"

"是的,先生。"

"橡胶种植园里一定还有更多的枪。你也有一支枪,对吧?监工头儿应该有一支的。"

那个混血儿不吭声了。奥尔本神色严厉地望着他。

"那些该死的中国人,究竟数量有多少?"

"一百五十个。"

安妮不知他为什么要问这么许多问题。她觉得这是在浪费时间。当务之急是召集苦力送往河的上游,准备船只,并向警察发放弹药。

"你手里有多少个警察,先生?"奥克利问道。

"八个,再加那个警官。"

"我可以一起去吗?那样我们就有十个人了。现在我的伤口经过包扎,我肯定自己没有什么问题了。"

"我不打算去。"奥尔本说。

"奥尔本,你一定得去。"安妮叫道,几乎都不相信自己的耳朵了。

"胡说。那简直是发疯。奥克利显然派不了什么用处。不出几个小时,他肯定会发烧的。他去了只会碍事儿。那样就只剩下九个持枪的人。那儿却有一百五十个中国人,他们手里拥有枪支,还有极为充足的弹药。"

"你怎么知道?"

"这是明摆着的事儿,如果情况不是这样,他们就不会表现出这种狂暴的样子。贸然前去是十分愚蠢的。"

安妮张着嘴巴,呆呆地看着他。奥克利的眼睛里也露出困惑的神情。

"你打算怎么做?"

"哎,幸好咱们手里还有汽艇。我会派人坐汽艇到华莱士港去请求增援。"

"但增援的人至少需要两天才能到达这儿。"

"哎,那又怎么样呢? 普林已经死了,橡胶种植园也给彻底烧毁了。就算咱们现在过去,也没有什么用处。我会派一个本地人去侦察一下,那样我们就能确切弄清楚那些暴徒在做什么。"他对安妮露出迷人的笑容。"说真的,亲爱的,等上一两天,那些坏蛋也不见得就得不到他们应有的报应。"

奥克利张开嘴想要说话,但也许他失去了勇气。他只是一个混血的主管助理,而地区长官奥尔本所代表的,则是政府的权力。他转而望着安妮的眼睛,安妮觉得从他的眼神里看出了他热切的个人诉求。

"可是,在两天的时间里,他们可能会犯下更为可怕的暴行,"她叫道,"我们根本说不出他们还会干出什么样的事来。"

"不管他们造成多大损害,都会得到相应的惩罚。这一点我可以向你保证。"

"哦,奥尔本,你可不能干坐在这儿,什么都不做。我求你马上亲自前去。"

"别那么愚蠢。我无法只靠八名警察和一名警官就平息这场暴乱。我没有权利去冒这样的险。我们只能坐船前去,你总不见得认为我们可以神不知、鬼不觉地靠近那个地方。河岸上的白茅会为他们提供极为理想的隐蔽场所。他们可以在我们前行的时候随意朝我们开枪。我们连一点取胜的机会也没有。"

"先生,如果我们两天里面什么也不做,恐怕他们会认为我们软弱无用。"奥克利说。

"当我需要你的意见时,我会问你的。"奥尔本尖刻地说。"就我所知,在出现危险的时候,你唯一采取的行动就是赶紧逃走。我无法相信,你在危急关头的帮助会有多大用处。"

那个混血儿脸红了,他没有再说什么,只是用烦乱不安的目光笔直地望着自己的前面。

"我要到办公室去了,"奥尔本说,"我会写一份简短的报告,立刻派人坐汽艇送到下游去。"

顶到那会儿,那个警官始终举止僵硬地站在台阶顶上,奥尔本对他下了一道命令,他行了个礼,马上跑走了。奥尔本走进他们家那个小小的门厅,去拿他的遮阳帽。安妮迅速地跟在他的后面。

"奥尔本,看在上帝的分上,再听我说几句话。"她低声说。

"亲爱的,我不想对你显得毫无礼貌,但我的时间确实很紧。我想你还是先管好你自己的事吧。"

"你不能什么也不做,奥尔本。你一定得去一次,不管会有多大的风险。"

"别这么傻了。"奥尔本生气地说。

奥尔本以前从来没有对她发过火。她抓住奥尔本的手,不让他走。

"我告诉你,就算我去了,也没有什么用处。"

"你不知道。那个女子和普林的孩子还在那儿。咱们必须设法把他们救出来。让我跟你一起去吧。那伙暴徒会杀害他们母子的。"

"那伙暴徒可能已经把他们母子杀掉了。"

"哦,你怎么能这样冷酷无情!哪怕有一丝解救他们的机会,你也有责任去试一下。"

"我有责任表现得像一个富有理智的人。我不会为了救一个本地女子和她那两个混血的小娃娃,就拿我和我手下警察的生命去冒险。你把我当作一个十足的傻瓜吗?"

"他们会说你胆小畏缩。"

"谁?"

"殖民地的每一个人。"

奥尔本轻蔑地笑了。

"我压根儿就不把殖民地那伙人的意见放在心上,要是你知道这一点就好了。"

她用锐利的目光睃了奥尔本好长时间。她嫁给奥尔本已经八年了,她清楚奥尔本脸上的每一种表情,也清楚他心中的每一个想法。她目不转睛地望着他那两只蓝色的眼睛,仿佛望着打开的窗户。她突然变得脸色苍白,放开他的手,转过身去。她没有再说什么,回到游廊上。她那难看的小猴脸上充满了恐惧的神情。

奥尔本前去办公室,把发生的事情写了一份简短的报告。过了几分钟,那条汽艇就突突地朝河的下游驶去。

接下来的两天好像长得没有尽头。几个逃出来的当地人给大家带来了橡胶种植园所发生的事情的不少消息。可是从他们那心情激动、惊恐不安的叙述中,根本无法让人对真情实况留下确切的印象。发生了大量杀戮。监工头儿给杀死了。他们带来了各种残暴的、令人发指的传闻。安妮没有听到一点有关普林的女人跟那两个孩子的消息。一想到他们可能会有的命运，她不禁浑身发抖。奥尔本把可以召集起来的当地人都召集到一起。他们手里拿着长矛和利剑。他征用了一些船只。形势相当严峻，但他仍然保持镇定。他感到自己已经做了所有能做的事儿，剩下的就是按照常规消磨时间。他把自己的公务都干了。他经常演奏钢琴。清晨，他跟安妮一起骑马出去。他似乎已经忘了自从结婚以来，他们之间头一次发生的重大意见分歧。他认为安妮已经承认了他的决定中所蕴含的智慧。跟安妮在一起时，他仍像往常那样爱开玩笑，那样热诚，那样欢快。他谈到那些暴徒时，语气里充满无情的嘲讽：到了最终定案的时候，他们中的许多人就会宁愿自己从来没有出生。

"他们会受到怎样的处罚?"安妮问道。

"哦，他们会给绞死的。"他表示厌恶地耸了耸肩膀。"我真不想在行刑时亲临现场。那总让我感到相当恶心。"

他对奥克利十分同情。他们已把奥克利安顿到床上，并由安妮看护。也许他对自己先前在盛怒之下对奥克利说的那些唐突无礼的言辞感到后悔，因此他特别用心照顾奥克利。

接着到了第三天下午，当他们吃完午饭开始喝咖啡的时候，奥尔本那灵敏的耳朵听到了汽艇靠近的声音。同时，一个警察跑来报告说，他们看到了政府的汽艇。

"终于来了。"奥尔本嚷道。

他连忙跑出屋去。安妮把百叶帘升起来，朝河面上看去。眼下，那种声音已经变得很响。不久，她就看到汽艇出现在河流弯曲的地方。她看到奥尔本站在码头上。他登上一条马来帆船。在汽艇抛锚停泊后,他就登上汽艇。安妮告诉奥克利他们的增援部队赶到了。

"他们发起进攻的时候,地区长官会跟他们一起去吗?"奥克利问安妮说。

"当然会去。"安妮冷冷地说。

"我可拿不大准。"

安妮心里产生了一种奇特的感觉。在过去的两天时间里,她一直竭力控制自己的情绪,不让自己哭出来。她没有回答,径自走出房去。

一刻钟后,奥尔本跟警察部队的队长一起回来了,他带了二十名锡克教徒来对付暴徒。斯特拉顿队长身材矮小,生着一张红脸膛,嘴上留着红色的八字须,长着两条罗圈腿,但体格健壮,劲头十足。安妮在华莱士港的时候经常遇到他。

"噢,托瑞尔太太,现在的情况真是一团糟。"他跟安妮握手的时候,乐呵呵地大声说道。"现在我来了,带着手下充满活力的部队,准备要进行一场恶战了。来吧,伙计们,朝他们冲过去。在这个愚昧落后的地方,有什么喝的东西吗?"

"小厮。"安妮满面笑容地叫道。

"有种混合清凉的微带酒精的饮料,然后我准备跟你谈一下作战计划。"

他那轻松活泼的态度让他们感到十分欣慰,一下子驱散了自从那场灾难发生后就似乎笼罩在这座失去宁静的宅子上空的愁云。那个仆人端着一个托盘进来了,斯特拉顿给自己调制了一杯斯腾佳。奥尔本让他了解了发生的事儿。奥尔本的叙述清晰、扼要而又准确。

"我得说我真是佩服你，"斯特拉顿说，"如果我处在你的地位，一定克制不住，会亲自带着八名警察去收拾那帮家伙。"

"我觉得这样冒险，完全没有正当的理由。"

"安全第一，老朋友，我说的对吧?"斯特拉顿乐呵呵地说道。"我真高兴你没有那么做。我们也不是常常会有交锋作战的机会。如果只顾自己表现的话，那是一种卑鄙的手段。"

斯特拉顿队长主张坐船沿河直上，立刻展开攻击。但奥尔本指出了这样做的失策欠妥之处。汽艇靠近的声音一定会惊动那些暴徒。河岸旁边的那些长长的禾草给他们提供了藏身之处，那些暴徒手里所有的枪支完全可以给队长的部队上岸制造困难。让他们的攻击力量暴露在对方的枪火之下，毫无益处。要是忘了他们面对的是一百五十个不顾死活的家伙，那就愚不可及了。他们很容易就会遭到伏击。随后奥尔本阐述了自己的计划。斯特拉顿仔细听着，并不时地点头。这显然是一个好计划。根据这个计划，他们可以从背后袭击那些暴徒，打他们一个措手不及，而且多半可以在毫无伤亡的情况下结束战斗。要是不接受这个计划，斯特拉顿就真是一个傻瓜。

"但你自己为什么不这样做呢?"斯特拉顿问道。

"就靠八个警察和一个警官?"

斯特拉顿没有回答。

"不管怎样，这个主意不坏，我们就这么办吧。我们的时间还很充足，因此托瑞尔太太，如果你允许的话，我要洗个澡。"

他们在太阳落山时出发了，斯特拉顿队长和他的二十名锡克教徒,奥尔本和他手下的警察以及他所召集到的一些当地人。那天夜晚看不到月亮,四处一片漆黑。一开始,他们把奥尔本募集到的一些独木舟拖在队伍后面,打算在走了一段距离后,再把他们的人员移到独木舟上。他们必须悄无声息地靠近,这一点十分重要。他们凭借汽艇行驶了大约三个小时后,就换坐到独木舟上,悄悄地朝河流上游划去。他们到达了那座幅员广阔的橡胶种植园的边上,就下船上岸。几个向导在前面给他们带路,那条道儿狭窄得他们只好列成一路纵队行进。那条道儿已经很久无人行走,路面泥泞不堪。他们还不得不两次涉过溪流。那条小道把他们迂回曲折地一路引到那些苦力的营地背后,但他们想要等到天将破晓的时候方才动手,不久斯特拉顿就命令队伍停止前进。这样的等待既漫长,又充满寒意。最后夜似乎不再那么黑了,你看不到周围的树干,但在夜色的衬托下,却可以隐隐约约地感觉到那些树干。斯特拉顿始终背靠着树坐在那儿,他低声对一个警官下了一道命令,过了几分钟,队伍又开始前进。突然他们不知不觉地走上一条大路,于是排成四行。天色放亮了,在惨淡的晨光中,周围的事物依稀可见。队伍在又一道低声下达的命令下停了下来。他们已经可以看到那些苦力所住的营地了。大伙儿寂静无声。队伍又开始蹑手蹑脚地前进,接着又停了下来。斯特拉顿眼睛亮闪闪的,朝奥尔本笑了笑。

"我们撞上这些家伙正在睡觉。"

他让队伍排列整齐。他的手下都把弹夹插进枪膛。他朝前跨了一步,举起手来。于是他们手里的卡宾枪都对准了那些苦力的营地。

"开火。"

随着一排子弹呼啸而出，立刻响起乒乒乓乓的声音。接着突然产生一阵巨大的喧嚣，那些中国人都纷纷拥了出来，一边高声喊叫，一边挥舞着胳膊。但是叫奥尔本困惑不已的是，在那些人的前面，大声咆哮并朝他们挥动着拳头的，却是一个白人。

"那究竟是谁呀？"斯特拉顿嚷道。

一个身材非常高大、非常肥胖的男人，穿着卡其布裤子和无袖汗衫，移动着身子底下的两条胖腿，飞快地朝他们跑来，一边跑一边挥舞着两只拳头，嘴里叫道：

"肮脏的无赖！昏了头的杂种！"①

"天哪，那是范·哈塞尔特。"奥尔本说。

原来是那个伐木场的荷兰主管，他管理的伐木场坐落在大约二十英里外的一条很大的支流边。

"你们究竟清不清楚自己在干什么？"他跑到他们面前时，气喘吁吁地说。

"你怎么到这儿来了？"斯特拉顿反问道。

他看到那些中国人正四处逃散，就吩咐手下把他们都包围起来。随后他又转向范·哈塞尔特。

"这究竟是怎么回事？"

"怎么回事？怎么回事？"那个荷兰人愤怒地嚷道。"这正是我想要知道的。你跟你的那些该死的警察。你们在大清早的这个时间来到这儿，该死地朝我们一齐开枪射击，究竟是什么意思？打靶练习？你们可能会杀死我的。一帮蠢货！"

---

① 原文为荷兰语。

"来一支烟吧。"斯特拉顿说。

"你怎么到这儿来了,范·哈塞尔特?"奥尔本又问道,脸上露出茫然的样子。"这是从华莱士港派来的警察队伍,以便平息暴乱。"

"我怎么到这儿来的? 我是走来的。你们以为我是怎么来的? 去他妈的暴乱。我平息了暴乱。如果你们到这儿来就是为了这个原因,那你们可以带着你们该死的警察回去了。我的脑袋差点儿给一颗子弹打中。"

"我不明白。"奥尔本说。

"根本没有什么需要弄明白的地方。"范·哈塞尔特唾沫四溅地说,他仍然怒气冲冲。"几个苦力跑到我的伐木场来对我说,那些中国佬杀害了普林,放火烧毁了那个地方。于是我带着我的助理、我的监工头儿和一个暂时住在我家里的荷兰朋友赶了过来,想看看究竟出了什么问题。"

斯特拉顿队长睁大了眼睛。

"你真的就像参加野餐会那样溜达到这儿?"他问道。

"噢,你总不见得认为在这个国家待了这么许多年以后,我会让两三百个中国佬把我吓倒吧? 我发现他们都害怕得要命。只有一个人敢于拿枪对着我。我一枪把他那该死的脑袋打得开了花。剩下的人都投降了。我把为首的几个人捆绑起来。我正打算今儿早上派人坐船到下游去通知你来捉拿他们。"

斯特拉顿盯着他看了一会儿,随即放声大笑。他笑得连眼泪都流淌到了脸上。那个荷兰人生气地望着他,接着也开始笑起来。他就像身体肥胖的人捧腹大笑时那样,身上一圈圈肥肉也跟着笑声不停地起伏抖动。奥尔本脸色阴沉地看着他们。他十分生气。

"普林的女人和孩子怎么样了?"他问道。

"哦,他们都平安无事。"

这正说明:当时他没有让歇斯底里的安妮影响自己的做法是多么明智。普林的孩子当然没有受到伤害。他根本不相信他们会受到伤害。

范·哈塞尔特和他那一小队人动身返回他的伐木场。随后,斯特拉顿也尽快带着他那二十名锡克教徒上了汽艇,启程返回华莱士港,留下奥尔本和他手下的警官和警察来处理局面。奥尔本把呈递给总督的一份简短的报告交给了斯特拉顿。他还有好多事儿要做。看来他似乎不得不在那儿停留不少时间。既然橡胶种植园中的每一幢房子都被烧毁了,他只好住在那些苦力的营地里,他认为安妮最好不要前来和他会合。他派人给安妮送了一封短信,表达了这种意思。他很高兴可以告诉她可怜的普林的女人平安无事,让她安心。他立刻开始工作,展开初步调查。他查问了许多目击证人。可是,一个星期以后,他接到了命令,要他马上动身去华莱士港。把这道命令带来的汽艇要载着他前往华莱士港。在往下游走的途中,他可以见一下安妮,但时间不能超过一个小时。奥尔本有点儿恼火。

"我不明白总督为什么不让我把事情处理好,非要这样把我强行拉走。这会带来许多不便。"

"哦,政府从不费心考虑是不是给他的下属带来便利,对吧?"安妮笑着说。

"都只是一些繁文缛节。亲爱的,要不是我一分钟也不想多待的话,我就会提出把你带去。我想尽快为属审法院收集好证据。我认为在这样一个国家里,让正义迅速得到伸张,是十分重要的。"

当汽艇到达华莱士港的时候,港口上的一个警察告诉奥尔本,港务长有张字条要交给他。原来是总督的秘书写的,通知他总督阁下希望在他到达后尽快见到他。那会儿是上午十点。奥尔本先到俱乐部去,洗澡刮脸,随后穿上干净的帆布衣服,他的头发也梳理得纹丝不乱,他叫了一辆洋车,吩咐车夫把他拉到总督官署去。他立刻被领到了秘书的房间里,秘书跟他握了握手。

"我去告诉总督阁下你到了,"他说,"你先坐一会儿好吗?"

秘书走出房去,不一会儿,他又回来了。

"总督阁下一会儿就会见你。你不介意我接着写手上的信吧?"

奥尔本笑了笑。那个秘书并不怎么富有魅力。于是他只好静心等待,抽起烟来,开始想着自己的事儿消磨时间。他的初步调查做得不错。这激起了他的兴趣。随后,一个勤务兵走进来,对奥尔本说总督准备见他了。他站起身来,跟着那个勤务兵走进总督的房间。

"早上好,托瑞尔。"

"早上好,大人。"

总督坐在一张宽大的书桌前,他朝奥尔本点了点头,示意叫他坐下。总督看上去整个人好像都是灰色的,他的头发是灰色的,他的脸和他的眼睛也是灰色的。他的样子好像热带的阳光已经洗去了他身上原有的颜色。他已在这个国家待了三十年,官职也是经过一级又一级的上升。他显得既疲倦又消沉。甚至就连说话的声音也好像是灰色的。奥尔本却喜欢他,因为他相当沉静。奥尔本认为他并不聪明,但他对这个国家的了解却无可匹敌,而且他的丰富经历也完全可以弥补智力上的任何欠缺。他盯着奥尔本看了好一会儿,并没有开口说话。奥尔本产生一种奇怪的想法,认为总督感到有些为难。他差点儿就要给总督一个提示了。

"昨天我见到范·哈塞尔特了。"总督突然开口说。

"是的,大人?"

"你能不能向我讲述一下在阿露德橡胶种植园所发生的事儿以及你所采取的应对措施?"

奥尔本头脑清晰,沉着冷静。他条理分明地列举了事实,相当准确地叙述了当时的情况。他用心地选择了合适的词语,表达得十分流畅。

"你手下有一名警官和八名警察。为什么当时你没有立刻赶到骚乱现场去?"

"我觉得这样冒险没有正当的理由。"

总督灰色的脸上露出一丝浅浅的笑意。

"如果政府官员面对没有正当理由的冒险都犹豫不决,这儿就永远也不会成为大英帝国的省份。"

奥尔本默不作声。要与一个显然是在胡言乱语的人交谈是很困难的。

"我急切地想听一下你做出那种决定的理由。"

奥尔本冷静地说出他的理由,他确信自己的行动是正确的。他把自己当初对安妮所说的话,更为详尽地重复了一遍。总督始终专心地听着。

"范·哈森塞尔特和他的助理,以及他的一个荷兰朋友和本地的监工头儿似乎相当有效地妥善处理了那里的局面。"总督说。

"他的运气很好。但这仍然说明他是一个十足的傻瓜。他这样做真是愚蠢透顶。"

"你让一个荷兰种植园主做了本该由你来做的事儿,使得政府受到嘲笑,你就没有意识到这一点吗?"

"没有,大人。"

"你让自己成了整个殖民地的笑柄。"

奥尔本笑了。

"我胸怀宽广,完全可以承受那些人的嘲笑,我一点也不把他们的看法放在心上。"

"政府官员的功用在很大程度上取决于他们的威望。如果一个人被大家看成胆小鬼,我看他的威望大概也就微不足道了。"

奥尔本的脸变得有点儿发红。

"我不大明白你这话的意思,大人。"

"我一直非常小心地在调查这件事儿。我见了斯特拉顿队长,可怜的普林的助理奥克利,我也见了范·哈塞尔特。我听了你的辩护。"

"我不知道我是在为自己辩护,大人。"

"请不要打断我的话。我认为你犯了一个严重的判断错误。结果表明,风险其实很小,但无论风险多大,我觉得你都应该承担。在那种情况下,必须采取果断而坚定的应对措施。我不想猜测你出于什么动机,只派人请求派遣警察部队,在他们到来前却什么也不做。我感到很遗憾,我断定你在部门中已经起不了多大的作用。"

奥尔本满脸惊讶地望着他。

"但是如果你处在那样的情况下,你会前去吗?"他问总督说。

"我会的。"

奥尔本耸了耸肩膀。

"你不相信我的话吗?"总督厉声问道。

"我当然相信你的话,大人。但也许你可以允许我说一句,如果你不幸遇害,就会给殖民地带来无法挽回的损失。"

总督用手指敲了敲桌子。他朝窗外看了看,接着眼睛又望着奥尔本。他说话的时候,语气变得温和了一些。

"托瑞尔,我觉得你的气质不适合这种动荡不安的生活。如果你愿意听我的劝告,你就回国去吧。凭着你的能力,我相信你很快就能找到一份更加适合你的工作。"

"对不起,我不大明白你的意思,大人。"

"哦,得了吧,托瑞尔,你并不愚蠢。我只是不想让你感到难堪。看在你和你妻子的分上,我不希望你背着因为懦弱而被解职的不好名声离开殖民地。我想给你一个辞职的机会。"

"十分感谢,大人。我并不准备利用这个机会。如果我提出辞职,那就承认我犯了错误,说明你对我所做的指控是有道理的。我不承认这一点。"

"随你的便。我十分仔细地考虑了这个问题,我心里也一点没有疑问。我不得不把你解职。必要的文件不久就会送到你的手上。眼下你要回到自己的岗位上去,在指派接替你的官员到来时把工作移交给他。"

"很好,大人。"奥尔本答道,眼睛里闪现出顽皮的神色。"你希望我什么时候回到自己的岗位上去?"

"马上。"

"那么在我走前,到俱乐部去用一下午餐,你不表示反对吧?"

总督诧异地望着奥尔本。他的恼怒里面很不情愿地混杂了一丝赞赏的意思。

"一点也不反对。我很抱歉,托瑞尔,这场不幸的事件让政府失去了一名总是表现得那么热情洋溢的官员,他的机敏、才智和勤勉本来似乎会让他在未来晋升到很高的职务。"

"我想阁下大概没有念过席勒①的剧作,可能不大熟悉他的有名的诗句:mit der Dummheit kämpfen die Götter selbst vergebens。"

"这是什么意思?"

"大意就是,要与愚昧作战,神灵也是白费心神。"

"再见。"

奥尔本昂着头,嘴唇上挂着微笑,走出了总督的办公室。总督也未能免俗,当天午后,他好奇地问自己的秘书,奥尔本·托瑞尔是否真的去过俱乐部。

"去过,大人。他就在那儿用午餐。"

"那可真得有点儿勇气才成。"

奥尔本神气活现地走进俱乐部,加入到站在酒吧柜台旁的那群人中。他跟他们交谈时,仍然采用他一贯使用的那种轻松、友好的语气。这是为了让他们不受拘束。自从斯特拉顿带着他的故事回到华莱士港以后,大家便一直在谈论奥尔本,他们对他又是讥讽,又是嘲笑;凡是讨厌他那副高傲神态的人(他们占了大多数)都因他的尊严受挫而得意扬扬。可是,眼下奥尔本的出现让他们大为震惊,

---

① 席勒(1759—1805),德国诗人、剧作家。下面所引德语诗句出自他的剧作《奥尔良的姑娘》第三幕第六场。

他们充满困惑地发现他仍然像以往一样自信,于是他们自己反而觉得不好意思。

一个男人问奥尔本到华莱士港来干什么,尽管他实际上心里十分清楚。

"哦,我是为了阿露德橡胶种植园发生的暴乱前来。总督阁下想要见我。他对这桩事的看法跟我并不一致。那个愚蠢的老笨蛋解除了我的职务。等他指派了接替我的地区长官后,我就立刻动身回国。"

出现了片刻令人尴尬的场面。一个比其他人略微厚道的人说道:

"我感到极为遗憾。"

奥尔本耸了耸肩膀。"亲爱的伙计,在面对一个彻头彻尾的傻瓜时,你又能怎么办呢? 唯一可以做的,就是让他自作自受。"

当总督的秘书把这桩事儿按他认为的谨慎方式告诉他的上司时,总督露出了笑容。

"勇气真是一种奇特的东西。要是换了我的话,那时宁可开枪自杀,也不愿到俱乐部去面对那帮家伙。"

两个星期以后,他们把安妮费了许多心思为住处所做的全部装饰都卖给了新任地区长官,把他们余下的物品都装进货物箱和大衣箱,动身来到华莱士港,等候可以载着他们前往新加坡的当地轮船。牧师的妻子邀请他们住到她那儿去,但安妮拒绝了。她坚持他们应当住在旅馆里。他们到达后一个小时,安妮收到总督夫人一封亲切友好的短信,请安妮到他们家去喝茶。安妮去了,发现只有汉内太太一个人,不久,总督也来了。他对安妮就要离开表示惋惜,并且告诉她自己为此感到多么抱歉。

"你这么说我深为感激，"安妮说，脸上露出欢快的笑容，"但你千万不要以为我会为这件事而想不开。我是完全站在奥尔本一边的。我认为他做得完全正确。我这么说你可不要介意，我觉得你这样对他是十分不公正的。"

"说真的，我也是迫不得已，心里也很不愿意那样。"

"我们都别谈这件事了吧。"安妮说。

"你们回国后有些什么打算？"汉内太太问道。

安妮开始欢快地谈起来。看她的样子，你会觉得她一点也没有世俗的烦恼。她似乎对于回家兴高采烈。她心情愉快，言谈风趣，开着小小的玩笑。当她告辞的时候，她对总督夫妇一直以来的友善表示感谢。总督一直把她送到门口。

接着第二天，晚餐以后，他们登上了那条干净、舒适的小船。牧师夫妇来为他们送行。随后他们走进船舱，发现安妮的铺位上放着一个很大的包裹。上面写着是交给奥尔本的。他打开包裹，发现里面是一个巨大的粉扑。

"嘿，我不知道这是谁送给我们的，"他笑着说，"亲爱的，这一定是给你的。"

安妮飞快地看了他一眼，脸色一下子变白了。好一帮畜生！他们怎么能如此残忍？她勉强露出笑容。

"这玩意儿真是大极了，对吧？我这辈子从来没有见过这样大的粉扑。"

可是等奥尔本走出船舱，他们已来到大海上的时候，安妮就狠狠地把那个粉扑扔出船去。

而今,而今他们已回到伦敦,桑都拉已在九千英里之外,安妮一想到这桩事,仍不禁捏紧双拳。不知怎的,那似乎是最恶劣的事儿。把这样一件荒诞可笑的东西送给"粉扑珀西"奥尔本,真是放肆无礼,极不友好。这只说明他们心胸狭窄,充满恶意。这就是他们认为的幽默吗?再没有比这更叫她感到痛心了。就连现在,她感到只有极力控制自己的情绪,才能忍住不哭出来。突然她吓了一跳,因为门开了,奥尔本走了进来。她仍然坐在奥尔本离开时坐的那把椅子上。

"嘿,你怎么还没有换好衣服?"他朝屋子里四下看了一眼。"你也没有打开行李,取出衣物。"

"没有。"

"为什么没有?"

"我不打算打开行李,也不打算住在这儿。我要离开你了。"

"你在说什么呀?"

"我一直忍耐到现在。我打定主意要坚持到回国再说。我咬紧牙关,忍受了比我认为所能忍受的还要多的东西,但现在一切都结束了。凡是要求我做的一切,我都做了。现在咱们已经回到伦敦,我可以走了。"

奥尔本满脸困惑地望着她。

"你疯了吗,安妮?"

"哦,天哪,我忍受了多大的羞辱啊!在去新加坡的途中,所有的军官都知道那件事儿,甚至连船上的中国乘务人员也知道。在新加坡,人们在旅馆里接待我们的方式,我对大家表示的同情不得不加以忍受,他们一不小心说错了话,一旦意识到自己出言不慎又感到不好意思。天哪,我真想杀了他们。那样漫无止境的回国旅程。船上没有一个旅客不知道那件事儿。他们对你嗤之以鼻,却又特地对我表示友善。你一向那么沾沾自喜,那么踌躇满志,因而你什么也没有看到,什么也没有感觉到。你一定跟犀牛一样皮厚。看到你仍是那样喜爱闲聊,那样心情愉悦,实在叫我感到痛苦。我们现在是遭受社会遗弃的人。你似乎有意让他们对你冷落怠慢。世上怎么会有如此不要脸的人呢?"

安妮满腔怒火,以前她逼迫自己装出一副满不在乎、高傲自负的样子,现在她终于不用再戴着这样的面具了,她把所有的矜持和自制都丢到了一边。那些狠毒的话语接二连三地从她颤抖的嘴唇里涌出来。

"亲爱的,你怎么能如此荒唐呢?"他和气地说,脸上带着笑容。"你一定是太紧张,太敏感了,脑子里才有这样的想法。你干吗不把一切都告诉我呢? 现在你就像一个刚来到伦敦的乡巴佬,以为大伙儿都目不转睛地看着他。谁也不会把我们放在心上。即便他们那样,那又有什么要紧呢? 你应当头脑清醒,不要去管那一大帮傻瓜说些什么。你想他们会说些什么呢?"

"他们说你被解除了职务。"

"噢,这是实情。"他笑着说。

"他们说你是一个胆小鬼。"

"那又怎么样呢?"

"噢,你知道,这也是实情。"

奥尔本沉思地望了她一会儿,嘴唇抿紧了一点。

"什么事促使你这样想的?"他语气尖刻地问。

"那天,消息传来以后,我是从你的眼睛里看出来的。当时你不肯前往橡胶种植园,你去拿你的遮阳帽时,我跟着你走进门厅。我恳求你前去,我觉得不管会有多大风险,你都应该承担。突然,我从你的眼睛里看到了恐惧。我差点儿震惊得晕倒。"

"如果我毫无益处地拿自己的生命冒险,那才真是一个傻瓜。为什么我应该前去? 没有任何与我有关的事物处于危险之中。勇气显然只是蠢货的美德。我并不怎么特别重视勇气。"

"你凭什么说没有任何与你有关的事物处于危险之中? 如果情况真是如此,那么你整个一生都在弄虚作假。你已经放弃了你所主张的一切,放弃了我们俩所主张的一切。你让我们都失去颜面。我们确实把自己安排在一个很高的位置,我们确实认为自己要比其他那些人强,因为我们热爱文学、艺术和音乐。我们不甘心过那样一种生活:老是不光彩地彼此妒忌,谈些粗俗无聊的话。我们确实珍视精神方面的事物,我们都热爱美。那是我们的食物和水。他们笑话我们,讥讽我们。那是不可避免的。无知的平民百姓对于那些喜爱他们无法理解的东西的人自然怀有仇恨和恐惧。我们并不在乎。我们把他们称作平庸之人。我们看不起他们,我们也有权看不起他们。我们的理由是,我们比他们好,比他们高贵,比他们聪明,也比他们勇敢。而你却并不比他们好,比他们高贵,比他们勇敢。当危机到来的时候,你却像一条受到鞭打的野狗那样夹着尾巴,悄悄地溜走了。在所有的人当中,你最没有权利做一个胆小鬼。现在他们看不起我们,他们也有权看不起我们,我们以及我们所主张的一切。现在他们可以说,艺术和美都是瞎胡扯。到了紧要关头,我们这样的人总会让人失望。他们始终不停地寻找机会来翻脸辱骂我们,你给了他们这样的机会。他们可以说，他们早就料到会有这种结果。这是他们的一场胜利。我以前一直因为他们管你叫"粉扑珀西"而感到生气。你知道他们这样叫你吗？"

"当然知道。我觉得这十分粗俗，但我一点儿也不在意。"

"真是奇怪，他们的直觉竟然如此准确。"

"你是想说，在这几个星期里，你一直对我暗自怀有这样的怨恨吗？我真没有想到你能做到这一点。"

"大家都在反对你的时候，我不能干对不起你的事。我实在太自负了，不会那么做。不管出现什么情况，我暗自发誓，在我们回国之前，我都会忠于你。那实在叫我饱受折磨。"

"你不再爱我了吗？"

"爱你？我见到你就感到厌恶。"

"安妮。"

"天知道我曾多么爱你。整整八年，我对你崇拜得五体投地。你就是我的一切。我相信你，就像有些人相信上帝一样。那天，当我看到你的眼睛里出现恐惧时，当你告诉我你不打算为一个白人包养的情妇和她那几个混血的娃娃去冒生命危险时，我整个人都垮掉了。那就好像哪个人把我的心从身体里面掏出来，用脚踩在上面。奥尔本，你当场就把我的爱给扼杀了。你让我的爱完全死去。自那以后，每当你亲吻我的时候，我都不得不攥紧双拳，才勉强不把我的脸移开。一想到别的什么就叫我感到恶心。我讨厌你自鸣得意，完全麻木不仁。如果那只是一时的软弱，如果事后你感到羞愧，说不定我还可以原谅你。我本该心里苦恼难受，但我觉得我对你的爱十分强烈，因而我对你只感到怜悯。可是你没有羞耻之心。现在我什么也不相信了。你只是一个愚蠢、狂妄、粗俗的拿腔作势的家伙。我宁愿做一个平凡的种植园主的妻子，只要他身上有一个男子通常所有的那些长处就行，也不愿再做像你这样骗子的妻子。"

奥尔本没有回答，脸上渐渐开始露出不安的神色。他那眉清目秀、五官端正的容貌扭歪了。突然他大声地抽泣起来。安妮低低地发出一声喊叫。

"别这样，奥尔本，别这样。"

"哦，亲爱的，你怎么能如此残忍地对待我？我爱慕你。我愿意用整个一生来取悦你。我的生活不能没有你。"

她伸出两只胳膊，仿佛想要挡开迎面打来的一拳。

"不，不，奥尔本，你别想要打动我。我不能留下来。我必须离开。我不能再跟你一起生活了。那真叫人毛骨悚然。我永远也忘不了以前发生的那些事儿。我必须把实话告诉你，现在我对你只有轻蔑和厌恶。"

奥尔本跪倒在她的脚下，想要紧紧抱住她的膝盖。安妮深深吸了口气，一下子跳了起来。于是奥尔本把头埋在空空的椅子里。他痛苦地哭着，抽抽搭搭，撕心裂肺。那种声音实在可怕。泪水从安妮的眼睛里流了出来。她用两只手捂住耳朵，不想再听到那种讨厌的、歇斯底里的抽泣声。接着她神情恍惚、跌跌撞撞地冲到门口，跑了出去。

遭天谴的人

　　《航行指南》是航道局根据英国海军部委员会成员的指示出版的,这套丛书内容十分丰富,世界上的书籍可以与之媲美的实在不多。这套多卷本的丛书采用不同颜色的布面装帧,材料十分单薄,样子却很好看,其中价格最贵的实际上也很便宜。只要花四个先令,你就可以买到《长江导游》,书中"包含了对长江——从吴淞口上溯嘉陵江、汉江和岷江,直到最上游可以通航的地方——的描述和航行指示"。只要花三个先令,你就可以买到《东方群岛导游》第三部分,内容"包括西里伯斯岛①东北端,摩鹿加群岛②和济罗罗岛③航道,班达海④和阿拉弗拉海⑤,以及新几内亚北、西、西南海岸的情况介绍"。可是,如果你乐意安定地生活,不愿打乱原来的习惯,或者

---

① 　西里伯斯岛,印度尼西亚中部苏拉威西岛的旧称。
② 　摩鹿加群岛,印度尼西亚东北部马鲁古群岛的旧称。
③ 　济罗罗岛,印度尼西亚东北部哈马黑拉岛的旧称。
④ 　班达海,位于南太平洋西部海域,为印度尼西亚摩鹿加南部诸岛所环抱。
⑤ 　阿拉弗拉海,印度洋东部边缘地区的岛间海,位于新几内亚岛(伊里安岛)与澳大利亚北岸之间。

你的职业使你不得不羁留在一个地方,那么,花钱买这种书籍就不大稳妥了。这些讲究实际的书籍使你神往于那种令人心醉的旅行。书中行文实事求是,内容简明扼要,有条不紊,对于每条航线提供的情况都极为切合实际,但上述特点并没有冲淡书中所有的诗意,那种诗意散发出如此甜美的香气,就像当你接近东方海上某些神奇的岛屿时,迎面袭来阵阵香气浓烈的微风,你的感受完全超出了身体上的倦怠。书中告诉你可以在何处抛锚,在哪里登陆,在什么地方加水,在各个地方可以得到哪些物资供应,哪些地方有灯塔、浮标,以及潮水涨落、风向气候的情况,也简短地向你提供各处的人口和贸易情况。你想到这样一套一本正经、言简意赅的丛书竟然能够在其他方面向你提供那么多的东西,实在奇怪。究竟是些什么呢?神秘与美,传奇与令人向往的未知世界。这不是一部寻常的书,你随意翻开书页,就会看到这样一段叙述:"物资供应。保存有几种丛林珍禽,该岛还是大批海鸟的栖息地。环礁湖中有海龟,也有大量种类繁多的鱼,包括灰鲻鱼、鲨鱼和狗鲨。如用围网捕鱼,不能收到任何效果。但是却有一种可用钓竿钓到的鱼。岛上有一所茅屋,里面贮存着少量罐头食品和烈酒。那是专为救济船舶失事的人而准备的。登陆地点的附近有一口井,可以从中汲取清水。"如果要进行一次实际的旅行,你能想到比这更多的东西吗?

在这卷《航行指南》里(上面那段记述就是从其中抄录下来的),编纂人也以同样严谨的笔法描述了阿拉斯群岛。它们是由一群或者一列相连的岛屿所组成,"大部分地势低洼,密林丛生;东西延伸约七十五英里,南北四十英里"。书中还告诉你,有关这些岛屿情况的资料不多;各组不同的岛屿之间有水路可通。不少船只已经从这些水路通过,但是有关这些水路的情况还没有彻底勘测清楚,许多危险障碍物的位置仍然没有确定。因此,航行到这儿时最好绕开。这些岛上的人口估计约有八千左右,其中二百名是中国人,四百名是伊斯兰教徒,其余的都是当地土著人。主要岛屿叫做巴鲁,四周环绕着一圈堡礁,岛上住着一位荷兰总督。他的住宅白墙红瓦,坐落在小山顶上,是荷兰皇家邮船公司的过往船只所能见到的最醒目的目标。这家公司的船只每隔一个月经由这个岛驶向望加锡①,每四个星期经由这儿开往荷属新几内亚的马老奇②,每次航行路过,它们都在这儿停泊。

在世界史上有一个时期,迈恩希尔·埃弗特·格鲁伊特曾担任这片海岛的总督。他对阿拉斯群岛上的居民管理得很严,但是这种严厉往往被一种极度荒诞的意识所冲淡。他二十七岁就被安排在这样重要的位置上,他认为这简直是开玩笑,到了三十岁时,他仍然为此而感到好笑。在他管理的群岛和巴达维亚③之间没有海底电报通信,而邮件总是耽搁很长时间方才收到,所以即使他向外界征询意见,在收到的时候也已经没有什么用处了。因此,他沉稳地按照他认为最好的方式去处理事务,全凭自己的好运道来避免在当局那儿引起麻烦。他生得十分矮小,身高顶多只有五英尺四英寸,但体形极为肥硕,脸色红润。为了凉快,他把头剃得光光的,脸也刮得光光的。那张脸又圆又红,眉毛的颜色浅得几乎看不出来,两只蓝色

---

① 望加锡,印度尼西亚苏拉威西岛西南岸港口城市。
② 马老奇,现为印度尼西亚东部伊里安查亚南部地区的港口城市。
③ 巴达维亚,印度尼西亚首都雅加达的旧称,位于爪哇岛的西北海岸,是东南亚地区的最大城市。

的小眼睛亮闪闪的。他知道自己的样子不够威严气派,但仍得留意自己的身份,就打扮得衣冠楚楚来维持体面。无论是在官邸办公,在法庭断案,还是在室外散步,他都穿着一身雪白的衣服,纤尘不染。他那套钉着亮晶晶的铜纽扣的洁白外衣紧紧地绷在身上,显出一个令人震惊的事实:尽管年纪很轻,但他的肚子已经圆滚滚的,朝外突出。他那张乐呵呵的脸上汗津津的,闪闪发亮,手上老拿着一把芭蕉扇不停地扇着。

可是在自己的房子里,格鲁伊特先生宁愿只在腰间围上一条纱笼,这样凭着那个白白胖胖的矮小身躯,他就像一个十六七岁的有趣的胖小伙子。格鲁伊特先生很早起床,早餐也总在六点就给他准备好了。他的早餐从来没有什么变化。总是一片木瓜,三个冰凉的煎鸡蛋,切成薄片的埃丹奶酪,再加上一杯清咖啡。吃完早餐,他抽着一支大号荷兰雪茄,翻看着那些几乎已经翻得烂熟的报纸,随后他穿好衣服,到办公室去。

一天早晨,他正在忙着这套程序的时候,他的仆役头儿走进卧室通报说,琼斯老爷想要求见他。那会儿,格鲁伊特先生正站在镜子前面。他已经穿好了裤子,正在欣赏自己光滑的胸膛。他弓起背来,以便挺胸收腹。他带着心满意足的神情朝自己的胸口嘭嘭拍了三四下。他的胸膛看起来很有男子气概。在仆役通报的时候,他望着镜子,跟镜子里的眼睛交换了略带嘲讽的微笑。他暗自寻思,他的客人来找他究竟是为了什么。埃弗特·格鲁伊特的英语、荷兰语和马来语都讲得同样流利,但他仍然用荷兰语加以思考,他喜爱这么做。他觉得这种语言可以撒野骂人,叫人感到痛快。

"请琼斯老爷等一下,告诉他我马上就来。"他在自己的赤裸的身子上套上外衣,扣上纽扣,神气活现地走进客厅。

"早上好,琼斯先生,"总督说,"你是为了在我开始一天的工作之前,来陪我喝一杯的吗?"

琼斯先生的脸上没有露出一点儿笑容。

"我是为了一件叫人非常头痛的事儿前来找你的,格鲁伊特先生。"他回答说。

总督既没有因为客人的严肃神情而感到困窘,也没有为他的回答而觉得不安。他那蓝色的小眼睛闪着和蔼的光芒。

"坐下,老朋友,抽支雪茄吧。"

格鲁伊特先生心里清楚欧文·琼斯牧师既不喝酒,也不抽烟,但每次两个人见面,他总禁不住想捉弄牧师一下,提出请牧师喝酒抽烟。琼斯先生摇了摇头。

琼斯先生掌管阿拉斯群岛上的浸礼会,总部设在群岛中面积最大、人口最多的巴鲁岛上,但在其他一些岛屿上也设有教堂,由当地助手管理。他年纪大约四十左右,身材又高又瘦,性格忧郁,生着一张长脸,皮色灰黄,样子憔悴。他那棕色的头发在鬓角处已经花白,额头上的头发也开始朝后脱落。这副外表使他看上去有点像个书呆子。格鲁伊特虽不怎么喜欢他,却又对他怀有敬意。格鲁伊特之所以不喜欢他,是因为他心胸褊狭,相当武断。格鲁伊特自己则是一个欢快的没有宗教信仰的人,爱好世俗的欢乐,而且只要环境许可,就要尽情享受。他无法忍受那些鄙薄享乐的人。他觉得那个地方的风俗习惯对于当地居民非常适合,他对传教士们竭尽全力想要摧毁这种世代相传、相当顺畅的生活方式无法容忍。他之所以尊敬琼斯先生,则是因为琼斯先生诚实、热情,心地善良。琼斯先生是一个祖籍威尔士的澳大利亚人,是这个群岛上唯一合格的医生。万一你生病的时候,用不着只去找一个中国医生医治,知道这一点,真叫你心里感到宽慰。谁也不像总督那么清楚琼斯的医术对大家有多大的用处,以及他是怀着多大的仁爱之心为人治病的。在发生流行性感冒的时候,牧师一个人能完成十个人的工作。有人得病需要医治的时候,只要不刮台风,风浪再大也无法阻止他跨海到另一个岛屿去出诊治病。

琼斯先生跟他的妹妹住在离村子大约半英里外的一所白色的小房子里。总督最初抵达此地的时候,琼斯先生跑到船上去迎接他,邀请他住到他们的家去,等他自己的房子安排就绪后再搬迁过去。总督接受了他的邀请,很快就亲眼看到这兄妹俩的生活多么简朴。那可实在叫他受不了。每天三点用茶点,一日三餐吃得也很清苦。只要他一点起雪茄,琼斯先生就客客气气但态度坚决地请他把烟掐灭,因为他和他妹妹都不赞成抽烟。二十四小时之后,格鲁伊特先生就搬进了自己的房子。他心慌意乱地从那儿逃走,好像摆脱了一座瘟疫蔓延的城市。总督爱开玩笑,喜欢嘻嘻哈哈。跟一个老是拿自己的玩笑当真、听了自己最得意的故事也没有一丝笑容的人待在一起,实在不是世俗凡人所能忍受的。欧文·琼斯牧师是一个高尚的人,但是谁也无法跟他相处。他的妹妹就更叫人受不了。他们俩都没有一点幽默感,但是性格并不相同:牧师生性忧郁,极其认真地履行自己的职责,深信世上的一切都毫无希望。琼斯小姐则性情欢快,毫不犹豫,冷酷地注视着事物光明的一面。她带着复仇天使的那种凶狠劲儿在她的同胞中搜寻着善良的东西。琼斯小姐在教会设立的学校里教书,同时协助她哥哥进行医疗工作。在琼斯先生做手术的时候,她给病人施行麻醉。琼斯先生在传教之余,主动设立了一所小医院,琼斯小姐就是那儿的主管、外科手术助手和护士。可是总督也是一个矮小的生性固执的家伙,面对琼斯牧师对人性弱点所进行的顽强斗争和琼斯小姐彻底的乐观主义,他总能设法从中找些什么来开怀解闷。他从不放过寻开心的机会。荷兰商船两个月里要来三次,每次来的时候都要停上几个小时,那会儿他就可以同船长和轮机长说上一个老笑话。难得有一次,有条采珠船从星期四岛①或达尔文港②来到这儿,他就可以过上两三天痛快的日子。大部分采珠人都是粗犷的汉子,但他们都勇气十足,他们船上有的是烈酒,肚子里装满了有趣的故事。总督把他们请到自己家里,设宴款待。如果这帮家伙没有喝得烂醉如泥,当晚无法再回到船上,这场宴会就算不上成功。除了那个牧师之外,巴鲁岛上唯一的白人就是金格·台德。他当然是文明的耻辱。这个家伙身上没有一点优点可言,他简直是给白种人丢脸。尽管如此,如果没有金格·台德,总督有时倒会觉得巴鲁岛上的生活实在无法忍受。

说也奇怪,琼斯先生这么早前来拜访格鲁伊特,竟然是为了这个无赖的事儿,其实这时候,他本该去给岛上的年轻异教徒灌输一点浸礼教信仰的深意。

"请坐,琼斯先生,"总督说,"你找我有什么事儿?"

"噢,我来找你是为了大家称作金格·台德的那个人。现在你打算怎么办?"

---

① 星期四岛,澳大利亚岛屿,位于约克角半岛北端海岸外的托雷斯海峡内。
② 达尔文港,位于澳大利亚西北海岸的城市。

"嗨,出了什么事儿?"

"你没有听说吗? 我以为警官已经告诉你了。"

"我从来不鼓励手下到我的私人住所来,除非有什么万分紧急的事儿,"总督气派十足地说,"我和你不一样,琼斯先生,我工作是为了下班以后可以清闲一下,我爱体味一下闲暇的乐趣,不想受到打扰。"

可是琼斯先生却不大喜欢这样的闲谈,对一些泛泛的意见也不感兴趣。

"昨儿晚上,在一家中国人开的商店里发生了一场丢人现眼的争吵。金格·台德把商店捣毁了,还把一个中国佬打得半死。"

"我看他又喝醉了。"总督平静地说。

"当然啰,他有什么时候是不喝醉的? 后来他们叫来警察,他又殴打了警官。他们不得不用了六个人才把他送进监狱。"

"他是一个身高体壮的家伙。"总督说。

"我想你会把他送到望加锡去。"

埃弗特·格鲁伊特迎着牧师愤怒的目光,两只眼睛里闪现出喜悦的光芒。他一点儿也不傻,已经知道琼斯先生打的是什么主意。耍弄牧师一下可以带给自己很大的乐趣。

"幸好我的职权范围大得可以亲自处理这种情况。"他回答说。

"你有权力驱逐无论哪个你想驱逐出境的人出境,格鲁伊特先生。如果你干脆把这个家伙赶走,我相信以后就会省掉不少麻烦。"

"我当然有这样的权力,但我相信你一定不希望我滥用职权。"

"格鲁伊特先生,这个人待在这儿是大伙儿的耻辱。每天从早到晚,他没有一刻清醒的时候。他跟当地女子东一个西一个地胡搞,早已尽人皆知了。"

"这倒是一个怪有趣的问题,琼斯先生。我一直听说酗酒过度虽能刺激性欲,但却妨碍性欲的满足。根据你所讲的金杰·台德的情况来看,这种理论好像不太站得住脚。"

牧师的脸泛起一片暗红色。

"这些是生理学上的事儿,我现在不想谈论,"他冷冷地说,"这个人的行为对白种人的威信造成了无法估量的损害。我们在其他方面花了不少气力,引导海岛上的居民在生活中少犯些罪。他的例子严重破坏了我们的努力。他是一个彻头彻尾的坏蛋。"

"冒昧问一句,你曾做过什么改造他的尝试吗?"

"他刚漂泊到这儿的时候,我竭尽全力地跟他联系。他拒绝我的一切友好表示。他头一次闹事以后,我跑去找他,直截了当地跟他谈过。他对我破口大骂。"

"对你或其他传教士在这些海岛上所开展的工作,谁也不能做出比我更高的评价。可是你能肯定在履行自己的天职时,始终采用了各种巧妙的策略吗?"

总督对自己这句话的措辞相当得意。他的话说得极为客气,但却包含了他觉得有必要给予对方的责备。牧师神情严肃地望着他,两只忧郁的棕色眼睛里充满了真诚。

"耶稣曾经拿起鞭子,把兑换钱的商人从神殿里赶走①。他这样做的时候,难道也采用策略吗? 不是的,格鲁伊特先生。策略这个词儿只是玩忽职守的人用来逃避自己责任的托词而已。"

---

① 见《圣经·新约·约翰福音》第二章第十三至第十五节。

琼斯先生的这番话使总督忽然感到想要喝一瓶啤酒。牧师热切地探身向前,想要继续讨论这个问题。

"格鲁伊特先生,说到这个人所干的违法事儿,你知道得跟我一样清楚,用不着我再来提醒你。无法再为他作任何开脱。这一次他可实在太过分了。你可别错过这样的好机会。我请求你行使你的权力,一劳永逸地把他赶走。"

总督的眼睛从来没有显得这样亮闪闪的。他觉得十分开心。他暗自琢磨,跟人相处的时候,要是并不非得作出褒贬,就会觉得他们更为可笑。

"不过琼斯先生,不知道我理解得对不对。你是想让我在听取对他不利的证据和他的答辩前就向你保证要把他驱逐出境吗?"

"我不知道他还有什么可以辩解的地方。"

总督从椅子上站起身来,真的设法让他那五英尺四英寸的身躯表现出几分气派。

"我是根据荷兰政府的法律在这儿执法审判。请允许我说一句,现在你竟然试图影响我的司法权限,真叫我感到极为惊讶。"

牧师有点儿慌乱,他根本没有想到这个比自己年轻十岁的傲慢自大的矮小娃娃竟然采取这样一种态度。他开口想要解释和道歉,但总督举起一只胖乎乎的小手。

"现在我该到办公室去了,琼斯先生。祝你早安。"

牧师不禁目瞪口呆,他鞠了一躬,没有再多说话,就走出房去。要是他看到自己转身后总督的举动,肯定会大吃一惊。总督正咧开嘴,露出满脸笑容,同时用拇指顶着鼻尖,摇晃着其他手指对牧师表示轻蔑。

几分钟以后,他来到自己的办公室,他的首席书记员,一个荷兰混血儿,向他描述了自己看到的头天晚上那场争吵的场景。他的说法与琼斯先生的说法相差无几。法庭那天正好开庭。

"您打算先处理金杰·台德这个案子吗,先生?"那个书记员问道。

"我看不出为什么要那样。上次开庭积压了两三个案子。按照顺序,轮到他的时候再处理他。"

"我原来以为,也许由于他是白人,您想私底下见他一下,先生。"

"法律的权威是不管什么白人和有色人种的差别的,朋友。"格鲁伊特说道,样子显得有点傲慢自负。

法庭是一个四四方方的大房间,里面放着好些条长凳,上面十分拥挤地坐满了各种当地人,有波利尼西亚人、布吉人①、中国人和马来人。当房门打开,一名警官宣布总督到达时,他们全体站了起来。总督在一个书记员的陪同下走进房间,登上高台,在一个涂漆的松木桌子后边坐下。他背后是一幅威廉明娜女王②的大版画。他处理完五六件案子以后,金杰给带了进来。金杰站在被告席上,双手戴着手铐,两边各站着一名看守。总督神色严肃地看着他,但是眼睛里仍然流露出饶有兴味的样子。

金杰·台德仍然受到宿醉的影响,他站在那儿,身子微微有些

---

① 布吉人,东南亚印度尼西亚民族之一,主要分布在苏拉威西岛西南部、加里曼丹岛东南部和小巽他群岛部分地区。

② 威廉明娜女王(1880—1962),荷兰女王。一八九八年正式登基,一九四八年宣布让位给自己的女儿朱丽安娜。

摇晃,目光茫然。他仍然相当年轻,也许才三十岁上下,身材中等偏高,相当肥胖,生着一张浮肿的红脸和一头乱蓬蓬的红色鬈发。那场争斗也给他留下了一点痕迹:他的一只眼睛给打青了,嘴唇也被打破,肿了起来。他穿着又脏又破的卡其短裤,他的汗衫几乎一直撕裂到后背。从汗衫上裂开的大口子中露出覆盖在他胸膛上的密密丛丛的红毛,同时也露出白得惊人的皮肤。总督看完了案情记录,叫来了证人。他听取了证人的申诉,察看了被金杰·台德用酒瓶打破脑袋的那个中国佬,又听取了在逮捕金杰时被他打翻在地的那个警官激动的叙述,他听取了金格·台德捣毁商店的前后经过——他在酒醉的狂怒下把凡是手头可以摸到的东西都砸得粉碎。听完这一切之后,总督转身对被告用英语说:

"哎,金杰,你还有什么要说的吗?"

"我喝醉了。这些事我一件也记不起来了。如果他们说我差点儿把他杀了,大概就是那么回事。如果他们给我时间的话,我会赔偿损失的。"

"你当然要赔偿,金杰,"总督说,"但是只有我才能给你时间。"

他默默地看了金杰·台德一会儿。这真是一个令人作呕的形象,一个身心完全崩溃的人。他实在令人厌恶,让你一看就直打哆嗦。要不是琼斯先生那么多管闲事,当时总督肯定会下令把他驱逐出境。

"自从你来到海岛以后,就一直在惹是生非,金杰。你太不像话了。你懒惰成性。你一次又一次醉倒在街上,让人抬回来。你挑起一场又一场争吵。你真是不可救药。上一次你给带到这儿的时候,我就告诉你,如果你再被逮捕的话,我就会对你加以严厉的处罚。

这一次你已经做得没有挽回的余地了,真是自作自受。我判处你六个月的苦役。"

"判处我?"

"判处你。"

"老天在上,我出来后非杀了你不可!"

他嘴里突然冒出一连串既肮脏又亵渎神明的骂人话。格鲁伊特先生只是轻蔑地听着。要是用荷兰语的话,能比用英语骂得更痛快呢。金杰·台德骂的这套脏话,总督要是用荷兰语回应的话,哪一句也不会比他的逊色。

"住口吧,"他命令道,"你让我听腻了。"

总督用马来语把他的判决又说了一遍,囚犯就挣扎着给带走了。

格鲁伊特先生坐下来吃午饭,他的心情十分愉快。只要你出点儿新花招,生活就变得特别有意思,这真叫人感到惊讶。在阿姆斯特丹,甚至在巴达维亚和泗水①,许多人都认为他住在这个岛上,简直好像受到了流放。他们根本不知道待在这儿是多么惬意,也无法理解他从这种前途渺茫的生活素材中可以得到多大的乐趣。他们问他是不是怀念那些俱乐部、赛马会和电影院,是不是因为无法参加每星期在卡西诺赌场举行一次的舞会、跟荷兰女子展开交际而感到惆怅。不,一点儿也不惆怅。他喜爱安逸。眼下他安坐其中的那个房间里的结实家具具有令人满意的牢固特性。他爱看浅薄无聊的法国小说,他一本接一本地看着这些小说,体味着阅读带给他的

---

① 泗水,印度尼西亚爪哇岛东北岸港口城市。

刺激,从来没有想到自己是在虚度光阴而心神不安。在他看来,消磨时间就是最大的享受。当他那年轻人的兴趣转向性爱的时候,他的仆役头儿就把一个皮肤浅黑、眼睛明亮、围着纱笼的年轻姑娘带到他的房子里。他小心在意地不跟任何女人维持长久的关系。他觉得经常变换可以使心灵永远年轻。他喜爱自由,从来不被责任感所压倒。他也不把炎热的气候放在心上。热天里一天用冷水冲五六次身子,简直称得上是一种美的享受。他有时弹弹钢琴,有时也给住在荷兰的朋友们写信。他觉得用不着跟知识分子谈天说地。他喜欢开怀大笑,但是想笑的话,从傻瓜身上同样可以得到欢笑,不一定非要跟哲学教授在一起。他觉得自己的这种处世方法十分明智。

　　他跟所有生活在远东的富有教养的荷兰人一样,吃午饭时总要先喝一小杯荷兰杜松子酒。这种酒有一股发霉的苦味。对这种酒的嗜好一定是逐渐养成的,但格鲁伊特对别的鸡尾酒都喝不惯,就爱喝这种酒。另外他在喝杜松子酒的时候,也觉得自己是在保持本民族的传统。喝完酒,他就开始吃杂和饭,这样的饭他每天都吃。他把米饭在一个汤盆里堆得高高的,随后由三个仆人来伺候。他先接过一个仆人递上来的咖喱菜肴,又拿过另一个仆人端上来的煎蛋,再倒上第三个仆人送来的辛辣调料。接着每个仆人又端来另外的碟子,里面放着熏猪肉、香蕉或咸鱼。不一会儿,他的汤盘里就高高地堆起一座大金字塔。他把这些东西搅和在一起,就开始吃起来。他慢条斯理、津津有味地吃着,另外还要喝一瓶啤酒。

　　他吃饭的时候从不思考问题,而是把注意力完全集中在面前那堆丰盛的饭菜上,他心情愉快、专心致志地把饭菜都吃下肚去。这种饭菜从来没有叫他感到腻味。他把盘子里的东西完全吃光以后，想到第二天又能照样吃一顿杂和饭，心里感到相当欣慰。正如我们对于面包一样，他对这种饭也几乎是百吃不厌。他喝完啤酒，点起雪茄，仆役给他端来一杯咖啡。他就靠在椅子上，随意体味着沉思的乐趣。

判处金杰·台德六个月苦役（这是他应得的惩罚），总督感到十分好玩。想到金杰要跟其他囚犯一起在大路上干活，他不禁笑了起来。在这个岛上，只有跟这个家伙，他才能偶尔说上几句心里话。要是把这个家伙驱逐出境，那才愚蠢糊涂呢。再说，如果把他驱逐出境，确实可以使那个牧师得到满足，但是这对于那个绅士的性格却不会有什么好处。金杰·台德是一个无赖，一个恶棍，但总督对他仍有一些好感。他们曾经一起喝过好多瓶啤酒，而且当采珠船从达尔文港开到这儿来的时候，他们还在一起痛快地玩了一个通宵，两个人都喝得酩酊大醉。总督喜欢金杰·台德的那种作风：他不顾一切地肆意挥霍自己的宝贵年华。

金杰·台德有一天搭着从马老奇开往望加锡的客轮漂泊到这个岛上，连船长也不知道他是怎么上船的。他跟当地人一起坐的都是统舱，中途在阿拉斯群岛下船停留，因为他喜欢这个地方的景物。格鲁伊特曾经怀疑，这个群岛之所以对他具有吸引力，也许是因为岛屿上挂的是荷兰国旗，不属于英国政府的司法管辖范围。可是他的证件完全合格，没有理由不让他留在岛上。他声称自己在给一家澳大利亚商行采购珠母贝，但不久大家就发现他似乎并不认真地在做买卖。说真的，喝酒占去了他那么多时间，几乎没有留下多少工夫来干其他事儿。他每星期都收到两个英镑，有人每月按时从英国把钱给他寄来。总督猜测这笔钱只是为了让他和寄钱的人保持遥远的距离才寄来的。这笔钱的数目毕竟太小,不允许他肆意行动。

金杰·台德平时寡言少语。总督发现他是一个英国人,从他的护照上可以看出这一点。护照上说他叫爱德华·威尔逊,以前住在澳大利亚。可是他为什么要离开英国,在澳大利亚又干过什么事儿,总督都不大清楚。他也说不大准金杰·台德究竟属于哪个阶层。如果看到他穿着一件肮脏的汗衫,一条经纬毕露的长裤,头上戴着一顶破旧不堪的遮阳帽跟采珠人混在一起,再听到他那种粗俗、下流、没有教养的话语,你会认为他管保是一个从船上开了小差的普通水手,要不然就是一个劳工。可是如果你看一下他的字迹,就会惊讶地发现,只有一个至少受过相当教育的人,才写得出那样的字迹。要是偶尔你跟他单独待在一起,他喝了几杯酒而又没有完全喝醉,他会谈起一些不论是水手还是劳工都不可能知道的事儿。总督颇为敏感,意识到金杰·台德跟他说话时,并不像下属对上级那样,而是表现出平等相处的态度。给金杰·台德汇来的大部分钱款在他收到之前就先付出去了。每个月寄钱的信一到,那个要向他收取欠款的中国佬就站在他旁边等着。但是他仍把剩下的那点钱用在喝酒上。酒一下肚,他就要寻衅闹事,因为喝醉了酒,他的脾气变得十分暴烈,那时他就可能会做出什么出格的行为,结果落到警察的手中。迄今为止,格鲁伊特先生只是把他关到监狱里,等到他酒醒以后把他训斥一顿。他手里没有钱用的时候,就向随便哪个愿意施舍的人讨酒喝。朗姆酒、白兰地、亚力酒①,无论是哪种酒,他都喝下肚

---

① 亚力酒,一种亚洲产烈酒,用椰子汁、糖蜜、大米或枣子酿制而成。

去。有两三次,格鲁伊特先生安排他到某个小岛上中国人所经营的种植园里去干活儿,但他总干不了多久,几个星期以后,就又回到巴鲁的海滩上。他居然能维持自己的生活,真是一个奇迹。当然,他有自己的办法。群岛上的各种方言土语他都学会了,而且他知道怎样引得当地人开心发笑。他们看不起他,但对他的体力又相当敬畏,他们都很乐意跟他待在一起。因此他从来不为一顿饭或一个铺位发愁。奇怪的是,只要他看上了哪个女人,不论他要干什么,那个女人都会答应。让欧文·琼斯牧师心里感到气愤的也正是这一点。总督想象不出那些女人究竟看中了他哪一点。他对她们的态度十分随便,有时甚至相当蛮横。他接受了她们给他的一切,却似乎并不知道感激。他拿她们来满足自己的欲望,随后又冷漠地把她们甩掉。这种行为有一两次曾经给他带来麻烦。格鲁伊特先生不得不判决了一个愤怒的父亲,因为这个人一天夜晚拿刀子捅进了金杰·台德的后背。又有一次,一个女人想吞鸦片自杀,因为金杰抛弃了她。还有一次,琼斯先生神态威严地来找总督,因为金杰这个海滨流浪汉诱奸了他的一个女信徒。总督承认这是一件十分令人遗憾的事儿,但也只能劝告琼斯先生今后对那些年轻人要严加看管。后来总督也不大高兴,因为他发现有个跟自己来往了好几个星期而且自己也很喜爱的姑娘,在整个这段时间里竟然也不时向金杰·台德委身。他记起这桩事儿,又想到金杰·台德要服六个月的苦役,脸上不禁浮现出笑容。在生活中,要想履行自己应尽的职责而又顺便报复一下在暗地里捣鬼的家伙,这种事真是很难得的。

　　几天以后,格鲁伊特先生一半是为了活动活动身体,一半也是为了察看一项他要求完工的工程的进展情况,便出外散步,在路上他经过一群在看守的监督下干活的犯人。他发现金杰·台德也在这群囚犯中间。他穿着囚衣,也就是马来语称作巴朱的一件航脏的外衣,戴着那顶破烂不堪的遮阳帽。这些犯人正在修路。金杰·台德挥舞着一把大镐。这条路非常狭窄,总督发现他得在离金杰几乎一英尺的距离内走过。他记起了金杰所做的威胁。他知道金杰·台德是一个性子暴烈的人,那天他在被告席上使用的语言清楚地表明,他并没有把总督判处他六个月苦役看成有趣的玩笑。如果金杰·台德突然用镐朝他发起攻击,世上没有什么能救得了他的命。看守当然会马上开枪把他击倒。可是那会儿,总督的脑袋可能也给砸破了。总督胸中微微有些不安地从这帮囚犯身旁走过。他们正两人一组地在干活,彼此之间只有几英尺远。总督拿定主意既不加快自己的脚步,也不放慢速度。他从金杰·台德的身边走过时,那个家伙正抡起大镐朝地上砸去,一抬头与总督的目光相遇,马上就眨了眨眼睛。总督抑制住嘴角浮现出的笑容,带着长官应有的气派大步走了过去。可是金杰眨眼的样子那么滑稽有趣,充满嘲讽诙谐的意味,使总督心里非常满意。如果他是巴格达的哈里发①,而不是荷兰文职部门的一个下级官员,他会立刻把金杰·台德释放,而且派遣一些奴隶来给他洗澡,涂抹香脂,让他穿上金色的长袍,再用珍馐美味来款待他一番。

金杰·台德是一个模范犯人。一两个月以后,正巧总督要派一批人到一个边远小岛上去完成一项工作,就把金杰·台德也安排在这伙人当中。那个地方没有监狱,因此总督派遣的那十个犯人,在

---

① 哈里发,伊斯兰教国家政教合一的领袖的称号。

看守的监督下,都要给分别安顿到当地人的家里。下工以后,他们的生活跟自由人没有什么分别。这项工作足以干到金杰·台德的刑满之时。总督在他动身前把他找了去。

"听着,金杰,"总督对他说道,"这是给你的十个盾①,到那儿后,你可以用来买些烟抽。"

"你就不能多给一点儿?每月会按时寄给我八个英镑。"

"我看这点数目够了。我会把寄给你的信件都保存好,等你回来之后,手里就有一笔数目可观的钱。你想去哪儿就可以去哪儿。"

"我在这儿日子过得很舒服。"金杰·台德说。

"好吧,你回来的那一天,把身子洗洗干净,然后到我的住处来。我们可以一起喝一瓶啤酒。"

"好极了。我想那会儿可以听你讲点有趣的笑话。"

现在机会出现了。金杰·台德被打发前去的那个小岛名叫马普提提,跟其他岛屿一样,这个小岛也布满岩石,到处是茂密的树林,周围有一圈堡礁。对着堡礁缺口的岸边,一座村庄掩隐在椰子树丛当中。另一座村庄坐落在小岛中心的一个咸水湖旁边。这座村庄里有些居民已经皈依了基督教。这个小岛和巴鲁之间的联系是通过一条在各个岛屿之间不定期停靠的汽艇来维持。汽艇既运载旅客,也运送农产品。不过这儿的村民都是航海的能手,遇到他们有什么急事,就会立刻驾着一条马来帆船,渡过五十多英里的海路到巴鲁去。离金杰·台德刑满还有半个月的时候,湖边那个村庄里信仰基督教的酋长突然得了急病。各种土著的医疗方法对他都

---

① 盾系荷兰货币单位(1 盾 = 100 分)。

不起作用,他痛苦地浑身抽动。人们送信到巴鲁向牧师请求帮助。可是真不凑巧,琼斯先生那会儿正患疟疾,躺在床上无法动弹。他和妹妹商量了一下这件事儿。

"看样子是急性阑尾炎。"他对妹妹说。

"你不能去,欧文。"她说。

"我不能听凭这个人死去。"

琼斯先生的体温是华氏一百零四度①。他头疼得好像要裂开似的。整个夜晚,他都说着胡话,眼睛里闪现出异样的光芒。他的妹妹觉得他只是凭着坚强的意志力,才没有陷入神志不清的状态。

"你现在这副样子,不能去做手术。"

"是呀,不能。那么一定得让哈桑去。"

哈桑是他们的药剂师。

"你无法信赖哈桑。他从来不敢独自负责做手术。他们也绝不会让他这么做。我去吧。哈桑可以留在这儿照看你。"

"你不会切除阑尾吧?"

"怎么不会?我看你割过。我做过很多次小手术了。"

琼斯先生感到神思恍惚,听不大清她在说些什么。

"汽艇开来了吗?"

"没有。它到别的岛上去了。但我可以坐报信人开来的那条马来帆船前去。"

"你?我想的可不是你。你不能去。"

"我要去,欧文。"

---

① 相当于摄氏四十度。

"到哪儿去?"他问道。

她看出她哥哥心神恍惚。她抚慰地摸了摸她哥哥那干枯的脑门,随后给他服了一剂药。他嘴里嘟囔着什么,她明白他已经神志昏迷了。当然她很担心她哥哥的病情,但她知道他的病没有什么危险。她可以放心地把他托付给帮着看护他的教会仆人和那个土著药剂师。她悄悄地走出房去。她把梳妆用具、一件睡衣和一套换洗衣服都放到一个包里。她始终备好一个小箱子,里面装着手术器械、绷带和消毒敷裹用品。她把这些东西交给从马普提提来的那两个土著人,一边跟药剂师讲她的打算,一边吩咐他在她哥哥神志清醒后把自己动身的事儿告诉他。无论如何,不要让他为自己担心。她戴上遮阳帽,急匆匆地走了。牧师的住处离村庄有半英里远,她走得很快。那条马来帆船正在防波堤的尽头等着。驾驶这条帆船的有六个人。她在船尾找好位置坐下,那几个人就立刻迅速地把船划开了。在堡礁里面,水面相当平静,但是他们一驶出环礁湖就遇到一阵大浪。好在这种旅行对于琼斯小姐已经不是头一次了,她确信她所乘坐的这条船在海中的航行能力。那时正是中午,阳光从炽热的天空中火辣辣地照射下来。她心里唯一担忧的就是生怕他们天黑之前无法赶到。如果她认为必须立刻动手术的话,晚上就只好靠防风灯来照亮了。

琼斯小姐快四十岁了。从相貌上一点也看不出她会有刚才表现出的那种果断的性格。她的样子虚弱文静得出奇,看上去似乎弱不禁风,简直好像有意做作。在这种外表的衬托下,你很快就会在她身上发现的那种倔强个性就显得着实不可思议。她胸部平板,个子很高,瘦骨嶙峋,生着一张灰黄色的长脸,灼人的炎热让她饱受折磨。她那平直的棕色头发从前额一直抹到脑后。她的眼睛很小,灰色的眸子之间的距离实在太近,因而脸上显出一副泼辣的神情。她的鼻子又细又长,有点儿发红。她老是患消化不良,不过这种病症一点也不影响她看待事物光明面的果断无情。她坚定地认为,世道衰微,人们无比邪恶。她带着魔术师从帽子里掏出一只兔子时那种适度的自豪去挖掘人们身上可能找到的一点合乎规矩的地方。她头脑敏锐,善于随机应变,工作能力很强。一到那个岛上,她就发现,要想救活那个人的性命,就一刻也不能耽误。面对各种重大的困难,她教会一个土著人怎样施行麻醉,同时自己开始做手术。在接下去的三天里,她小心周到地对病人加以护理。一切都很顺利。她知道就是她哥哥亲自前来,也不见得比她干得更为出色。一直等到病人的伤口拆线,她才打算动身回家。她不无得意地认为自己没有浪费时间。她已进行了必要的医疗工作,增强了岛上那一小群信奉基督教的民众的信念,对一些行为放荡的人做出了训诫,同时把良好的种子播撒在那些有希望在神的旨意下生根发芽的地方。

那天下午,从另一个岛上开来的汽艇来得比较晚,但那天晚上正好满月当头,他们预计可以在午夜之前抵达巴鲁。他们拿着她的随身物品来到码头,前来为她送行的人们站在四周一再表示感谢。码头上聚集了不少人。汽艇上装载着一袋袋椰肉干,琼斯小姐对这种浓烈的气味早已习惯,并没感到有什么不舒服。她尽可能地找了一个舒适的地方坐下,一边跟那些表示感谢的人们闲谈,一边等着汽艇开动。她是船上唯一的旅客。那个坐落在环礁湖畔的小村庄掩隐在树木当中。突然从那片树丛中走出一群土著人,她发现其中有一个白人,穿着一条囚犯穿的纱笼和一件短上衣,留着一头长长的红发。她立刻认出这是金杰·台德。一个警察陪着他。他们俩握了握手,金杰·台德又跟陪他来的其他村民握了握手。他们扛着好几捆水果,还带着一个水罐,琼斯小姐猜想里面一定装着土著人酿制的酒。这些东西都给放到了汽艇上。她发现金杰·台德要和她一起动身,不禁大吃一惊。他的刑期已满,当局下令要他搭乘汽艇回巴鲁去。金杰·台德瞥了她一眼,并没有点头招呼——确实琼斯小姐也把脸转开了——就上了汽艇。机械师发动了引擎,转眼之间,他们的船就突突地穿过环礁湖中的水道。金杰·台德爬到一堆麻袋上,点起一支香烟。

琼斯小姐没有理睬金杰·台德。她当然对他了解得相当清楚。看来他又要出现在巴鲁,引起丑闻,酗酒闹事,给女人们造成威胁,变成那些正派人的肉中刺。想到这些,她的心不禁沉了下去。她知道她哥哥曾经采取措施想要把他驱逐出境。她对总督的做法实在难以容忍:他竟然对面前这样显而易见的职责都视而不见。他们穿过沙洲,来到广阔的海面上,金杰·台德把那个装满亚力酒的罐子上的塞子拔开,用嘴对着罐口喝了一大口,随后把罐子交给那两个充当船员的机械师。其中一个是中年汉子,另一个是青年。

"我不希望你们在航行途中喝酒。"琼斯小姐神色严厉地对年岁大的那个汉子说。

他朝她笑了笑,仍然喝了几口。

"喝点儿亚力克酒对谁都不会有什么害处。"他答道,一边把罐子传给他的同伴。那个人也喝了几口。

"如果你们再喝的话,我就要向总督投诉了。"琼斯小姐说。

年岁大的那个人说了一句话,接着就把罐子交还给金杰·台德。她没有听懂那句话,但她猜到那句话一定非常粗鲁。他们行驶了一个多小时。大海好似明镜一般,落日的余晖辉煌灿烂。接着太阳沉到一个海岛的背后,几分钟之后,就把这个岛屿映照得宛如天上一座神奇的城市。琼斯小姐转过头来望着面前的景象,心里充满了对世上美景的感激之情。

"而只有人是邪恶的。"①她暗自引用了一句名言。

他们朝正东行驶。远方有一座小岛,她知道那是他们的必经之地,上面无人居住,那是一个布满茂密的原始丛林的岩石小岛。开船的人点起了灯。暮色降临,天空立刻布满了星星,月亮还没有升起。这时突然响起一阵轻微刺耳的声音,汽艇奇怪地摆动起来。引擎发出咔嗒咔嗒的声音,主机械师一边叫他的助手掌舵,一边爬进机舱。他们似乎前进得更慢了。引擎终于停了下来。她问那个年轻人究竟是怎么一回事,但他也不知道。金杰·台德从那些装着椰肉干的口袋顶上爬了下来,也钻到了机舱里面。他重新出现的时候,她曾想问问他究竟出了什么事儿,但她出于自尊没有这样做。她静静地坐在那儿,用心思考。海面涌来滚滚浪涛,汽艇微微地摇摆着。机械师又一次爬出来,发动了引擎。尽管引擎好像发疯似的发出咔嗒咔嗒的声音,但他们总算开始朝前移动。汽艇从头到尾震颤着。他们前进得很慢。显然是什么地方出了毛病。琼斯小姐的怒气压倒了她的惊慌。汽艇本来可以每小时走六海里,但眼下纯粹

---

① 琼斯小姐引用的诗句出自英国赞美诗作者雷金纳德·希伯主教(1783—1826)在一八一九年创作的一首教会赞美诗"从格陵兰岛的冰山……"的第二节:"眼前的各处景物都绮丽可爱,而只有人是邪恶的。"

是向前爬行。照这样的速度,看来要到午夜之后很久,他们才到得了巴鲁。那个机械师仍在机舱里忙来忙去,对掌舵的人嚷了一句什么话。他们说的是布吉语,琼斯小姐几乎听不懂。可是过了一会儿,她发现他们改变了航向,似乎朝本来应该从背风处经过的那个荒岛的方向偏转了很多。

"我们到哪儿去?"她突然充满疑虑地问掌舵的人。

他指了指那个小岛。琼斯小姐站起身走到机舱口,把里面的那个汉子叫了出来。

"你们不到巴鲁去了吗?为什么?出了什么事儿?"

"去不了巴鲁。"他说。

"但你必须赶到巴鲁,我坚决要求这么做。我命令你前往巴鲁。"

那个汉子耸了耸肩膀,转过身子,又一次钻进机舱。接着金杰·台德对她说话了。

"螺旋桨的一块叶片折断了,他认为最远只能航行到那个小岛。我们只好在小岛上过夜。明儿早上,他会在退潮的时候装上一块新的叶片。"

"我不能跟三个男人在一个荒无人烟的小岛上过夜。"她喊道。

"好多女人却巴不得呢。"

"我坚决要求赶回巴鲁。无论出了什么事,我们今儿晚上非赶到那儿不可。"

"不要激动,大姐。我们得把船弄到岸上去装上一块新的叶片,而且我们在岛上也出不了什么事儿。"

"你怎么敢对我这样讲话!我看你实在傲慢无礼。"

"你不会出什么事儿的。我们带了好多吃的东西,上岸之后就可以先吃一顿点心。你喝上一点亚力酒,管保会感到浑身舒服。"

"你真是粗鲁无礼。如果你们不去巴鲁,我要叫你们都进监狱。"

"我们不去巴鲁,我们去不了。我们要到那个小岛去。如果你不愿意前去,那就跳出船去自己游到巴鲁去好了。"

"哦,你们会受到惩罚的。"

"闭嘴,你这头老母牛。"金杰·台德说。

琼斯小姐气得倒抽了一口气,但她控制住自己的情绪。即便在外面,在这茫茫大海之中,她也应当有充足的尊严,不跟那个无耻的恶棍争吵。汽艇在引擎可怕的噪音中缓慢行进。天已经变得黑漆漆的。她再也看不见他们正要前去的那个小岛。琼斯小姐胸中充满怒气,紧紧咬着嘴唇,皱着眉头坐在那儿;她不习惯遭到这样的顶撞。后来月亮升了起来,她可以看到金杰·台德那庞大的身躯,那个家伙正手脚摊开地坐在那堆装满椰肉干的口袋顶上,嘴上叼的烟头的闪光显得格外阴森。现在,那个小岛朦朦胧胧地在夜空中显出了轮廓。他们抵达了小岛,开船的人把汽艇一直开到沙滩上。琼斯小姐猛然倒抽了一口冷气。她一下子明白了真实情况,愤怒变成了恐惧。她的心剧烈地跳动起来,手脚不住哆嗦。她感到极度晕眩,她终于彻底省悟了。究竟折断的叶片是一项预谋,还是一场意外?她仍无法确定。不管怎样,她知道金杰·台德绝不会放过这个机会。金杰·台德会强奸她。她知道他的本性。他见了女人就失魂落魄。实际上,他对于教会的那个姑娘就是那么干的,那么好的一个小姑娘,而且还是一个出色的女裁缝。他们其实可以为这件事对他提出控告,他应该被判处几年徒刑。唯一不幸的是,那个无辜的姑娘又不止一次地回到他的身边,而且只是因为后来他把她甩了,有了新欢,才真正对他这种薄幸的行为表示不满。他们为这件事去找总督,但总督不肯采取任何措施。而且竟然口气粗俗地表示,就算姑娘所说的都是实情,看上去这种经历对于那个姑娘来说好像也并不完全是不愉快的。金杰·台德是一个恶棍,而她又是一个白种女人。他有可能放过她吗?不会的。她是了解男人的。可是她必须振作起来,她一定要保持冷静,一定要有胆量。她决定不让对方轻易地就玷污自己的贞节。如果金杰·台德把她杀了——行,但她宁死也不屈服。如果她死了,她会在耶稣的怀抱中安息。有一刹那,她好像被一片强烈的光辉照射得无法睁开眼睛,眼前出现了天父的宫殿,一座宏伟、豪华的建筑,但那实际上只是一张图画上的宫殿和一个铁路车站混合起来的幻影。两个机械师和金杰·台德跳出汽艇,在深达腰部的海水中收拾折断的叶片。她趁他们一心忙着干活的时候,从船舱里拿出她的手术器械箱,取出里面放着的四把手术刀,藏在自己的衣服里面。如果金杰·台德敢来碰她一下,她就毫不犹豫地把一把刀子刺进他的心脏。

"喂,小姐,你还是下来吧,"金杰·台德说,"你在沙滩上待着总比在船上强。"

她也这么想。起码在岸上待着,行动可以更加自由一些。她什么话也不说,爬过那堆装着椰肉干的口袋。金杰把手伸给她。

"我用不着你帮忙。"她冷冷地说。

"给我见鬼去吧。"他答道。

想要爬出汽艇而又不露出自己的双腿,那可有点儿困难。不过,她极其巧妙地试了几次,总算做到了。

"真是走运,我们还有些吃的东西。我们先点上一堆火,然后你最好吃一点东西,喝几口亚力酒。"

"我什么也不想吃,只想独自清静一下。"

"你肚子饿了,反正对我没有什么害处。"

她没有回答,把头昂得高高的,顺着海滩走去,攥紧的拳头里握着那把最大的手术刀。在月光的照射下,她可以看清自己走的方向。她想找一个藏身之处。茂密的树林一直伸展到海滩边上,但是她害怕树林的黑暗(毕竟她只是一个女人),因此不敢钻到密林深处。她不知道里面会潜伏着什么样的猛兽或毒蛇。再说,她的本能告诉她自己最好待在可以看见这三个坏家伙的地方。那样,假如他们朝她走来,她就可以做好准备。不久她找到一个小坑。她回头看了看。他们似乎正忙着自己的事儿,而且也看不见她。她滑到那个小坑里面。在她跟那三个男人之间隔着一块岩石,因此他们无法看到她,而她却能对他们仔细观察。她看到他们走到船上,搬下一些东西来,随后点起一堆篝火。火光把他们照得通红。她看到他们围坐在篝火旁边吃东西,那罐亚力酒在他们之间传来传去。他们都会喝得烂醉。那时她会遇到什么事呢?也许她能抵挡得住金杰·台德,尽管他的气力叫她感到畏惧,可是要同时对付三个人,她就无能为力了。她忽然有了一个疯狂的念头,想要走过去跪在金杰·台德面前,请求他不要让她遭到蹂躏。他内心必定仍有某种高尚的情感的火花,而且她素来坚信,即便在最坏的人身上也有他好的一面。他一定有母亲,也许还有妹妹。唉,但怎么能去恳求一个色欲熏心而又被亚力酒灌得烂醉的人呢?她开始感到无比虚弱。她生怕自己哭出声来。那可绝对不行。她需要使出所有的自制能力。她咬住嘴唇,仔细察看着他们,就像老虎紧盯着它的猎物一样。不,不是那样,而是像一头羔羊注视着三只饿狼。她看见他们又朝火上扔了一些干柴。金杰·台德穿着纱笼,火苗儿勾勒出他的整个体形。说不定在他达到自己的意愿后,会把她让给其他两个人。如果她真遇到这种事儿,她怎么回去见她哥哥呢?当然他会对她表示同情,但他还会像以前一样看待她吗?这会叫他心痛欲裂。也许他会觉得她应当多抵抗一阵的。为了他的缘故,也许她最好什么也不说。这些人自然是什么也不会说的。说出去对他们就意味着二十年徒刑。可是假如她怀孕了呢?琼斯小姐出于本能,恐怖地把双手紧握在一起,差点儿要用手术刀割断自己的脖子。如果她进行抵抗,当然只会使他们更加恼怒。

"我该怎么办呢?"她嚷道,"我干了什么坏事竟然要受这种报应?"

她一下子跪倒在地,祈祷上帝拯救她。她虔诚地祈祷了很长时间。她提醒上帝说她仍然是一个处女,同时她生怕上帝忘记,因而特为提到圣保罗是多么重视这种圣洁的贞操①。祈祷之后,她又从岩石后面窥视。三个男人看来正在抽烟,篝火正在逐渐熄灭。现在时候到了,金杰·台德淫秽的念头也许该转到完全由他支配的这个女人身上了。突然他站起身来,朝她所在的方向走来,她把来到嘴边的一声惊叫压了下去,觉得全身的肌肉都绷紧了,尽管她的心突

---

① 在基督教"新约外传"之一的《保罗与特克拉形传》中,圣保罗在吕高尼宣扬守童贞与节欲的道理,认为守童贞是"复活"得救的必要条件。

突狂跳,但她仍然紧紧握住手里的手术刀。可是金杰·台德起身是为了另一个目的。琼斯小姐一下子飞红了脸,背过脸去。他慢悠悠地回到那两个人身边,又坐了下来,把那罐亚力酒举到嘴边。琼斯小姐蹲在岩石后面,用紧张的目光注视着。篝火周围的谈话声渐渐听不见了。不一会儿,她用不着看就猜出来,两个土著人裹着毯子,安安静静地睡着了。她明白了。这才是金杰·台德一直等待的时刻。一旦他们睡熟以后,他就会小心在意、不声不响地站起身来,免得惊醒那两个人,然后悄悄爬到她身边来。他是不愿意把她与他们分享呢,还是明白自己的行为实在卑鄙,因而不希望让他们知道?不管怎么说,他是一个白种男人,而她是一个白种女人。他不可能堕落到如此下贱的地步,竟然让她去遭受土著人的蹂躏。不过,他那种显而易见的计划倒使她有了一个主意。一看到他走过来,她就高声尖叫,要让自己的叫声大得把那两个机械师吵醒。现在她记起来,那个年岁大一点的人,尽管只有一只眼睛,神色倒还相当和气。然而金杰·台德一动也不动。她感到极为疲惫,开始担心自己没有力气抗拒他了。她经受的苦难太大了。她闭上眼睛,想要休息一会儿。

当她睁开眼睛的时候,天已经完全亮了。她一定是睡了一觉,由于情绪激动,她疲惫不堪,一直睡到天亮之后很久才醒。这把她吓了一跳。她想要站起身来,但是腿上缠着什么东西。她低头一看,发现身上盖着两个用来装椰肉干的空口袋。有人在夜里走过来,把这两个口袋盖在她的身上。肯定是金杰·台德。她轻轻发出一声尖叫,脑子里闪过一个可怕的念头:金杰·台德在她睡梦中奸污了她。不,这绝不可能。可是,她确实曾经完全在他的控制之下,毫无反抗的能力。而他放过了她。她气得涨红了脸。她站起身来，觉得手脚有点儿发僵，接着整理了身上凌乱的衣衫。手术刀早已从她的手里掉到地上，她重新捡了起来，又拿起那两个口袋，从她的藏身之处走出来，朝汽艇走去。那条船正漂浮在环礁湖的浅水之中。

"过来吧，琼斯小姐，"金杰·台德说，"我们已经修好了。我正想去把你叫醒。"

她不敢正眼看着金杰·台德，觉得自己的脸红得像火鸡一样。

"吃根香蕉吧，好吗？"他说。

她默不作声地接过香蕉。她肚子饿极了，津津有味地吃起来。

"站到这块岩石上，跨上船去就不会把脚弄湿了。"

琼斯小姐简直羞愧得无地自容，但她仍然照着他的话做了。他挽住她的胳膊，帮她跨进汽艇——天哪，他的手就像一只铁钳，她是绝对、绝对抗拒不了他的。机械师发动了引擎，他们开出了环礁湖。三个小时以后，他们已经到了巴鲁。

那天晚上，金杰·台德被正式释放后来到总督家里。他已经换下了囚服，穿上被捕时穿的破烂汗衫和卡其短裤。他让人给自己理了理发，脑袋上的头发看去就像一顶鬈曲的小红帽。他身体比以前清瘦，发胖后松软的肌肉消失了，显得更加年轻，也更加精神。格鲁伊特先生跟他握了握手，请他坐下，浑圆的脸上露出友好的笑容。仆人送来两瓶啤酒。

"你没有忘记我的邀请，我非常高兴，金杰。"总督说。

"才不会呢。我已经盼望了六个月了。"

"祝你好运，金杰·台德。"

"也祝你好运，总督大人。"

他们一饮而尽,总督拍了拍手,仆人又拿来两瓶酒。

"噢,希望你对我判处你做苦工不会怀恨在心。"

"别害怕,我只是一时间气极了,但马上就恢复了平静。你知道,我这一阵日子过得不坏。那个岛上有好多漂亮姑娘,总督。你应当最近几天到那儿去好好看看。"

"你是个坏小子,金杰。"

"坏透了。"

"这啤酒不坏,是吧?"

"真不错。"

"咱们再喝点儿吧。"

金杰·台德的汇款每月都寄来,眼下总督给他积攒下五十英镑。除了赔偿给那个中国佬的店铺造成的损失外,仍然还可以剩下三十多英镑。

"这可是数目相当大的一笔钱,金杰。你应当用它干点儿正事儿。"

"我的打算是,"金杰·台德说,"把钱都花光。"

总督叹了口气。

"噢,我看钱也就有这个用处。"

总督把海岛上的新闻讲给客人听。在过去的六个月里,并没有发生多少事儿。在阿拉斯群岛上,时间并不怎么重要,世界其他地方的情况对这儿也根本没有影响。

"有什么地方发生战争吗?"金杰·台德问道。

"没有,我没有注意到这种情况。哈利·杰维斯发现一颗很大的珍珠。他说准备开价一千英镑。"

"我希望他真能得到一千英镑。"

"查理·麦科马克结婚了。"

"他一向有那么点儿傻气。"

突然,仆人进来通报说琼斯先生在外面求见。总督还没有来得及回答,琼斯先生就走进来了。

"我不会耽误你们多久的,"他说,"我一整天都在寻找这个好人。当我听说他在你这儿的时候,我觉得你不会在意我进来的。"

"琼斯小姐好吗?"总督礼数周到地问,"我希望,在露天过一夜对她没有产生不好的影响。"

"她自然受了一点惊吓,体温有点儿高。我坚决要她卧床休息,但我觉得并不怎么严重。"

屋子里的两个人在牧师刚进来的时候就站了起来。这会儿,牧师走到金杰·台德面前,伸出手来。

"我要谢谢你,你做了一件伟大而高尚的事儿。我妹妹说得对,一个人应当在他的同胞身上始终寻找好的一面。我觉得过去错看了你,请你原谅。"

牧师说的时候神情十分严肃。金杰·台德不禁惊讶地望着他。牧师一把握住他的手,他也无法加以阻止。如今琼斯先生仍然抓住他的手不放。

"你究竟在说些什么?"

"我妹妹曾经落在你的手中,听凭处治,而你放过了她。我原来以为你无比邪恶,现在我深感惭愧。她一点也没有自卫能力,完全可以任你摆布,而你却怜悯她。我打心底里感谢你。我和我妹妹都不会忘记你的。愿上帝始终保佑你,守护你。"

琼斯先生的声音微微有点儿颤抖,他把头转开了,接着松开金杰·台德的手,迅速朝门口走去。金杰·台德望着他,脸上毫无表情。

"他到底什么意思?"他问道。

总督哈哈大笑,他想要忍住笑声,但越想忍住,笑得也就越厉害。他身子不住摇晃,可以看到他那肥胖肚皮上的皱褶在纱笼下一起一伏。他靠在长椅上,笑得前仰后合。他不仅脸在笑,而且浑身也都在笑,就连那两条又粗又短的腿上肌肉也欢快地不住颤动。他按着笑疼了的肋骨。金杰·台德皱起眉头看着他。他不明白有什么好笑的地方,生起气来,一把抓起一个空啤酒瓶的瓶颈。

"如果你再不停止这样傻笑,我就砸破你那该死的脑袋。"他说。

总督擦了擦脸,喝下一大口啤酒。他叹了口气,发出一阵呻吟,因为他的肚子都笑疼了。

"你没有破坏琼斯小姐的贞操,他为此而对你表示感谢。"他终于结结巴巴地说。

"我?"金杰·台德嚷道。

他想了好半天才最终明白过来,马上暴跳如雷,嘴里喷出一连串就连水手听了也要吃惊的侮慢下流的话语。

"这条老母牛,"他最后说,"他把我当成什么人了?"

"你有一见到姑娘就欲火高涨的名声,金杰。"身材矮小的总督咯咯地笑着说。

"我根本不愿跟她有一点瓜葛,脑子里连想都没有想过。脸皮真厚。我非拧断他的脖子不可。听着,把我的钱给我,我要去喝个痛快。"

"我不责怪你。"总督说。

"这条老母牛,"金杰·台德又说了一遍,"这条老母牛。"

他既震惊又愤怒。这种想法确实严重伤害了他的面子。

总督拿出钱来,让金杰·台德在一些必须签署的文件上签好字后,把钱交给了他。

"去喝个痛快吧,金杰·台德,"他说,"但我警告你,如果你再闯祸闹事,那下一次就是十二个月的监禁。"

"我不会再闯祸闹事了。"金杰·台德闷闷不乐地说。他觉得受到极大的侮辱。"这是一种侮辱,"他冲着总督喊道,"一点也不错,真他妈的是一种侮辱。"

他跟跟跄跄地走出房子,一边走一边暗自嘟囔道:"下流的东西,下流的东西。"整整一个星期,金杰·台德一直沉醉不醒。琼斯先生又来拜访总督了。

"听到那个可怜的家伙又走上罪恶的老路,我很难受,"他说,"我和我妹妹都万分失望。我看一下子给他那么多钱,实在不大明智。"

"那是他自己的钱。我没有权利扣留。"

"也许没有合法的权利,但肯定有道义上的权利。"

他把那个可怕的夜晚在荒岛上发生的事儿讲给总督听。琼斯小姐凭着女性的本能,意识到这个男人欲火中烧,想要对她实施奸淫,于是决心抵抗到底,拿了一把手术刀防身。他告诉总督她怎么祈祷,怎么哭泣,又是怎么隐藏起来。她的痛苦真是难以形容。她知道自己决不能忍辱偷生。她坐立不安,时刻都以为金杰·台德会走过来,而当时她在周围不可能得到任何帮助。最后她睡着了。她疲惫不堪,可怜的姑娘,她所经受的磨难简直没有人能忍受。后来她醒过来,发现身上盖了几个原来装椰肉干的口袋。金杰·台德发现她睡着了,无疑是她的纯真无邪,她那绝望的处境感动了他,消除了他想要动她的念头。他轻轻给她盖上两个原来装椰肉干的口袋,然后悄悄地走开了。

"这说明他内心仍有某种高尚的东西。我妹妹感到我们有责任拯救他。我们一定要为他做一点事儿。"

"噢,换了我是你的话,总要等到他把钱花完了再作这样的尝试,"总督说,"如果那会儿他没有进监狱,你爱做什么都可以。"

可是金杰·台德并不想获得拯救。大约在他被释放的两个星期后,他坐在一个中国佬开的店铺门外的一张凳子上,神色茫然地望着大街,突然看见琼斯小姐正走过来。他紧盯着她看了一会儿,又一次感到不胜惊讶。他暗自嘟囔着,无疑说的都是轻蔑无礼的话儿。接着他注意到琼斯小姐已经看到了他,赶紧把头转开了。尽管如此,他意识到琼斯小姐正在对他仔细端详。琼斯小姐轻快地走过来,一边朝他走近,一边明显地放慢了脚步。他以为琼斯小姐打算停下来跟自己讲话,就连忙起身走进店铺。至少有五分钟,他不敢贸然再走出来。半个小时以后,琼斯先生亲自前来,一直走到金杰·台德身旁,向他伸出手来。

"你好吗,爱德华先生。我妹妹说可以在这儿找到你。"

金杰·台德神色阴沉地看了他一眼,没有理会对方伸出来的手。他一语不发。

"如果你肯下星期天来跟我们共进晚餐的话,我们将非常高兴。我妹妹的厨艺很好,她会给你做一顿真正的澳大利亚晚餐。"

"见鬼去吧。"金杰·台德说。

"这不太礼貌吧。"牧师说,但又微微一笑表示他并没有动气。"你经常去拜访总督。为什么不能来看看我们呢?经常跟白人谈谈,是一件叫人愉快的事儿。你就不能捐弃前嫌吗?我们可是真心实意地欢迎你,这一点我可以向你保证。"

"我没有出门做客穿的衣服。"金杰·台德板着脸说。

"哦,那没有关系。就像现在这样来吧。"

"我不去。"

"为什么不来?你一定有什么原因。"

金杰·台德是一个说话直率的人。他毫不犹豫地说出我们在不愿意接受邀请时想说而说不出口的那种话。

"就是不想去。"

"真是遗憾,我妹妹一定非常失望。"

琼斯先生决心表现出一点也没有着恼的样子,轻松地对他点了点头走开了。四十八小时以后,一个包裹神秘地被人送到金杰·台德的住所。包裹里面有一套帆布衣服,一件网球衫,一双短袜和几双鞋子。他没有经常收到别人礼物的习惯,后来遇到总督时就问这些东西是不是他送来的。

"绝对不是,"总督回答说,"我才不关心你的衣柜里有什么东西呢。"

"哦,那么会是谁呢?"

"我怎么知道。"

琼斯小姐平日不时要来找格鲁伊特先生谈论公务。在这桩事发生后不久的一天早晨,她到格鲁伊特先生的办公室来见他。她是一个相当能干的人,尽管她所要求的一般都是他不想做的事儿,但她从不浪费他的时间。因此他发现她这一次竟然是为了一桩无关紧要的小事时,不禁有些吃惊。他告诉她说自己对这桩事无法解决的时候,她也没有像以往那样试图说服他,而是认为这桩事已经毫无商量的余地了。她站起身要走,又仿佛想起什么似的说道:

"哦,格鲁伊特先生,我哥哥非常希望邀请那个叫金杰·台德的人跟我们一起吃晚饭。我已经给他写了一张小字条儿邀请他后天来。我觉得他相当羞涩,不知道你是不是愿意陪他一起来。"

"十分感谢你的好意。"

"我哥哥觉得我们应当为这个可怜的家伙做点儿什么。"

"施加一些女人的影响以及诸如此类的事吧。"总督故作庄重地说。

"你肯劝他来吗? 要是你认真劝他的话,我肯定他会前来。只要认识了路,他以后就会自己前来。让这样一个年轻人彻底毁了自己,真是怪可惜的。"

总督抬头望着她。她要比总督高上好几英寸。总督觉得她没有一点迷人的地方。她让他奇怪地联想到一件晾在绳子上的湿内裤。他的眼睛闪闪发亮,但表面上仍然不动声色。

"我尽力而为。"他说。

"他多大年纪了?"她问道。

"根据护照上的记载,三十一岁。"

"他的真实姓名是什么?"

"威尔逊。"

"爱德华·威尔逊。"她轻柔地说。

"奇怪的是,他这样贪恋酒色,却仍然身强体壮,"总督喃喃地说,"他简直健壮得像一头牛。"

"那些红头发的男人有时是很壮实的。"琼斯小姐说,声音突然好像被噎住了。

"的确如此。"总督说。

琼斯小姐平白无故地飞红了脸,她匆匆向总督道别,离开了他的办公室。

"真见鬼!"①总督说。

他现在明白给金杰·台德送新衣服的究竟是谁了。

当天他遇到了金杰·台德,就问他是不是收到了琼斯小姐的信。金杰·台德从衣服口袋里掏出揉成一团的纸条交给他。这就是那张请柬,内容如下:

亲爱的威尔逊先生:

家兄和我非常希望下星期四晚上七点半,你能前来跟我们共进晚餐。总督大人也答应光临。我们有一些从澳大利亚买来的新唱片,相信你一定会喜欢。恐怕我们上次相见时,我有些失礼,但我不知道你心地这样善良。到了我这样的年岁,一旦犯下什么过错,就应当承认。希望你能原谅,并让我成为你的朋友。

你真诚的

玛莎·琼斯

---

① 原文为荷兰语。

总督注意到她把金杰·台德称作威尔逊先生，而且还提到了自己也答应前去。显然她跟他说起已经向金杰·台德发出邀请的时候，她早就多少料到了所会出现的情况。

"你打算怎么办呢？"

"我不去，如果你问的就是这件事的话。真不要脸。"

"你必须回封信。"

"噢，我才不回呢。"

"听我说，金杰。穿上这些新衣服，看在我的面子上去吧。我也得去，真该死。你可不能丢下我不管啊。去一次对你不会有什么害处。"

金杰·台德表示怀疑地看着总督，但总督脸色严肃，态度也很诚恳。他猜不出这个荷兰人正忍不住心中窃笑。

"他们究竟想找我干什么？"

"我不知道。大概是想跟你交个朋友吧。"

"那儿有酒喝吗？"

"没有，不过你七点钟到我家来，出发之前我们先喝上一点儿。"

"哦，好吧。"金杰·台德绷着脸说。

总督高兴地搓搓自己那双胖胖的小手。他指望在这次聚会中好好地乐一乐。可是到了星期四晚上七点，金杰·台德喝得烂醉如泥，格鲁伊特先生只好独自前去赴约。他把实情坦率地告诉了牧师和他妹妹。琼斯先生摇了摇头。

"我看这样做没有什么用处，玛莎，这个人真是不可救药。"

琼斯小姐沉默了一会儿，总督看到两颗泪珠顺着她那瘦长的鼻子淌了下来。她咬紧了嘴唇。

"没有哪个人是不可救药的。每个人身上都有善良的地方。我要每天夜里为他祈祷。要是怀疑上帝的力量,那是有罪的。"

也许琼斯小姐最后一句话是对的,但是上帝却用一种十分奇怪的方式来实现自己的旨意。金杰·台德开始喝得比以前更凶了。他显得那么叫人讨厌,就连格鲁伊特先生对他也失去了耐性。他打定主意,不能让这家伙再待在海岛上,决定用下一班在巴鲁停靠的船把他驱逐出境。那时候,有一个人在岛上旅行时神秘莫测地死去了。总督听说在同一个岛上又死了好几个人。他派群岛上的官方医生(那是一个中国人)去调查这桩事,不久就得到消息,说这些死亡是由霍乱造成的。巴鲁也发生了两起这样的事。他不得不确定无疑地认为,海岛上出现了时疫。

总督肆意咒骂,他用荷兰语、英语和马来语轮番咒骂。接着他喝了一瓶啤酒,抽了一支雪茄,开始仔细琢磨。他知道那个中国医生不会有什么作用。他是从爪哇来的一个神经紧张的小矮个儿。当地居民会不服从他的命令。总督为人能干,他十分清楚必须采取什么行动,但是他无法凭一个人的力量把一切都安排妥当。他不喜欢琼斯先生,但那会儿,他却为琼斯先生就在近旁而感到庆幸。他马上派人去把琼斯先生请来。不出十分钟,琼斯先生就来到他的办公室,这一次他的妹妹也陪他一起来了。

"琼斯先生,你知道我找你来干什么。"他直截了当地说。

"是的,我一直在等你的信儿。我妹妹陪我来也就是为了这桩事。我们准备付出一切,完全听凭你的差遣。大概我用不着告诉你,我妹妹干起事儿来跟男人一样称职。"

"这我知道。我很高兴能得到她的协助。"

他们毫不耽搁,立刻讨论了应当采取的行动步骤。首先必须设立起病房和防疫站。必须强迫海岛上各个村子的居民接受适当的预防措施。从很多病例看,时疫之所以蔓延是由于闹霍乱的村庄和还没有受到传染的村庄都在同一口井里取水饮用,这种困难只好根据具体情况分别处理。另外必须派人到各处去发布命令,确保上述命令得到执行。同时必须对那些玩忽职守的人严厉惩处。最难处理的是当地人可能不服从别的当地人。而当地警察自己也不相信他们发布的命令的效力,那些命令当然会遭到忽视。让琼斯先生留在巴鲁比较合适,这儿人口最多,最需要他医务方面的照应。格鲁伊特先生由于公务不得不跟他的总部保持联系,要他亲自到其他各个岛上去视察一下是不可能的。因而琼斯小姐非去不可。但是那些边远岛屿上的土著人既野蛮又奸诈。总督在跟他们打交道的时候遇到过不少麻烦。他不希望让她蒙受危险。

“我不怕。”她说。

“我想你是不怕。可是如果你遇害身亡,我也会受到责备。再说,我们正非常缺少人手,我可不想冒着失去你的帮助的风险。”

“那就让威尔逊先生跟我一起去吧,没有谁像他那么了解土著人,而且各种当地土话,他都会说。”

“金杰·台德?”总督朝她瞪大了眼睛,“他在经过震颤性谵妄后,身体刚刚复原。”

“我知道。”她回答说。

“你知道的情况真多,琼斯小姐。”

即便在这样重要的时刻,格鲁伊特先生仍然禁不住要笑。他敏锐地朝琼斯小姐瞅了一眼。琼斯小姐却冷静地迎着他的目光。

"要让一个人身上的品质得到发挥,叫他承担起一项责任是最有效的方法。我觉得,像这样的事儿也许可以让他改造成功。"

"一去就是那么多天,你把自己交付到一个如此声名狼藉的家伙手里,你觉得这样明智吗?"牧师说。

"我信赖的是上帝。"她神情严肃地回答。

"你觉得他会有什么用处吗?"总督问道,"你知道他是个什么样的人。"

"我相信他的为人。"随后她把脸一红。"说到底,谁也不像我那么了解他的自我克制能力。"

总督咬紧了嘴唇。

"咱们派人去把他找来。"

他对警官吩咐了一番,过了几分钟,金杰·台德就来到他们面前。他显得满脸病容,显然被新近的那场病折腾得够呛,神经完全崩溃了。他穿着破烂的衣服,几乎一个星期没有刮脸。谁也不像他的样子那样寒碜。

"听着,金杰,"总督说,"叫你来是为了这场霍乱。我们要迫使土著人采取预防措施。这件事我们需要你的帮助。"

"为什么非要找我不可?"

"没有什么原因,只是行善而已。"

"不行,总督,我不是慈善家。"

"那就算了,就这样吧。你可以走了。"

可是,当金杰·台德转身朝门口走去的时候,琼斯小姐却拦住了他。

"这是我的建议,威尔逊先生。你知道,他们要我去拉博博和萨昆契,那儿的土著人太放肆无礼了,我不敢一个人前去。我觉得如果你也去的话,我会安全一些。"

他不胜厌恶地瞅了她一眼。

"要是他们割了你的喉咙,你认为我会在意吗?"

琼斯小姐看着他,眼睛里充满了泪水。她开始哭起来。金杰·台德站在那儿,呆头呆脑地望着她。

"你是没有什么在意的理由。"她擦干眼泪,重新振作起来。"我真傻。我不会遇到什么事儿的。我一个人去好啦。"

"一个女人要去拉波波,那可真是太愚蠢了。"

她对金杰·台德淡淡地一笑。

"我想是这样,但你知道,这是我的工作,我不能不去呀。如果我的请求让你生气的话,那就请你原谅。你一定要忘掉这件事。看来要你冒这样的风险,确实不大合适。"

金杰·台德站在那儿看了她好半晌。他两只脚来回替换着支撑身体,阴沉的脸变得更暗了。

"哦,见鬼,就照你的意思去做吧,"他最后说,"我陪你去。你想什么时候动身?"

第二天,他们带着药物和消毒剂,乘着政府的汽艇出发了。格鲁伊特先生安排好必要的工作后,也立刻坐着一条马来帆船朝另一个方向出发。时疫闹了整整四个月。虽然采取了一切所能做到的措施加以限制,但一个接一个岛屿仍然受到疫病的侵袭。总督从早到晚忙个不停。他每次从其他岛屿回到巴鲁,还没来得及处理好必要的工作,马上就又得离开。他负责分发食物和药品,给那些惊慌失措的人鼓劲打气,他监督着各方面的事务,像头老牛似的拼命干活。他一直没有见到金杰·台德，但是听琼斯说，对他的这番试验竟取得了意外的成功。这个无赖表现得相当规矩。他有一套对付土著人的方式。他软硬兼施，偶尔还要使用拳头，逼迫他们采取必要的安全措施。琼斯小姐可以庆贺自己这个计划的成功。可是总督已经疲乏得没有精力去欣赏了。时疫过去以后，他感到很高兴，因为在八千人口当中只死了六百人。

最后他终于可以宣布这个地区的时疫已经扑灭。

一天黄昏，他穿着纱笼坐在自己住宅的游廊上，读着一本法国小说，高兴地想到自己又可以从容自在地对待一切。这时他的总管进来对他说金杰·台德想要见他。他从椅子上站起来，大声叫金杰·台德进来。他正需要有个伴儿。总督先前脑子里闪过一个想法，今晚要是尽情地喝上一阵，那才畅快，但是一个人独酌不免无聊乏味，因此他懊丧地把这个念头丢开了。而在这个节骨眼上，上天却把金杰·台德送来了。老天在上，他们可以畅快地喝上一晚上。经过四个月的忙碌，他们也应该略微乐一乐了。金杰·台德走了进来，他穿着一套干净的白帆布衣服，脸也刮过了，看上去好像换了个人。

"嗨，你看上去好像在哪个疗养胜地待了一个月，而不是在照看一伙被霍乱折腾得濒临死亡的土著人。看看你的衣服，你怎么打扮得这样衣冠整齐？"

金杰·台德窘迫地笑了笑。仆人拿来两瓶啤酒，打开瓶子倒出酒来。

"请喝吧，金杰。"总督拿起酒杯说。

"我并不想喝酒，谢谢你。"

总督放下酒杯,惊讶地望着金杰·台德。

"嗨,怎么啦? 你不觉得渴吗?"

"倒可以喝上一杯茶。"

"一杯什么?"

"我戒酒了。我跟玛莎就要结婚了。"

"金杰!"

总督的眼睛瞪得都快要掉出来了。他搔了搔自己那剃光了的脑袋。

"你不能跟琼斯小姐结婚,"他说,"谁也不可能跟琼斯小姐结婚。"

"噢,我就要跟她结婚了。就是为了这桩事儿我才来找你。欧文打算在教堂为我们举行婚礼,但我们想让婚礼同样具有荷兰法律的效力。"

"玩笑总归是玩笑,金杰。你究竟在打什么主意?"

"她想要这样。自打那次叶片破碎,我们在荒岛过夜后,她一下子爱上了我。要是一旦你了解她的话,就会发现她是一个不坏的老姑娘。这是她最后的机会了,如果你明白我意思的话,我倒也乐意成全她。再说,她也需要有个人关心照顾。这一点是毫无疑问的。"

"金杰啊金杰,她一转眼就会把你变成一个讨厌的传教士。"

"如果我们都有自己的教堂,我倒不怎么在乎当个牧师。她说我对那些土著人采取的方式实在了不起。她说我五分钟内在他们身上做到的事儿要比欧文干一年还要强。她说她从来没有见过哪个人有我这样的吸引力。白白浪费这样的天赋,似乎相当可惜。"

总督一言不发地看着他,慢慢地点了三四下头。琼斯小姐把他完全收买过去了。

"我已经叫十七个土著人皈依基督教了。"金杰·台德说。

"是吗？我倒不知道你信仰基督教呢。"

"噢，我也不知道我是不是真信，我跟他们谈了一下，他们就像一群该死的绵羊似的乖乖地走进羊圈。噢，这倒叫我吃了一惊。天哪，我说，没准儿其中是有那么一点奥妙。"

"你那次倒真该把她强奸了，金杰，那样我也不会对你严加惩处，最多也就判你三年徒刑，而三年一眨眼就过去了。"

"听着，总督，不要把我脑子里没有过的这种念头四处张扬。你知道，女人都很敏感，要是她知道了这些话，恐怕会十分生气。"

"我猜到她看上了你，但压根儿没想到会是这种结果。"总督烦躁不安地在游廊上走来走去。"听我说，老伙计，"他沉思了一会儿接着说，"我们在一块儿相处得很不错，朋友总归是朋友。我来告诉你我会怎么做。我会把汽艇借给你，你可以坐着汽艇出走，藏到哪个岛上去，等到下一班轮船经过的时候，我让他们开得慢点儿，把你接上船去。你只有这样一个机会了，赶紧逃走吧。"

金杰·台德摇了摇头。

"那没有什么用处，总督。我知道你是一番好意，但我打算娶这个该死的娘们。就这样定了。让所有那些该死的罪人悔过，你还不知道其中的乐趣。天哪，这个姑娘的糖蜜布丁做得可好了。我长大以后还从来没有吃过像她做得这么好的呢。"

总督感到心乱如麻。这个嗜酒的无赖是他在周围这片海岛上唯一的伙伴，他不想失去这个伙伴。他发现自己甚至对这个家伙也有一定的感情。第二天他去找牧师。

"听说你妹妹要嫁给金杰·台德,这究竟是怎么回事?"他问牧师说,"这是我有生以来所听到的最离奇的事儿。"

"然而,这却是真实的。"

"你应当管一下,这是发疯。"

"我妹妹年纪也够大了,有权依照自己的意愿行事。"

"可是你总不见得告诉我说你赞成这桩事吧。你了解金杰·台德。他是一个流浪汉,这一点毋庸置疑。你跟她说过这样干她要冒的风险吗? 我是说,叫那些有罪的人悔过自新以及诸如此类的事儿并无什么问题,但总该有个限度。一个人的本性能改变得了吗?"

这时候,总督破天荒头一次发现牧师的眼睛闪闪发光。

"我妹妹是一个很有决断的人,格鲁伊特先生,"他答道,"自从他们在荒岛上度过那一夜之后,他就一直没有胡来过。"

总督倒抽了一口冷气。他就像先知看到上帝让母驴讲话时那副目瞪口呆的样子。当时那头母驴对巴兰说:"我向你行了什么,你竟打我这三次呢?"①也许琼斯先生终究还是一个凡人。

"老天哪!"②总督嘟囔道。

他没来得及说什么别的话,琼斯小姐一阵风似的走进房来。她容光焕发,看上去年轻了十岁。她的脸蛋绯红,倒显不出她的红鼻子了。

"你是来祝贺我的吧,格鲁伊特先生?"她大声说。她神态活泼,像个年轻姑娘一样。"你看,到底还是我说对了。每个人身上都有

---

① 见《圣经·旧约·民数记》第二十二章第二十八节。
② 原文为荷兰语。

他好的地方。你不知道在那段恐怖的日子里，爱德华自始至终表现得有多出色。他是一个英雄，一个圣徒，就连我也感到诧异。"

"我希望你非常幸福，琼斯小姐。"

"我知道我会非常幸福的。哦，如果我怀疑这一点，那实在是罪过。因为是上帝把我们结合在一起的。"

"你真这么想吗？"

"我知道是这样。难道你不明白吗？要是没有霍乱，爱德华绝对不会发现自己身上的品德和才干。要是没有霍乱，我们也绝不会彼此了解。我从来没有看到上帝的力量表现得如此明显。"

用六百个无辜者的死亡为代价来把两个人结合在一起，这种手法实在不大高明。总督只能抱有这样一种看法，但是他对那无所不能的神力并不熟悉，所以也就没有发表评论。

"你绝对猜不到我们打算上哪儿去度蜜月。"琼斯小姐带着点调皮的口气说。

"是爪哇吗？"

"不是。如果你肯把汽艇借给我们的话，我们打算到我们曾受困的那个荒岛上去。那个岛屿给我们俩都留下了充满温情的回忆。就是在那儿，我才头一次看出爱德华是多么可爱，多么善良。我也要在那儿让他得到应得的报酬。"

总督紧张得连气也喘不过来了。他赶紧走开了，因为他觉得，如果他不马上喝下一瓶啤酒，就非晕倒不可。他一生还从来没有感到如此震惊。

书　袋

　　有些人读书是为了寻求指导，这很值得赞扬；有些人读书是为了得到乐趣，这也没有害处；可是不少人读书却只是出于习惯，我想，这便既不能视为无害，也不值得赞扬。而我就是这种可悲的人当中的一员。长时间的谈天会让我感到厌倦，体育活动会让我觉得无聊，我的思路（人家告诉我们那是一个理性的人的无尽资源）出现了逐渐枯竭的趋势。于是我又迅速回到书本前，就像吸食鸦片的人又回到他的烟筒前一样。我宁愿阅读《陆、海军用品商店商品目录》或《全英火车时刻表》①，也不想什么都不看。确实，我在这两本书籍上花费了不少愉快的时光。有一段时间，如果口袋里不藏着旧书商的书单，我就决不会出门上街。我不知道有什么事儿比阅读更有趣味。当然，用这种方式阅读就像吸毒一样应当受到谴责。我一直对那些博览群书的人表现出的高傲神态感到诧异，只因为他们爱好阅

---

① 　全英火车时刻表，指印刷商乔治·布莱德肖于一八三九年在曼彻斯特发行、在一九六一年废止的火车时刻表。

读,竟然就看不起那些不识字的人。按照哪种永恒的观点,读一千本书就一定要比在田间开一千道犁沟强呢? 让我们承认吧,阅读对于我们来说,正如戒不掉的毒品一样。在我们这伙人中,谁没有在中断了阅读很久以后产生坐立不安的感觉,那种忧虑和焦躁,以及看到印刷的书页后胸中才宽慰地松了口气? 因此与那些无法摆脱皮下注射器或一品脱壶的可怜汉子相比,我们完全不必那样自负。

正如那些不随身带好充足的毒品就不会从一个地方到另一个地方去的瘾君子一样,我不备好充足的阅读材料也不敢贸然出门远行。对我来说,书籍实在必不可少,因而当我发现火车上的旅伴竟然没有携带任何书籍时,我着实感到惶恐不安。可是当我开始长途旅行时,这个问题变得难以应付。我也得到了不少教训。有一次,因为生病,我被禁锢在爪哇的一个山间小镇上,整整待了三个月。我把随身所带的全部书籍都看完了。由于不懂荷兰语,我只好去买了几本大概用来给聪明的爪哇人学法语和德语的课本来读。因此,二十五年以后,我又重读了歌德①那些平淡无味的戏剧,重读了拉封丹②的寓言,重读了充满柔情、用词精确的拉辛③的那些悲剧。我最欣赏拉辛,但是我也承认,如果要接连不断地读他的戏剧,对一个患有结肠炎的人来说,确实需要一些毅力。自那以后,我便打定主意,要带上原来用于摆放肮脏的内衣裤的最大口袋出门旅行,我要在口袋里塞满适合在每一种场合、怀着每一种心情阅读的书籍。这个袋子的分量就无比沉重,几个强壮的脚夫扛着它也要脚步踉跄。海关

---

① 歌德(1749—1832),德国诗人、作家,写有不同体裁的大量文学著作。
② 拉封丹(1621—1695),法国寓言诗人。
③ 拉辛(1639—1699),法国剧作家、诗人。

官员会怀疑地斜眼看着这个口袋,当我向他们担保说里面装的都是书籍时,他们又非常惊讶地朝后一缩。这样做的不方便的地方就是,我突然想要读的那本书往往压在口袋的底部,因而只有把书袋里的全部书籍都掏出来放在地板上,我才能拿到那本书。然而,要不是这样,也许我就根本不会听到奥利芙·哈代的奇特经历。

我在马来亚四处漫游,总是这里待一会儿,那里待一会儿。如果当地有客栈或旅馆,我就住上一两个星期;如果我只能寄宿在一个种植园主或一个地区长官的家里,而我又不希望滥用他们的友好款待,那就住上一两天。当时我正好在槟城,那是一座迷人的小城,城里的旅馆一直叫我感到很舒服,但陌生人在那儿无事可做,我觉得日子过得有点烦闷。一天早上,我收到一个只知道他姓名的男子的信,他叫马克·费瑟斯通。他在一个名叫丁加拉的地方担任代理驻地长官,原来的驻地长官休假离开了。那儿有一位苏丹①,看来那儿要举行一个泼水节,他认为我会对这样的节日感兴趣。他说如果我能去和他一起住上几天,他会很高兴的。我给他发了电报,告诉他我很乐意前往,会在次日搭乘火车去丁加拉。费瑟斯通到车站来接我。他大约三十五岁,在我看来,身材高大,相貌堂堂,长着一双漂亮的眼睛和一张富有魄力、神色严峻的脸。脸上还有两条浓眉,嘴上留着粗硬的黑色八字须。他看上去更像一个军人,而不像一个政府官员。他穿着白色帆布衣服,戴着白色遮阳帽,看上去十分潇洒,他打扮得相当雅致,显得有点腼腆,这对一个身材魁梧、样子果断的人来说有些奇怪。但我猜测这可能是因为他并不习惯与我这

———————
① 苏丹,殖民时期对马来联邦各处当地统治者的称谓。

样一个奇怪的人,一个作家相处。我希望一会儿就能让他安心自在
一点。

"我的仆役会照管好你的行李,"他说,"我们马上就去俱乐部。
把你的钥匙交给他们,这样我们回来前,他们就会把你行李中的物
品都收拾好了。"

"我对他说,我带了好多行李,因而除了特别需要的用品外,最
好还是把所有的东西都寄存在车站里,但他不肯听从。"

"一点没有关系。放到我家里会安全一些。一个人总是把自己
的行李随身带着的好。"

"好吧。"

我把钥匙、我的大衣箱和书袋的票子都交给了站在我那东道主
旁边的一个中国男仆。车站外面,有辆汽车正等着我们,我们就坐
了进去。

"你打不打桥牌?"费瑟斯通问道。

"打的。"

"我还以为大多数作家都不打呢。"

"确实如此,"我说,"作家们通常认为打牌是智力不足的表现。"

俱乐部是一所平房,看上去相当悦目,但朴实无华。那儿有一个
很大的阅览室,一个放着一张球台的台球房,一个小小的桥牌室。我
们到俱乐部的时候,里面空荡荡的,只有一两个人在那儿阅读英语周
刊,我们路过网球场时,那儿倒有两三场比赛正在进行。许多人坐在
游廊上观看球赛,一边抽烟,一边小口喝着大杯啤酒。费瑟斯通把我
介绍给其中的一两个人。可是天渐渐暗下来了,不久球手们就几乎看
不清球了。费瑟斯通就问刚刚给我介绍过的一个人是否想要打牌。

他表示愿意。于是费瑟斯通又开始物色第四个人。他看到一个独自坐着的人，踌躇了一会儿，就走上前去。两个人说了几句话以后，就朝我们所在的方向走来。我们就去了桥牌室。我们打得十分愉快。我对组成牌局的另外两个人并没有多加注意。他们请我喝酒，我这个俱乐部的临时成员也回请他们喝酒。我们喝的饮料是度数并不很高的小杯威士忌。因而在我们打牌的两个小时里，每个人都能够既显示自己的慷慨大方，又不把酒喝得过量。时间越来越晚，表明接下去的一盘就是最后一盘。这时我们就从威士忌换成了杜松子苦味酒。最后那盘结束了。费瑟斯通命人把记录簿拿来，把我们各人输赢的牌墩数都记录下来。接着一个人站起身来。

"噢，我得走了。"他说。

"回你的住处去吗？"费瑟斯通问道。

"是的。"他点头答道，接着朝我转过身来。"明儿你还会来这儿吗？"

"希望如此。"

他走出房去。

"我也要接我的太太回家去吃晚饭了。"另一个人说。

"我们也该走了。"费瑟斯通说。

"你什么时候想走，我都可以跟你一起走。"我答道。

我们坐进汽车，朝着他的住处驶去。那段路显得略微有点儿长。四周一片黑暗，我几乎什么也看不见，但不一会儿，我就意识到我们正爬上一座相当陡峭的山冈，后来我们就到了驻地长官的宅子。

那是一个跟平常没有什么分别的黄昏，舒适宜人，但一点也不激动人心。我不知道自己曾度过多少个这样的黄昏。我预计它并不会给我留下什么特别的印象。

费瑟斯通把我领进了起居室,那儿看上去相当舒适,却也有点平淡无奇。房间里放着几把宽大的柳条扶手椅,上面铺着印花装饰布。墙上则挂着许多装在镜框里的照片。桌子上凌乱地放着报纸、杂志、官方报告,还有烟斗、里面装着纵切香烟的黄色罐头、装着烟草的粉红色罐头。在一排书架上也杂乱地摆放着许多书籍,书籍的封皮上露出受潮和白蚁啃噬的痕迹。费瑟斯通领我看了我的房间,离开时对我说:

"你能在十分钟内准备好,出来跟我一起喝杯杜松子苦味酒吗?"

"这很容易做到。"我说。

我洗了个澡,换好衣服就下楼了。费瑟斯通已经在我之前准备好了,听到我从木头楼梯上下楼的声音,就开始调酒。我们一边吃晚饭,一边闲聊。他请我来观赏的那个节日是在后天,但费瑟斯通对我说,他会在这之前安排我去见一下苏丹。

"他是一个欢快的老家伙,"他说,"而且,他的宫殿也让人赏心悦目。"

晚饭后,我们又聊了一会儿。费瑟斯通放起留声机来,我们一起看着来自英国的最新画报。随后我们去上床睡觉。费瑟斯通到我的房间来看看是否我需要的一切都已安排妥当。

"你大概没有随身带什么书吧,"他说,"我没有什么可以看的东西。"

"书吗?"我大声说。

我指了指那个书袋,它垂直地竖在那儿,样子奇怪地鼓鼓囊囊,看上去就像一个醉醺醺的驼背的地下宝藏守护神。

"里面装的都是书吗？我还以为是你换洗下来的内衣裤或行军床之类的东西呢。有没有什么可以借给我看看的?"

"你自己找吧。"

费瑟斯通的仆役们已经解开了袋口,但面对眼前的景象有些畏缩,就没有再把口子拉开。我对怎样打开这个口袋已经有长期的经验。我把口袋放倒在地,抓住口袋的皮底,稍微往后退去,把手里的口袋朝后一拽,里面的书籍就哗啦啦都倾倒在地板上。费瑟斯通一下子露出目瞪口呆的样子。

"你总不见得带着这么多书出外旅行吧?天哪,千真万确!"

他弯下身子,飞快地一本本地翻找着,查看书上的标题。那儿有各式各样的书。既有诗集、小说,也有哲学著作、批评研究(据说谈论书的书没有什么益处,但这种书读起来无疑相当有趣)、传记和历史。有你在生病时可以读的书,也有你那高度敏锐的头脑渴望解决什么问题时要读的书;有你一直想要阅读,但在家里终日忙乱、无暇阅读的书;也有当你坐着航线不定的货船,在大海上迂回曲折地穿过狭窄的水域时可以阅读的书;有在天气恶劣,你的整个舱房嘎吱作响,而你不得不把身子卡在铺位上免得跌下来时可以读的书;有仅仅根据长度而选择的书,也就是你轻装外出旅行时随身携带的书;也有你在没有什么其他东西可读时阅读的书。最后费瑟斯通挑选了一本新近出版的《拜伦传》。

"嗨,这本怎么样?"他说。"不久前,我刚读过一篇有关这本书的书评。"

"我想这本书写得很不错,"我答道,"但我还没有读过。"

"我可以拿去吗？不管怎么说，今晚就有东西可看了。"

"当然可以。你爱拿哪本就拿哪本好了。"

"不，这就够了。那么晚安吧。早饭时间是在上午八点半。"

次日一早，在我下楼后，仆役头儿告诉我说费瑟斯通很快就会过来，他六点就起床工作了。我一边等他，一边朝他的书架瞥了一眼。

"我发现你收藏了大量有关桥牌的书。"我们坐下吃早饭的时候，我开口说。

"是呀，凡是出版的有关桥牌的书，我都买了。我非常喜欢桥牌。"

"昨天我们一起打牌的人里，那个家伙打得实在出色。"

"哪一个？是哈代吗？"

"我不知道，不是那个说要去接他老婆的人，是另外那位。"

"不错，那就是哈代，所以我才叫他跟我们一起打牌。他并不常去俱乐部。"

"希望他今晚也去。"

"那可不见得。他的橡胶种植园离这儿大约有三十英里。就为了打桥牌而驾车赶来，路程实在有些远。"

"他有没有结婚？"

"没有。噢，算是结了。但他的妻子在英国。"

"那些男人独自住在他们的橡胶种植园里，一定觉得极为孤单。"我说。

"哦，他并不像有些人的情况那么糟。我觉得他并不怎么喜欢见人。我猜他在伦敦也往往孤身一人。"

费瑟斯通说话时的样子叫我感到有点奇怪。他的声音里具有一种只能被我描述为掩藏自己的思想感情的调子。他似乎突然离开了我,那种情形就像你在夜晚经过一条街道,在一户灯光明亮的人家窗口停留片刻,朝里面察看,眼前出现一个陈设舒适的房间。突然一只无形的手放下了窗帘。他跟别人谈话时素来喜欢坦诚地看着对方的眼睛,但这会儿,他却回避我的目光。我发现他脸上似乎现出了痛苦的神情,我觉得那并不是一种幻觉。他那种扭歪了脸的样子持续了片刻,好像正在经受神经的剧痛。我想不出应该说些什么,而费瑟斯通也没有再讲话。我意识到,他的思绪已经脱离了我,脱离了我们正在谈论的话题,转到了一个我并不熟悉的问题上面。不一会儿,他轻轻叹了口气,十分低微,但相当清晰,似乎尽力想要让自己振作起来。

"早饭以后,我要立刻去办公室,"他说,"你打算做点儿什么?"

"哦,不要为我费心,我会让自己松散一下,四处走走,看看这个小镇。"

"并没有多少东西可看。"

"那反而更好。我已经看厌了那些风景名胜。"

我发现,就是费瑟斯通的游廊也完全可以让我好好地消遣一个上午。那儿可以观赏到马来联邦最瑰丽动人的景色。驻地长官的宅子修建在一座小山顶上,四周的花园很大,受到精心的照管。参天的大树使它几乎显得好像一座英国公园。那儿有宽大的草坪,有皮肤黝黑、神色憔悴的泰米尔人①,他们正从容不迫、动作优美地挥

———————

① 泰米尔人,主要居住在印度、斯里兰卡、马来西亚、新加坡、斐济的一个古老民族。

舞着镰刀。花园那头,茂密的丛林朝下一直伸展到一条水流湍急、
弯弯曲曲的宽阔的大河边。在另一边,纵目所及,则是丁加拉的树
木茂盛的山岭。那些修剪整齐的草坪奇特地那么富有英国气息,与
远处杂乱生长的丛林形成鲜明的对比,看了叫人心旷神怡,头脑中
充满遐想。我坐下来,一边阅读一边抽烟。我的职业使我素来对人
抱有好奇心。我暗自寻思,这片宁静的景色(尽管其中充满了骚动
而隐晦的含义)对住在此处的费瑟斯通究竟产生了怎样的影响。他
熟悉眼前这片景色展现出的各种面貌:破晓时分,一切都被从河面
上升起的雾气笼罩着,好像给蒙上了阴森可怖的枢衣。中午日光辉
煌,最后,朦胧的暮色悄悄地走出丛林,好像一支军队在陌生的国度
里小心翼翼地前进,不一会儿,绿色的草坪,开满花儿的大树,样子
招摇的肉桂树就都给寂静的黑夜盖没了。我不知道眼前景色中的
那种柔和而又异常阴森的面貌对他的情绪和孤寂生活产生了何种
影响,是否使他身上充满了神秘的气质(大概他自己也不清楚),因
而他的那种生活,一位能干的行政官员、爱好运动的人、喜爱交际的
人的生活,有时在他看来并不怎么真实。我对自己的这种玄想感到
好笑,因为毫无疑问,在我们前一天晚上的谈话中,他并没有露出一
点心灵的骚动。我早就觉得他是一个相当不错的人。他曾在牛津
大学念书,也是伦敦一家高级俱乐部的成员。他似乎十分重视社交
活动。他是一位绅士,并且微微感到自己所属的社会层次要高于在
生活中与自己交往的大部分英国人。从用来装饰饭厅的各种银质
奖杯上,我看出他在体育活动方面出类拔萃。他打网球和台球。在
休假的时候,他会出外打猎,为了不让自己的体重增加,他注意节制
饮食。他老是谈论自己退休以后想要做些什么。他渴望开始乡村

绅士的生活。在莱斯特郡①拥有一所小房子,周围有两三个爱好打猎和可以一起打桥牌的邻居。那时他可以领到退休金,自己手头有一点儿钱。可是如今,他十分努力地工作,即便说不上成绩出色,无疑可以算是相当称职了。我相信,在他上司的眼中,他一定是一个值得信赖的官员。像他那种类型的人,我非常熟悉,不会感到怎么有趣。他就像一本精心撰写的小说,态度坦诚又富有成效,但不免有那么一点平淡。因此你会觉得似乎以前读过这样的作品。于是你懒洋洋地翻动着书页,知道里面绝不会有什么让你感到意外或兴奋的内容。

可是世人总是难以预测的,如果有谁告诉自己,他了解一个人的全部能力,那他准是一个傻瓜。

下午,费瑟斯通带我去见苏丹,出来接待我们的是苏丹的一个儿子。这个神色腼腆、面带笑容的年轻人担任苏丹的侍从武官。他穿着一身整洁的蓝衣服,腰间系着一条纱笼,黄色的底子上布满白色的小花,头上戴着红色无边毡帽,脚上却穿着小球一般的美国皮鞋。宫殿是摩尔式的,样子好像一所宽大的玩具小屋,外面涂上了代表皇家的明亮的黄色。我们给引进一个宽敞的房间,里面陈设的就是英国人在海边的出租公寓里安放的那种家具,但是椅子上却铺着黄色的绸缎,地面上铺着布鲁塞尔地毯②,墙上挂着苏丹在参加各种重大仪式时所拍的相片,这些相片都配着豪华的镀金镜框。在一个陈列柜里,摆放着各种各样的水果,这一大堆水果全都是用钩针

---

① 莱斯特郡,英国英格兰中部一郡。
② 布鲁塞尔地毯,一种在粗麻底层上用彩色羊毛线拉成的小圈构成图案的机制地毯。

钩出来的。苏丹带着几个侍从走了进来。他年纪大约五十上下,身材矮胖,穿着长裤和黄白色相间的大方格子紧身上衣,腰间系着非常漂亮的黄色纱笼,头上戴着一顶白色的无边毡帽。他长着两只和蔼好看的大眼睛。他为我们准备了咖啡、甜美的蛋糕和方头雪茄,供我们饮用。跟他谈话一点没有什么困难,因为他和蔼可亲。他对我说他十分虔诚,因而从来不去戏院看戏,也不打牌。他有四个妻子,二十四个子女。他生活幸福的唯一障碍似乎就是,为了维持起码的礼节,他必须设法把自己的时间平均分配给四个妻子。他说同样一个小时,跟有的妻子待在一起,就好像一个月,而跟另一个妻子待在一起,就好像只有五分钟光景。我说爱因斯坦教授①——或者是柏格森②——曾对时间做过类似的评论,确实让世人对这个问题有了多加思考的必要。不久,我们起身告辞,苏丹送给我几根漂亮的马六甲白藤手杖。

晚上,我们又去俱乐部。我们进门后,一个前一天曾与我们一起打牌的男人就从椅子上站了起来。

"准备来一盘吗?"他说。

"剩下的那个人在哪儿?"我问道。

"哦,这儿有好几个乐意打牌的人。"

"昨儿跟我们一起打牌的那个人呢?"我忘了他的姓名。

"哈代吗? 他不在这儿。"

---

① 爱因斯坦教授(1879—1955),美籍德国理论物理学家,创立狭义相对论和广义相对论,提出光子概念,创立光电效应定律。

② 柏格森(1859—1941),法国哲学家,生命哲学和现代非理性主义的主要代表。柏格森把时间分为两种: 死的时间和活的时间,前者是我们平时所说的时间,即认识论意义上的时间,而后者是指时间的绵延,即本体意义上的时间。

"我们用不着等他。"费瑟斯通说。

"他很少到俱乐部来,昨晚见到他,我也相当惊讶。"

我不知道什么原因,总觉得在这两个男人极为平凡的话语后面,隐藏着某种奇怪的困窘。哈代并没有给我留下深刻的印象,我甚至都不记得他的模样。他只是凑成一桌桥牌的最后一个人。我觉得他们掌握了什么对他不利的情况。那与我没有什么关系,我相当乐意地与一个那时加入牌局的人一起打牌。我们确实打得也比昨天开心。大家不断在牌桌的两头相互说笑打趣。我们并没有一本正经地打牌,老是发出笑声。我不知道这只是因为其余两人在偶然遇到的陌生人面前显得不那么羞怯,还是因为哈代的到场使他俩感受到某种拘束。到了八点半,我们散了。我和费瑟斯通一起回到他家去吃晚饭。

晚饭以后,我们懒洋洋地靠在扶手椅上,抽着方头雪茄。不知什么原因,我们的谈话进行得并不顺畅。我尝试了一个又一个话题,但似乎总是无法引起费瑟斯通的兴趣。于是我开始认为,也许在过去二十四小时里,他已经说完了所有他不得不说的话儿。我有些沮丧,就也陷入了沉默。这样的冷场持续了好一会儿。我也不知道原因,只是又隐隐感到这片寂静中充满了一种没有引起我注意的含义。我微微感到有点不舒服。一个人坐在空房间里却觉得自己并非独自一人,我就产生了一个人有时在那种情况下的奇怪感觉。不久,我意识到费瑟斯通正直勾勾地望着我。我坐在一盏灯旁,而他刚好处于阴影当中,所以我看不到他眉目的神情。可是他那两只明亮的大眼睛,在昏暗的光线中,似乎发出朦胧的闪光,看上去就像在反射的光线照射下的崭新靴扣。我不知道为什么他要这样望着我。我朝他瞥了一眼,发现他紧盯着我的眼睛里微微露出一点笑意。

"昨晚你借给我的那本书真有意思。"他突然说,我不由得觉得他的声音显得不大自然。他嘴里说出的这句话,听上去就像勉强挤出来的一样。

"哦,《拜伦传》?"我轻松愉快地说,"你已经看过了吗?"

"看了一大部分,我一直看到半夜三点。"

"我听说这本书写得非常不错。但我拿不准拜伦是否会引起我那样大的兴趣。他身上有那么许多完全属于二流的东西,会让人觉得很不舒服。"

"你觉得有关他和他姐姐的那种传闻的真实情况是怎样的?"

"奥古斯塔·李?我对这一点不大清楚。我从来没有看过《阿斯塔蒂》①。"

"你觉得他们真的彼此相爱吗?"

"我想是这样。大家不是普遍认为奥古斯塔是拜伦唯一真心爱过的女子?"

"你能理解他们这种感情吗?"

"并不真正理解,但这也并不特别叫我感到震惊。我只是觉得十分反常。也许'反常'并不是一个合适的词儿。我只是无法理解。我无法完全置身于那种事儿看来可能发生的情感状态之中。你知

① 《阿斯塔蒂》,即拉尔夫·金·诺埃尔·米尔班克,第二代洛夫莱斯伯爵(1839—1906)撰写的《阿斯塔蒂:有关乔治·戈登·拜伦生活的真相片段》。针对别人对他的外祖母拜伦夫人所做的诽谤中伤,该书旨在为其加以辩解。他根据手头掌握的信件资料,认定拜伦与他的同父异母的姐姐奥古斯塔·李的关系是罪恶的,奥古斯塔·李实际就是拜伦的诗剧《曼弗雷德》中的阿斯塔蒂。

道,这是作家了解自己笔下人物的方式,他会站在那些人物的立场上,用他们的心去加以感受。"

我知道我并没有把自己的意思表达得很清楚,但我尽力去描写一种感觉,一种潜意识的作用,从经验上来说,我对这种状况无比熟悉,但是我不知道有什么词语可以准确地说明这种状况。我继续说下去。

"当然,她只是拜伦的同父异母的姐姐,但正如习惯可以扼杀爱情一样,我倒认为习惯也会阻碍爱情的产生。如果两个人彼此从小就已熟悉,关系密切地生活在一起,我无法想象他们怎样或何以一下子产生爱的火花。他们之间可能有深厚的亲情,我不知道有什么像亲情那样与爱情截然相反的东西。"

在昏暗的光线下,我只隐约看到我的东道主那神情严肃的脸上掠过一丝笑意,但在我看来,那会儿他的脸色仍旧有些阴沉。

"你只相信一见钟情啰?"

"嗯,我想是的,但条件是在两人正式见面前,可能已经见过二十来次了。'见面'有积极的一面,也有消极的一面。我们遇到的大多数人在我们看来都不足挂齿,因此我们根本不想费劲对他们加以观察。我们只有他们给我们造成的印象。"

"哦,但我们也经常听到这样的情况,有些男女彼此已经认识了好多年,大家从没有想到他们相互会把对方看得有多重要,可突然他们就去结婚了。你怎么解释这种情况呢?"

"嗯,如果你想逼迫我显得合乎逻辑并且前后一致,我只能说,他们的爱属于另外一种情况。不管怎么说,激情并不是人们结婚的唯一理由。或许也不是最适当的理由。两个人结婚,可能因为他们都很孤独,或是因为他们是好朋友,或是为了方便起见。尽管我认为亲情是爱情的最大敌人,但我也绝不否认,亲情也是可以用来替代爱情的一种很好的东西。我无法肯定地说,建立在亲情基础上的婚姻就不是最幸福的婚姻。"

"你觉得蒂姆·哈代这个人怎么样?"

我对他突然提出这个问题感到有点惊讶,因为这似乎跟我们谈话的主题没有一点关系。

"我并没有怎么想到他。他看上去相当和蔼。怎么啦?"

"在你看来,他跟别的人一样吗?"

"是的。他有什么特别的地方吗?如果你早告诉我这一点,我会对他多加注意。"

"他非常沉静,对吧?我想凡是对他的底细一无所知的人都不会再想到他。"

我竭力想要记起蒂姆·哈代的模样,我们一起打牌时,他唯一叫我印象深刻的就是长着一双十分好看的手。当时我曾漫不经心地暗想,那可不像我所预期的种植园主应该有的手。可是我懒得再用心琢磨,为什么他长着两只与其他种植园主截然不同的手。他那双手略微有点儿大,但样子极为匀称,手指特别修长,指甲的形状也很好看。那是两只富有阳刚之气、但又异常灵敏的手。我注意到了这一点,后来也就没有再去多想。不过如果你是一个作家,多年的本能和习惯会使你把自己没有意识到的印象储存在脑海里。当然,有时这些印象并不与事实相符,比如在你的潜意识里,可能会认为一个女人肤色黝黑,骨骼粗大,长着两只又大又鼓的眼睛,而她实际上却可能相当娇小,肤色也没有明显的特征。但这一点无关紧要。

最初的印象也可能比不加渲染的事实真相更为精确。现在,当我试图在心中回想起这个男人的形象时,一切有些含糊不清。他的胡子刮得精光,他那并不瘦削的椭圆形的脸庞,尽管由于长期暴露在热带的阳光下而成了棕褐色,但似乎仍然苍白得出奇。他的五官模糊不清。如今我记得,或者只是出于想象,他那圆圆的下巴让人产生一种软弱的印象。他那浓密的棕色头发,正开始变得灰白,一绺长长的头发老是滑到额头,他总是用手把那绺头发掠到脑后,这几乎成了一个习惯动作。他的棕色的眼睛又大又温柔,但似乎有点儿忧伤。那双眼睛含有一种可以想象无比动人的似水柔情。

在停顿了片刻以后,费瑟斯通继续说道:

"经过那么多年以后,我竟然在这儿碰到蒂姆·哈代,真是相当奇怪。然而这就是马来联邦的生活方式。人们四处迁移,你会发现自己跟一个你多年以前在国家的另一区域认识的人待在同一个地方。我最初认识蒂姆的时候,他在锡布库附近拥有一个橡胶种植园。你去过那个地方吗?"

"没有,那个地方在哪儿?"

"哦,它在北边。靠近暹罗。那个地方并不值得前去。那儿跟马来联邦的其他地方没有什么区别,但相当舒适宜人,有一座非常小的俱乐部,一些相当正派的人。有小学校长、警察局长、医生、牧师和政府工程师。你知道,就是通常去俱乐部的那伙人,几个种植园主,三四个女人。我是那儿的助理地区长官。那是我最早的一份工作。蒂姆·哈代的橡胶种植园就坐落在离俱乐部大约二十五公里以外的地方。他跟他的姐姐住在一起。他们有点儿属于自己的钱财。他买下了那个地方。那时橡胶的行情相当好,他经营得很不错。我们彼此都很喜欢对方。当然,对于种植园主的为人,你事先也拿不准。他们中的有些人非常不错,但他们并不是……"他设法寻找一个听上去不那么势利的词儿或短语。"噢,他们并不是你在国内可能遇到的那种人。蒂姆和奥利芙属于他们自身特有的那个阶层,不知你是否明白我的意思。"

"奥利芙就是蒂姆的姐姐吧?"

"是的。他们有段相当不幸的经历。在他们年纪还很幼小,可能也就是七八岁的时候,他们的父母就分居了。母亲把奥利芙带走了,父亲则继续抚养蒂姆。后来蒂姆去了克利夫顿①,他们本是英格兰西南部的人,只在假期方才回家。他的父亲是个已经退休的海军军官,居住在福伊②。可是奥利芙却跟她的母亲一起去了意大利。她在佛罗伦萨③念书,会讲一口流利的意大利语,也会讲法语。在那些年里,蒂姆和奥利芙从没有再见过面,但他们经常通信。他们在孩子的时候就彼此十分依恋。就我所知,他们住在一起的时候,生活中想必风波不断,充满各种争吵和闹腾。你知道,就是当夫妻俩合不来的时候发生的那种事儿,他们只好独自消磨时间,往往也就无人管束。后来哈代太太去世了,奥利芙就来到英国家中,回到她的父亲身边。那时候她十八岁,蒂姆十七岁。一年以后,战争爆发了,蒂姆入伍从军。他们那年过五十的父亲也在朴次茅斯④找了份工作。我认为他生活相当艰难,酒也喝得很厉害。在战争结束前,

———————

① 克利夫顿,英国英格兰西南部港口城市布里斯托尔周边的郊区城镇,当地有创建于一八六二年的英国寄宿名校克里夫顿学院。
② 福伊,英国康沃尔郡南部一个小镇,位于福伊河河口。
③ 佛罗伦萨,意大利中西部城市,位于阿尔诺河畔。
④ 朴次茅斯,英国英格兰南部港口城市。

他就完全垮了,经过久病缠绵后去世。他们似乎没有什么亲属。他们是一个相当古老的家族的最后成员。他们在多塞特郡①有一幢漂亮的世代相传的老宅子,但他们从来没有条件自己住在里面,总是把它出租给别人。我记得曾经看过那幢宅子的照片。那实际上就是一幢上流绅士居住的房屋,全用灰色的石头修建而成,显得相当气派,在正门和装有直棂的窗户上面还雕着盾形纹章。他们的最大抱负就是挣到充足的钱,可以让他们住进自己的房子。他们经常谈到这件事。他们谈话的时候似乎从来都没想到两个人哪天会去结婚,口气永远好像他们已经讲定要始终待在一起。考虑到他们当时多么年轻,那真是相当滑稽可笑。"

"他们那会儿多大岁数?"我问道。

"噢,我想蒂姆大概二十五六岁,奥利芙要比他大一岁。我刚到锡布库的时候,他们对我非常友好。他们立刻便喜欢上我了。你知道,与那儿的大部分人相比,我们有更多的共同点。我想他们高兴与我交往。他们并不特别受到大家欢迎。"

"为什么不受欢迎?"我问道。

"他们一向寡言少语,你不由得发现与别人的生活圈子相比,他们更喜欢自己的生活圈子。我不知道你是否注意到这一点,但这往往引得别人生气。如果人家觉得没有他们,你一样可以过得很好,那么他们心里总不免有些怨恨。"

"那真有些叫人讨厌,对吧?"我说。

"蒂姆可以独立自主,有一些私人收入。这让其他的种植园主

---

① 多塞特郡,英国英格兰西南一郡。

感到十分不平。他们不得不坐着自己老旧的福特牌小汽车往来各处,而蒂姆却有一辆真正的小汽车。蒂姆和奥利芙前来俱乐部,打网球比赛或参加类似活动的时候,他们都显得十分友好,但你会觉得,每当他们可以脱身离开的时候,心里总很高兴。他们会与别人出外吃饭,显得非常和蔼可亲,但相当明显,他们还是宁愿待在家里。如果你有头脑的话,就不会责怪他们。我不知道你是否经常去种植园主的住所,他们的房子显得有点单调乏味,里面放着许多华而不实的家具,还有银色的装饰品和老虎皮。他们的食物往往难以下咽。可是哈代姐弟却把他们的住所布置得相当完好,里面并没有什么豪华的用品,只让人感到安逸舒适,具有家的气氛。他们的起居室就像英国乡间别墅里的客厅。你感到他们相当看重家里的物品,那些东西他们也已保有了很长时间。那是一幢住在里面心情极为愉快的房子。那幢平房位于橡胶种植园的中心,坐落在一个小山顶上。从那儿你的目光越过橡胶树林,一直可以看到远处的大海。奥利芙花了很多心思布置他们的花园,因此那个花园实在漂亮。我从来没有见过这样好看的美人蕉。我经常到他们家去度周末。从他们家开车去海边只要半个小时。我们总是带上午饭,去海边驾船和游泳。蒂姆在海边有条小船。那段日子真是非常开心。我从来不知道一个人可以得到那么大的乐趣。那是一处多少算是景色优美的海岸,富有非凡的浪漫色彩。到了黄昏时分,我们就下象棋,玩单人纸牌游戏或打开留声机听唱片。他们带的饭菜也极为可口,与你一般吃到的食物真有很大的不同。奥利芙教会了他们的厨师做各种意大利饭菜。我们经常吃到极好的通心粉、意大利调味饭、团子以及诸如此类的东西。我不禁对他们的生活感到相当羡慕。那种日子是那样快乐,那样宁静。每逢他们谈到往后回到英国定居要做些什么的时候,我总对他们说,那样他们一定始终会为自己舍弃的一切感到惋惜。

"'我们在这儿的时候过得十分快乐。'奥利芙说。

"她总是以自己独有的方式望着蒂姆,在她那长长的睫毛下,她的眼睛总是慢悠悠地斜眼看着蒂姆,那种眼神相当迷人。

"在他们自己的房子里,他们表现得与出门在外的时候大不相同。他们那么随和,那么热诚。大家都承认这一点,我也不得不说,人们都喜欢去他们那儿。他们也经常请人家前去。他们天生可以让你产生宾至如归的感觉。那是一个充满快乐的家,不知你是否明白我的意思。当然,谁都不能不看到他们彼此是多么离不开对方。据说他们为人冷漠,只考虑自己,但无论怎么说,人们看到他们相互表现出的那种关爱之情,仍然不能不相当感动。人们都说就算他们结婚了,也不见得比现在更为和睦。你再看看有些夫妇是如何生活的,不由得会觉得他们让大部分的婚姻都显得好像一场春梦。他们似乎可以同时想到相同的事儿。他们也有一些个人的笑话,引得他们像孩子似的欢笑。他们彼此都充满魅力,显得那么欢快,那么高兴,因而跟他们待在一起,实在可以让人,让人心神舒爽。我不知道能用什么别的词语来表达这种感觉。在他们的房子里待了两三天以后,一旦离开他们,你会觉得他们那种宁静和适度的欢乐情绪也有一些被吸收到自己身上。那就好像你的灵魂被清澈的凉水冲洗了一番。你感到纯净得出奇。"

听到费瑟斯通用这种兴奋的口气谈论他们,我感到有些奇怪。他穿着漂亮的白色外套,严格地说,也就是紧身的短夹克,看上去那么潇洒,他的八字须修剪得那么整齐,浓密鬈曲的头发梳理得纹丝不乱,因而他那浮夸的言辞叫我感到有点儿不自在。不过,我意识到他采用这种笨拙的方式只是想要表达自己内心真实感受的情感。

"奥利芙·哈代长得什么样子?"我问道。

"我来给你看看,我给她拍过许多照片。"

他从椅子上站起来,走到一个架子跟前,取下一本很大的照相簿。那是一本普通的照相簿,里面有许多不同的集体合影,也有许多并不怎么好看的单人照片。照片上的那些人都穿着游泳衣、短裤或网球服,脸庞往往因为被阳光照得无法睁眼直视而歪扭变形,或是被失真的欢笑弄得皱成一团。我认出了哈代,经过十年并没有多大变化,额头上仍然挂着一小绺头发。看到这些照片,我对他的样子记得清楚了一些。在这些照片上,他显得好看而年轻,充满青春活力。他露出引人注目的机警神情,我见到他的时候当然没有注意到这一点。尽管那张照片已经有些暗淡,但他的眼睛里仍然充满对生活的渴望,闪射出热切的神情。我又朝他姐姐的照片瞥了一眼。她穿着游泳衣,显露出她那发育良好、但略感苗条的优美身段,她的两条腿长得又细又长。

"他们看上去确实很像。"我说。

"是的,尽管奥利芙要大一岁,但他们倒像是孪生姐弟,他们实在长得很像。他们俩都长着一张鹅蛋脸,皮肤苍白,两颊上没有一点血色。他们俩都长着一双温柔的棕色眼睛,水汪汪的,十分动人。因而你会感到,无论他们做了什么,你都不可能对他们生气。他们俩都有一种天生的文雅气质,因而无论他们穿什么,不管他们的衣服显得有多不整洁,他们仍然显得风采动人。我想如今他没有这种气质了,但我最初认识他的时候,他肯定有这样的气质。他们总有点让我想起《第十二夜》①中的那对兄妹。你知道我指的是谁。"

"薇奥拉和西巴斯辛。"

"他们看上去好像根本不属于当今这个时代。他们身上具有伊丽莎白女王一世②时代的风韵。我认为那倒不仅仅是因为我当时非常年轻,因而禁不住感到他们不知怎么异常浪漫。我好像看到他们生活在伊利里亚③。"

我对其中一张照片又看了一眼。

"那个姑娘显得好像要比她的弟弟富有个性得多。"我说。

"是这样。我不知道你是否会把奥利芙的模样称作漂亮,但她极为妩媚动人。她身上洋溢着几分诗意,可以说具有一种抒情的气质。这种气质给她的举止、她的行为、她身上的一切都增添了色彩,好像使她超尘拔俗,不再为日常的事务操心。她的表情那么坦诚,她的神态那么勇敢,那么独立,因而——哦,我不知道,让单纯的美也显得寡淡无味了。"

"你说得就像自己曾经爱上了她。"我插嘴说。

"我当然爱上了她。我本来以为你会马上猜到这一点的。我狂热地爱上了她。"

"是一见钟情吗?"我笑着说。

"对,大概算是这样,但我也是在一个多月后才知道的。我猛然发现自己对她怀有的那种感觉——我不知道怎么向你解释,那是让

---

① 《第十二夜》是英国剧作家莎士比亚在一六〇〇到一六〇二年间所写的一个喜剧。

② 伊丽莎白一世(1533—1603),英国女王(1558—1603)。

③ 伊利里亚,古代亚德里亚海东岸一地区名,今分属黑山共和国和阿尔巴尼亚。

我整个人都感受到的山崩地裂似的骚动——就是爱的时候,我明白我一直就怀有这种感情。那不只是因为她的容貌(尽管她的姿容实在娇艳动人),她那光滑的苍白皮肤,她那挂在额头上的秀发样子,她那严肃柔和的棕色眼睛,完全超越了上述这些东西。你跟她在一起的时候会有一种安乐的感觉,好像你可以松散一下,毫无拘束,不用装出一副虚假的外表。你感到她不会待人刻薄,也不可能认为她会嫉妒别人或搬弄是非。她似乎天生就有宽厚的高尚情操。你可以默默地和她待上一个小时,却仍旧感到度过一段美好的时光。"

"真是一种罕见的禀赋。"我说。

"她是一个极好的伙伴。如果你提出要做什么事儿,她总是高兴地表示赞成。她是我认识的姑娘中最不苛求的人。你可以在最后的时刻失约,无论她感到多么失望,这不会让她对你的态度有什么影响。下次你见到她的时候,她仍像以往一样热情友好,神态安详。"

"为什么你不娶她呢?"

费瑟斯通的方头雪茄熄灭了,他扔掉了烟头,然后不慌不忙地点起另一支雪茄。他并没有马上回答我的问题。那些居住在高度文明的国家的人会觉得,他把这些私人的事儿向一个陌生人倾吐,相当奇怪。但我却并不感到奇怪。我对这种情况已经习惯了。那些居住在地球的偏远地区、陷入极端孤独境地中的人儿,把或许困扰了他们多年的经历,不管是在他们白天的思绪还是夜晚的梦境中老是出现的经历,告诉一个往后多半再也不会见到的人,他们觉得那是一种莫大的解脱。同时我隐约地感到,自己作家的身份也赢得了他们的信任。他们觉得他们告诉你的事儿会以客观的方式引起你的兴趣,因而也就比较容易对你敞开心扉。况且,我们根据自己的经验也都知道,谈论自己绝不是什么让人感到不快的事儿。

"为什么你不娶她呢?"我先前这么问他。

"我非常想娶她,"费瑟斯通终于回答说,"可是我有些疑虑。尽管她对我总是那么友好,并且那么容易相处,我们又是那样要好的朋友,但我总觉得她身上有点神秘的地方。尽管她那么淳朴,那么坦诚,那么自然,但你永远无法克服她内心淡漠的那种感觉,好像在她的内心深处,她守护着什么东西,那不是一个秘密,而是不能让无论哪个活人知晓的一种内心隐私。我不知道有没有把我的意思讲清楚。"

"我想我明白你的意思了。"

"我把这种情况归因于她所受的教育。他们从不谈起他们的母亲,但不知怎的,我总觉得她是那种神经过敏、情绪激动的女人,她们不但毁掉自身的幸福,而且也对每个与其相关的人造成祸害。我觉得她在佛罗伦萨的生活相当忙碌,我突然想到奥利芙那种美好的安详神态也许是她刻意所做的自制,她的淡漠是她修建的一座堡垒,用来保护自己,免得了解各种可耻的事儿。可是当然,那种淡漠真是叫人神魂颠倒。如果她爱你,你和她结了婚,你就会最终进入她那谜一样的隐秘内心。想到这一点,就叫我感到异常兴奋。你感到要是你能跟她一起保有这个奥秘,那就好像实现了你一生渴望取得的所有目标。天堂还不包括在内。你知道,我那时的感觉就跟蓝胡子①的妻子想要知道城堡中那个不准她进去的房间里的情况一

—————————————

① 蓝胡子,法国民间故事中连续杀害六个妻子的人。他把前妻的尸体锁在一个房间里,并命令继娶的妻子不得入内,但妻子都没有照办。

样。每个房间都向我开放,但要是我进不了最后那个锁着的房间,我就无法定下心来。"

我蓦地发现一条壁虎,一条棕色的小四脚蛇正爬在墙头高处,脑袋显得很大。这是一种友好的小动物,在房子里见到它叫人高兴。它盯着一只苍蝇,一动不动,突然朝苍蝇冲了过去。接着在苍蝇飞走后,只好后退,一下子缩回到原来那种奇特的静止不动的状态中。

"而且让我犹豫的还有另一件事儿。如果我向她求婚,遭到她的拒绝,她就不会让我再按以前的方式去他们的住所了。想到这一点,我就无法忍受。我不愿意出现这种情况,我非常喜欢到他们家去。跟她待在一起,我觉得快乐非凡。可是你知道,有时候我们无法管住自己。我最终还是向她求婚了,但那几乎是出于偶然。一天晚上,晚饭以后,我们俩单独坐在游廊上。我握住了她的手,但她马上把手缩了回去。

"'为什么你要把手缩回去?'我问她说。

"'我不大喜欢别人碰我。'她说。她略微把头歪了歪,脸上露出笑容。'惹得你不高兴了吧? 你千万不要在意,只是那样叫我感到不大舒服,我也没有法子。'

"'不知你有没有想到我非常喜欢你。'我说。

"我想当时我感到极为困窘,因为以前我从来没有向别人求过婚。"费瑟斯通发出一点奇怪的声音,听上去既不像是笑声,又不像是叹息。"说到这桩事儿,自那以后,我就没有向别人求过婚。她沉默了一会儿,随后说道:

"'听你这么说,我心里很高兴。但我觉得,你最好仍然保持现

在这种样子。'

"'为什么?'我问道。

"'我不可能离开蒂姆。'

"'但要是他结婚了呢?'

"'他绝不会结婚的。'

"我把话都说到这一步了,觉得自己最好继续说下去。但我的嗓子却干燥得让我几乎说不出话来。我紧张得浑身发抖。

"'我狂热地爱上了你,奥利芙。世上我最想做的事儿就是跟你结婚。'

"她十分温柔地把手放到我的胳膊上,就像一朵花儿飘落到地面上。

"'不,亲爱的,我不能嫁给你。'她说。

"我不作声了。要让我说出自己心里想做的事儿,其实并不容易。我天生比较腼腆,而她是一个姑娘。我不可能清楚地告诉她,跟丈夫生活在一起与跟弟弟生活在一起,并不完全相同。她精神正常,体格健康,一定也希望生儿育女;不满足她的这种自然天性是不合理的。那完全是白白糟蹋她的青春年华。可是她先开口说话了。

"'咱们以后别再谈论这个话题了,'她说,'你不会在意吧? 有一两次,我确实感到你可能喜欢我,蒂姆也注意到了。我很抱歉,因为我担心这会破坏我们之间的友谊。我可不希望那样,马克。我们三个人在一起相处得那么融洽,我们一起度过那么许多欢快的时光。要是没有你的话,我真不知道我们该怎么办。'

"'我也曾想到这一点。'我说。

"'你认为我们需要那样吗?'她问我说。

"'亲爱的,我可不想那样,'我说,'你想必知道,我多么喜欢到这儿来。从来没有哪个地方让我感到如此快乐!'

"'你不会生我的气吧?'

"'我干吗要生气呢?这又不是你的过错。这只意味着你没有爱上我。如果你爱上我的话,就不会那么在意蒂姆了。'

"'你真可爱。'她说。

"她用胳膊搂住我的脖子,在我的脸颊上轻轻吻了一下。我觉得在她心中,我们的关系就这么说定了。她把我看作她的另一个兄弟。

"几个星期以后,蒂姆回英国去了。他们在多塞特郡的那所大宅的租户要离开了,尽管出现了另一个租户,但他觉得自己应该到现场进行谈判。另外他也想给自己的橡胶种植园添置新的机器。他觉得自己可以同时采购。他预计自己顶多离开三个月,奥利芙决定不跟他一起回去。英国几乎没有什么她认识的人。对她来说,那儿几乎就跟外国一样。因而她独自留下来,倒也并不在意。她想照管橡胶种植园。当然他们可以安排一个主管来负责管理,但那跟她亲自照管是不同的。橡胶产业正在走下坡路。万一出现什么意外,他们两个人当中最好有一个留在这儿。我答应蒂姆会照看好奥利芙,而且如果她有事需要找我,她可以随时叫我过去。我的求婚并没有产生什么变化。我们仍然好像什么都没有发生那样。我不知道她有没有告诉蒂姆。蒂姆没有露出已经知道的样子。当然,我仍然像以前一样爱她,但我并没有表现出来。要知道,我有很强的自制力。我有点预感到自己没有什么机会。我希望最终我的爱会转化成别的东西,我们可以就成为极为要好的朋友。不过你知道,有

趣的是,这种感情从来没有改变。大概我陷得太深了,实在无法
自拔。"

她去槟城为蒂姆送行,回来时,我在火车站接她,驾车把她送回
家去。蒂姆不在家的时候,我没有理由住在他们的平房里,但我每
星期天仍然过去,跟奥利芙一起吃午饭,然后我们一起去海边游泳。
大家想要对她表示友好,请她住到他们那儿去,但她不愿意。她很
少离开自己的橡胶种植园。她有很多事儿要做。她读了大量的书。
她从来不感到无聊。她似乎很高兴独处。当有客人前来拜访的时
候,她只是出于责任出来招待他们。她不希望人家觉得她不礼貌。
可是她得努力应付,她告诉我,每逢她看到最后那个客人离开他们
家,自己又能安然享受家里那种沉寂清静的气氛时,她总是如释重
负地舒一口气。她是一个非常好奇的姑娘。在她那个年龄,竟然对
聚会和驻地提供的其他小型娱乐活动毫无兴趣,真叫大家感到奇
怪。从精神方面来说,希望你能明白我的意思,她完全独立自主。
我不知道大家是怎么发现我爱上了她的。我觉得我从未在什么方
面暴露过自己的思想感情,但他们总是处处暗示我,他们知道内情。
我猜想,他们以为奥利芙是因为我的缘故才没有跟她的弟弟一起回
国。有个女人,一个警察的老婆,瑟吉森太太实际上问过我,他们什
么时候才能向我道喜。当然,我假装不知道她在说些什么,但并没
有得到很好的反应。我不由得感到好笑。在奥利芙的眼中,我实在
无足轻重,因而我真的认为,她已经完全忘了我曾经要求她嫁给我
的事儿。我不是说她对我显得不够亲切友好。我觉得她对无论哪
个人都不会显出刻薄的样子。她对我就像一个姐姐对待她的弟弟
那样漫不经心。她比我要大个两三岁。她见到我总是很高兴,但从

来没有想到要为我劳心费神,只是跟我的关系几乎可以算是极为密切。但不知不觉,你知道,一切就像你跟一个一辈子你都那么熟悉的人一样,你再也不会想要对他装模作样。也许她并没有把我看作一个男人,而只是一件她始终可以穿的旧外套,因为这件外套穿在身上宽松舒适。她并不留意自己穿着这件衣服时的行为举止。如果我看不出她压根儿不爱我,那我才真是精神错乱了。

"后来有一天,在蒂姆预定回来前三四个星期的样子,我到他们家去的时候,发现她正在哭泣。我大吃一惊。她一直都显得那么镇静,我从来没有看到她为什么事儿心烦意乱。

"'嗨,怎么啦?'我说。

"'没什么。'

"'别胡扯,亲爱的,'我说,'你究竟为什么事儿哭呀?'

"她竭力想要露出笑容。

"'我真希望你的眼睛不要这么尖利,'她说,'我觉得我真是傻气。我刚收到蒂姆发来的电报,说他推迟了自己回来的行期。'

"'哦,亲爱的,真遗憾,'我说,'你一定感到极为失望。'

"'我一直在数着日子,我十分盼望他回来。'

"'他说了推迟行期的原因吗?'我问道。

"'没有,他说他会给我写信。我给你看看他的电报吧。'

"我发现她神经十分紧张。她那呆滞静默的眼睛里充满了忧虑,眉头也发愁地微微皱起。她走进卧室,一会儿就拿着那份电报回来了。我看电报的时候,感到她正焦急不安地望着我。就我记忆所及,那份电报的内容如下:亲爱的,我根本无法在七日起航。请原谅。我会在信中详述。最爱你的 蒂姆。

"'嗯,也许他要的机器还没有准备好。他想带着机器一起坐船回来。'我说道。

"'机器晚一班船回来有什么要紧? 无论如何,它都会在槟城遭到耽搁的。'

"'也可能是那边房子的问题。'

"'要是那样,为什么他不直说呢? 他应当知道,我会多么不放心。'

"'他没有想到这一点,'我说,'不管怎么说,当你离开一个地方的时候,你意识不到,那些留下的人并不明白某些被你看作理所当然的事。'

"她又露出了笑容,这次显得更加开心一点。

"'大概你是对的。事实上,蒂姆是有点儿像你说的那样。他总是松松垮垮,漫不经心。我想我可能是小题大做了。我应该耐心地等待他的来信。'

"奥利芙是一个很有自制力的姑娘。我发现她凭着自己的意志振作起来了。她眉心那一小条皱纹也消失不见了。她又像以前那样神态安详,面带笑容,和蔼可亲。她总是那么温柔,那天她的神情无比柔和,让人感到震惊不已。但在余下的几天时间里,我发现她只是有意用自己的判断力来控制自己的不安情绪。看上去好像她预感到会有什么不幸。在预计应该收到蒂姆的来信的前一天,我跟奥利芙待在一起。她煞费苦心地掩饰自己的忧虑,因而她那副发愁的样子越发显得令人同情。在有邮件到来的那一天,我总是相当忙碌,但我答应晚些时候到橡胶种植园去,听取消息。我正打算动身时,哈代的小厮就驾车来到门口,带来了他们家老妈子的口信,要我马上去见他们的大小姐。那老妈子是一个正派的老妇人,我曾给过她一两块钱,吩咐她万一橡胶种植园里出了什么问题,就立刻通知我。我跳进自己的汽车。我到达他们家的时候,发现那老妈子正在门口台阶上等我。

"'今儿早上来了一封信。'她说。

"我打断了她,立刻奔上台阶。起居室里一个人也没有。

"'奥利芙。'我叫道。

"我走进过道,突然听到一阵让我毛骨悚然的声音。老妈子一直在后面跟着我,这时候,她打开了奥利芙的房门。先前我听到的是奥利芙的哭声。我走进房间。她俯卧在床上,不住抽泣,浑身发抖。我把手放到她的肩头。

"'奥利芙,出了什么事?'我问道。

"'你是谁?'她叫道,突然一跃而起,好像吓得失魂落魄。接着她说道:'哦,原来是你。'她站在我的面前,两眼紧闭,头往后仰,眼泪不住地往下流。那副样子十分可怕。'蒂姆结婚了。'她呼吸急促地说。她皱眉蹙额,露出一脸痛苦的表情。

"我不得不承认,有一刹那,我心中猛然一阵狂喜,就像内心感到轻微的电击似的。我蓦地觉得,现在我总算有机会了,她可能会愿意嫁给我。我知道我这种想法实在自私。要知道,这个消息也叫我感到十分意外。但这种想法并没有在我的头脑中停留多久,随后她那种万分苦恼的样子就引起了我的同情,我只感到深深的忧伤,因为奥利芙那么伤痛。我伸出胳膊搂住她的腰。

"'哦,亲爱的,我心里也怪难受的,'我说,'别待在这儿。到起居室去,坐下来我们谈一谈。我来给你弄点喝的东西吧。'

"我把她领到隔壁房间里,我们在沙发上坐了下来。我叫老妈子把威士忌和吸管拿来。我给她调了一杯十分浓烈的斯腾佳,让她喝了一点。我抱着她,让她的头靠在我的肩上。她听凭我的摆布。泪水仍然不住顺着她那忧伤的脸儿往下流。

"'他怎么可以这样?'她呜咽着说,'他怎么可以这样?'

"'亲爱的,'我说,'这种事儿早晚必然要发生的。他是一个年轻的男人。你怎么能指望他一辈子都不结婚呢?这是非常自然的。'

"'不,不,不!'她呼吸急促地说。

"我发现她手里紧紧捏着一封信。我猜那就是蒂姆写来的信。

"'他在信里说了些什么?'我问道。

"她做了一个动作,似乎受到惊吓,她把那封信紧紧地贴着自己胸口,好像以为我会从她手里夺过去。

"'他说他身不由己,说他不得不这样做。这究竟是什么意思?'

"'噢,要知道,你弟弟跟你一样,也长得俊美动人。他那么富有魅力。我想他只是狂热地爱上了某个姑娘,而那个姑娘也同样狂热地爱上了他。'

"'他实在意志薄弱。'奥利芙呜咽着说。

"'他们动身了吗?'我问道。

"'他们昨儿坐船出发的。他说那不会产生什么影响。他真是疯了,我怎么能仍然待在这儿?'

"她歇斯底里地哭起来。看到这个素来非常冷静的姑娘完全失去了对自己情绪的控制,真叫人饱受折磨。我一直觉得她那可爱安详的外表下面隐藏着深厚的感情。可是她陷入的那种苦恼境地弄得我不知所措。我把她抱起来亲吻她,亲吻她的眼睛,亲吻她那湿漉漉的脸蛋和她的头发。我觉得她并不清楚我在做什么。我自己对这一点也几乎没有什么意识。我只是深为感动。

"'我该怎么办呢?'她啼哭着说。

"'你为什么不嫁给我呢?'我说。

"她想要挣脱出我的怀抱,但我不愿意松手。

"'不管怎么说,这总算是一条出路。'我说。

"'我怎么能嫁给你呢?'她呜咽着说。'我比你大好几岁呢。'

"'哦,别胡说了,就大个两三岁而已。我才不在乎呢。'

"'不行,不行。'

"'为什么不行?'我说。

"'我并不爱你。'她说。

"'那有什么关系? 我爱你。'

"我也不知道我说了些什么。我告诉她,我会努力使她幸福。我说我不会向她提出任何要求,而只接受她准备给我的东西。我一个劲儿地说着,想要让她接受我的意见。我感到她不想再待在那儿,跟蒂姆待在同一个地方,我就对她说,我不久就可以搬迁到别的地区。我以为这会引起她的兴趣。我们一起相处得始终那么融洽,她无法否认这一点。过了一阵子,她似乎变得平静了一点。我感到她正在听我说话。我甚至觉得,她知道自己躺在我的怀里,也就此而得到慰藉。我又让她喝了一点威士忌,接着给了她一支烟。最后我觉得自己不妨稍微开开玩笑。

"'要知道,我真的不是一个坏人,'我说,'要是没有我的话,你可能会干出更糟的事儿。'

"'你并不了解我,'她说,'你对我一点也不了解。'

"'我有能力去了解。'我说。

"她微微笑了笑。

"'你真是太好了,马克。'她说。

"'答应我吧,奥利芙。'我恳求道。

"她深深地叹了口气,随后眼睛盯着地面看了很长时间。可是她并没有动弹,我感到她柔软的身体仍然躺在我的怀里。我等待着。那会儿我非常紧张,几分钟的时间似乎永远没有尽头。

"'好吧。'她终于开口说,好像一点没有意识到在我的祈求跟她的回答之间持续了多少时间。

"我激动得什么话都说不出来。但当我想要亲吻她的嘴唇时,她把脸转开了,不让我吻她。我希望我们马上结婚,但她相当坚决地不肯这么做。她执意要等到蒂姆回来再说。你知道,有时候你对人家的想法非常清楚,即便他们没有说出口来,你也同样可以确定无疑地知晓。我明白她不大相信蒂姆信上所写的都是真的,她仍然抱着可悲的幻想,希望那完全是一场误会,结果蒂姆并没有结婚。这让我感到心痛欲裂,但是我那么爱她。我只是默默忍受,无论什么事儿我都愿意忍受。我崇拜她。她却不许我把我们订婚的事儿告诉任何人。她要我保证在蒂姆回来前一个字也不向别人透露。她说一想到别人的祝贺啊什么的,她就受不了。她甚至不许我把蒂姆结婚的事儿对大家宣布。她在这方面相当固执。我明白她觉得一旦这个消息传开了,就会让那件她不希望已成定局的事儿变得千真万确。

"可是事情并不由她掌握。消息在东方神秘地四处传播。我不知道奥利芙在最初得到蒂姆结婚的消息时究竟说了些什么,让老妈子听到了。总之,哈代的小厮告诉了瑟吉森家的小厮。后来在我走进俱乐部的时候,就遭到瑟吉森太太的突然袭击。

"'听说蒂姆·哈代结婚了。'她说。

"'哦?'我答道,不愿意表态。

"看到我一脸茫然的样子,她露出笑容,对我说她家的老妈子把这个传闻讲给她听以后,她曾打电话给奥利芙,问她这个消息是不是真的。奥利芙的回答相当奇怪。她并没有加以证实,只是说她收到蒂姆的一封信,信上说蒂姆结婚了。

"'她真是一个古怪的姑娘,'瑟吉森太太说,'当我问起详细情况的时候,她表示没有什么可说的。我就说:你有没有为此感到兴奋?她也没有回答。'

"'奥利芙对蒂姆十分关爱,瑟吉森太太,'我说,'蒂姆的婚姻自然会让她受到冲击。她对蒂姆的妻子一无所知。这叫她有些紧张不安。'

"'那你们俩什么时候结婚呢?'她冷不防地问我。

"'好一个令人困窘的问题!'我说道,想要嘻嘻哈哈地应付过去。

"她敏锐地望着我。

"'你能用名誉向我担保你没有跟奥利芙订婚吗?'

"我不想故意对她说谎,也不愿意让她不要多管闲事,但我又向奥利芙真诚地保证,在蒂姆回来前什么都不透露。我只好闪烁其词。

"'瑟吉森太太,'我说,'如果有什么事儿要宣布,我保证会让你

第一个听到的。眼下我只能告诉你,我确实想跟奥利芙结婚,世上无论别的什么事儿都无法与此相比。'

"'听到蒂姆结婚了,我很高兴,'她回答说,'我希望奥利芙不久也嫁给你。他们两个人在那边过的是一种病态的不健康的生活,他们太离群索居了,彼此也太关注对方了。'

"我几乎每天都见到奥利芙。我感到她并不希望我向她求爱,我也只满足于在进门和离开时亲吻她一下。她对我很好,既亲切又体贴。我知道她很高兴见到我,并且在我要离开的时候也感到不大好受。平时她往往陷入沉默,但在这段时间里,她却十分健谈,我还从来没有听她说过这么许多话儿。不过她从来都不谈到未来,也不谈到蒂姆和他的妻子。她对我谈了很多她和自己母亲在佛罗伦萨时的生活。那会儿,她过着一种异常孤独的生活,大部分时间都是跟仆人和家庭女教师待在一起,而她的母亲,我揣测,则同一些来历不明的意大利伯爵和俄国亲王陷入了一桩又一桩风流艳遇。我估计到了她十四岁的时候,她几乎就什么都知道了。她那种与传统习俗背离的生活方式也就变得相当自然了。在她十八岁以前所了解的天地里,根本不存在传统习俗,所以也没有人向她提到传统习俗。渐渐地,奥利芙似乎恢复了原来的安详神态。要不是我注意到她看上去多么脸色苍白和疲乏,我会认为她头脑里对蒂姆结婚已经开始习惯了。我打定主意,只要蒂姆一回来,我就逼她马上跟我结婚。只要我提出申请,我就可以得到短期休假。在假期结束时,我想自己可以设法调到别处的岗位上去。她也需要变换一下环境,眼前有些新鲜的场景。

"当然,我们知道,蒂姆坐的那条船一天之内就会抵达槟城,但问题在于那条船到达的时间是否早得可以让蒂姆赶上火车。我给铁行轮船公司的代理人写了一封信,请他在得到确切的消息后马上打个电报给我。我接到电报拿去给奥利芙看的时候,发现她也刚收到蒂姆发来的电报。蒂姆坐的那条船停靠码头的时间很早。他第二天就会回来。火车应该在早上八点到达,但晚点一到六个小时也是有可能的。我带去了瑟吉森太太的邀请,她要我和奥利芙晚上待在她那儿,那样奥利芙就可以待在当地,只需在火车就要到达的消息传来后再到火车站去。

"那会儿我如释重负。我以为当打击最终到来的时候,奥利芙的感受不会怎么强烈。她早已努力振作起来,我不禁觉得如今她一定会做出反应。她可能会喜欢上自己的弟媳。他们三个人没有理由不一起相处得很好。但我压根儿没有想到,奥利芙竟然表示,她不打算去火车站接她的弟弟和弟媳。

"'他们一定会非常失望。'我说。

"'我宁愿等在这儿。'她答道。她略微笑了笑。'不要跟我争辩了,马克,我已经拿定主意了。'

"'我已经在我的住处订好了早饭。'我说。

"'那没关系。你去接他们,先把他们带到你家去吃早饭,然后再让他们过来。当然我会派车过去的。'

"'我想如果你不在场的话,他们就不会想要吃早饭了。'

"'哦,我肯定他们会吃的。如果火车准时到达,他们就不会想到在火车到达前吃早饭,那样他们就会肚子饿了。他们一定不想饿着肚子坐车走这样长的路。'

"我有些困惑。她一直那么强烈地盼望着蒂姆回来,眼下竟然想独自在家守候,而让我们欢快地一起吃早饭,看起来实在奇怪。大概她神经紧张,想要尽量拖延跟那个前来取代她的位置的陌生女子会面。这看起来不通情理。我看不出早一个小时和晚一个小时会有什么区别,但我知道女人都很古怪。不管怎么说,我觉得奥利芙根本没有心思再听我劝说。

"'你们出发前给我打个电话,那样我就知道你们什么时候可以到家。'她说。

"'好吧,'我说,'但你知道我不能陪他们一起前来。明儿是我去拉哈德的日子。'

"拉哈德是一个小镇,我必须每星期到那儿去一次处理案件。那个地方离得很远,你在路上还得摆渡过河,需要花费不少时间,因此我总是很晚才能回来。那儿有几个欧洲人,也有一个俱乐部。我通常不得不到俱乐部去交际一下,看看一切是不是都很顺当。

"'再说,'我补充道,'由于蒂姆是头一次带他的妻子回家,大概他不会希望我待在旁边。但如果你想请我过来吃晚饭的话,我乐意前来。'

"奥利芙露出了笑容。

"'我看我没有资格再发出邀请了,对吧?'她说。'你必须去问新娘。'

"她说这句话的时候,样子显得那么轻松,我的心不禁突突直跳。我觉得她最终已经决定接受这种有所变动的局面,而且接受的时候还高高兴兴。她要我留下来吃晚饭。通常我在八点左右离开,回家去吃晚饭。她显得十分和蔼,几乎充满柔情。我好几个星期都没有这样快乐了。我从来没有像那时那样狂热地爱她。我喝了两三杯杜松子苦味酒,并且我觉得自己在晚饭时也兴高采烈。我知道自己把她逗乐了。我觉得她终于丢掉了让她心情压抑的痛苦的负担。因此,我并没有为结果最终发生的事儿怎样心神不安。

"'你已经到了应当离开像我这样一个想必算是未婚女子的时候了,对吧?'她说。

"她说话的语气那么轻柔愉快,我就毫不犹豫地答道:

'哦,亲爱的,如果你认为自己还剩下一点好名声,那你就是在自欺欺人。你肯定没有那样的想法,以为锡布库的妇女并不知道我这一个月每天都来看你。大家普遍认为,如果我们还没有结婚,现在可绝对是时候了。你觉得要是我告诉他们说,我们已经订婚了,那样是不是倒也无妨?'

"'哦,马克,你不要把我们的订婚太当真了?'她说。

"我笑了起来。

"'你希望我怎么看待这件事呢?这本来不是开玩笑。'

"她略微摇了摇头。

"'不。那天我心烦意乱,情绪非常激动。你对我又那么亲切。我答应你是因为当时我苦恼不堪,无法表示拒绝。但如今我已经定下神来。不要认为我不够朋友。我犯了一个错误。我应该受到严厉的指责。你必须原谅我。'

"'哦,亲爱的,你胡说些什么呀。你并没有什么对不起我的地方。'

"她凝神望着我,显得相当镇静。她的眼睛里甚至还露出一点笑意。

"'我不能嫁给你,不能与任何人结婚。我竟然认为自己可以,

实在荒唐。'

"我并没有马上回答。那会儿她样子古怪,我觉得最好还是不要再执意要求。

"'我想我也不能强行把你拖向圣坛。'我说。

"我伸出手去,她也把手朝我伸了过来。我抱住了她,她也没有想要脱出身子。她像往常一样让我亲吻了一下脸颊。"

"次日早上,我到火车站去接蒂姆夫妇。火车破例准时到了。在蒂姆所在的车厢经过我站立的地方时,他朝我直挥手儿。等我走到车厢门口的时候,他已经跳下车来,正在搀扶他的妻子下车。他热情地握住了我的手。

"'奥利芙在哪儿?'他说,一边朝站台上扫了一眼。'这是莎莉。'

"我跟那个女子握了握手,同时解释了奥利芙没有来的原因。

"'到的时间实在太早了,是吧?'哈代太太说。

"我告诉他们,按照计划他们先上我的住处去吃点早饭,然后坐车回家。

"'我还想洗个澡。'哈代太太说。

"'你是应该洗一下。'我说。

"她确实是一个极为可爱的小家伙,容貌非常漂亮,长着两只蓝色的大眼睛,一个小巧可爱、鼻梁挺直的鼻子。她的皮肤白里透红,光润细腻。当然,她的类型有点像是歌剧合唱队的女演员,你可能会认为她有些多愁善感,但她以这种方式,倒也娇媚迷人。我们驾车到了我的住处。他们俩都洗了个澡,蒂姆还刮了刮脸。我只跟他单独待了大概两分钟。他问我奥利芙怎样看待他的婚姻。我告诉他奥利芙心里很苦恼。

"'恐怕是这样子。'他说,微微皱了皱眉。接着他短促地叹了口气。'我也没有什么法子。'

"我不明白他的意思。那时候,哈代太太来到我们身旁,悄悄伸出胳膊挽住她丈夫的胳膊。蒂姆把她的手拉过来握在自己手里,轻轻地按了按。他朝自己的妻子看了一眼,目光中含有欣喜和幽默的爱意,好像并没有怎么把她当回事儿,而只是体味着她属于自己的那种乐趣,同时也为她的美貌而感到得意。她也确实娇美动人。她一点也不羞涩,我们认识还不到十分钟,她就要我管她叫莎莉,她的理解力很强。当然,那会儿她仍处在刚刚抵达的兴奋中。她从来没有到过东方,眼前的一切都叫她无比激动。显然,她深深地爱上了蒂姆。她的眼睛从来都不离开蒂姆,耳朵也始终听着蒂姆说的话儿。我们十分愉快地吃了早饭,然后就分别了。他们坐上他们的汽车回家,我也坐上自己的汽车去拉哈德。我答应回来时从那儿直接到他们的橡胶种植园去。实际上,如果经过我的住处的话,反而不顺路。我随身带了一套换洗衣服。我看不出为什么奥利芙会不喜欢莎莉,她既坦诚又欢快,心地淳朴。她非常年轻,顶多只有十九岁。她那娇美俊俏的样子一定会打动奥利芙的。我为有一个合理的借口让他们三个人单独相处而感到高兴。可是当我从拉哈德动身的时候,我觉得等我到了他们家,他们都会很高兴见到我的。我驱车来到他们的平房前,按了两三声喇叭,期待着有人出现。但是一个人也没有。眼前一片漆黑,四周寂静无声,我感到有些惊讶,不明白究竟出了什么事儿。他们想必在里面。我觉得,真是非常奇怪。我等了一会儿,随后出了汽车,走上台阶。到了台阶顶上,我脚底下绊了一下。我骂了一声,弯下腰去看看究竟是什么。那给我的感觉好像是一个人的身体。接着我听到了一声喊叫,原来是他们家的老妈子。在我摸到她的时候,她马上战战兢兢地缩了回去,并且大声啼哭。

"'这到底是怎么回事?'我嚷道。接着我感到有人拉住我的胳膊,并且听到一个声音。'老爷,老爷。'我转过身来,在黑暗中发现原来是蒂姆的仆役头儿。他心惊胆战、呼吸急促地说起来。我毛骨悚然地听着。他告诉我的事儿真是糟得无法形容。我把他推到一旁,冲进房子。起居室里一片漆黑,我打开了房里的灯。首先出现在我眼前的东西就是莎莉,她蜷缩在一把扶手椅上。我的突然出现把她吓了一跳,她叫出声来。我也几乎说不出话来。我问她是不是真的发生了那样的事儿。她告诉我确实如此,我突然感到房间似乎在我周围不断旋转。我不得不坐下来。当载着蒂姆和莎莉的汽车开上通往他们宅子的那条道路时,蒂姆按了下汽车喇叭,让家里的人知道他们到了。于是各个仆役和那个老妈子都跑出门去迎接他们,那时一声枪响。大家都跑到奥利芙的房间里,发现她躺在梳妆镜子前的一滩血泊中。她用蒂姆的左轮手枪朝自己开了一枪。

"'她死了吗?'我问道。

"'没有,他们赶紧把医生请来,他把她送到医院去了。'

"我几乎不知道我在做什么,甚至都懒得告诉莎莉我要到哪儿去。我站起身来,摇摇晃晃地走到门口。我跳进汽车,吩咐我的小厮飞速开到医院去。我冲进医院,问奥利芙究竟在哪儿。他们想要拦住我,但我把他们推到一旁。我知道单人病房在哪儿。有个人紧紧抓住我的胳膊,但是我摆脱了他。我隐隐地明白,医生曾经下达指示,谁也不得进入那个房间。我可不管这种规定。病房门口站着一个护理员;他伸出胳膊不让我进去。我对他破口大骂,叫他给我让开。大概我引起了一场争吵。我的情绪完全失去了控制。突然门开了,医生从里面走了出来。

"'是谁在外面吵吵闹闹?'他说,'哦,原来是你。你想做什么?'

"'她死了吗?'我问道。

"'没有。但她已经神志不清。她始终没有恢复知觉。大概只能拖一两个小时。'

"'我想见她。'

"'不行。'

"'我已经跟她订婚了。'

"'你?'他嚷道。这时候,我才发现他正奇怪地瞅着我。'难怪会发生这种事儿。'

"我不明白他的意思。那会儿我已惊恐得神思恍惚。

"'你肯定能做点儿什么来救她。'我嚷道。

"他摇了摇头。

"'如果你看到她,就不会抱有这种希望。'他说。

"我满脸惊骇地紧盯着他。在这片寂静中,我听到一个男人在抽抽搭搭地哭泣。

"'那是谁?'我问道。

"'是她弟弟。'

"接着,我感到一只手放到我的胳膊上。我回头一看,发现是瑟吉森太太。

"'可怜的孩子,'她说,'我真为你感到难受。'

"'她到底为什么要这样做?'我痛苦地说。

"'走吧,亲爱的,'瑟吉森太太说,'你在这儿也毫无用处。'

"'不,我必须留下来。'我说。

"'那么,到我的房间里去坐坐吧。'医生说。

"我疲惫不堪,听凭瑟吉森太太拉着我的胳膊,把我领到医生的私人房间里。她让我坐下来。我无法让自己认识到这一切都是真的。我以为这只是一个可怕的噩梦,我一定会从梦境中醒过来的。我不知道我们在那儿坐了多久。三个小时,四个小时。最后医生进来了。

"'一切都结束了。'他说。

"于是我再也控制不住了,开始哭起来。我不在乎他们对我会有什么看法,只是心里感到极其悲伤。

"次日我们就把她埋葬了。

"瑟吉森太太跟我一起回到我的住处,陪我坐了一会儿。她要我跟她一起到俱乐部去。我却没有那样的勇气。她十分体贴友好,但她把我独自留在家里的时候,我仍然相当高兴。我设法阅读,但书上的语句对我毫无意义。我感到内心已经麻木。我的仆人走进房间,为我开好了灯。我的头疼得要命。接着他回来告诉我,有位女士想要见我。我问他究竟是谁。他表示自己也拿不大准,但他认为应该是普塔坦那位老爷新娶的妻子。我猜不出她找我要干什么。我站起身来走到门口。我的仆人没有弄错。那确实是莎莉。我把她请进屋子,发现她的脸色死一般苍白。我为她感到惋惜。对一个像她那样年纪的姑娘来说,这真是一次可怕的经历,而对一个新娘来说,这也是她回家遭遇的惨变。她坐了下来,看上去惶恐不安。

我说了几句客套话，想要使她安心。她叫我感到很不自在，因为她始终用两只蓝色的大眼睛紧盯着我不放。那双眼睛里只有丧魂落魄的神色。她突然打断了我的话。

"'你是我在这儿唯一认识的人，'她说，'我只好前来找你。我想让你帮我离开这儿。'

"我完全惊呆了。

"'你究竟是什么意思？'我说道。

"'我不希望你问任何问题。我只想让你帮我离开这儿。马上就走。我想要回英国！'

"'但你现在不能就这么离开蒂姆，'我说，'亲爱的，你必须要振作起来。我知道这对你真是糟透了。但是想想蒂姆吧。我是说，他肯定十分痛苦。如果你对他还有一点爱意的话，你能做的最起码的事儿，就是设法让他不要太难过了。'

"'哦，你不知道，'她叫道，'我不能告诉你。那实在骇人听闻。我求你帮助我。如果今晚有火车的话，就让我坐上去。只要我能到达槟城，我就能乘上一条船。我不能在这个地方再待一个晚上。那样我会发疯的。'

"我给弄得完全摸不着头脑。

"'蒂姆知道吗？'我问她说。

"'从昨天晚上起我就没有再见到他。我再也不想见到他了。我宁愿死也不想见到他了。'

"我想要争取一点时间。

"'但你怎么能什么东西都不带就离开呢？你就没有什么行李吗？'

"'那有什么关系,'她不耐烦地叫道,'我手中有为了完成这次旅程所需要的一切。'

"'你手头有钱吗?'

"'相当充足。今晚会有火车吗?'

"'有的,'我说,'午夜一过,就有一班火车抵达这儿。'

"'谢天谢地。你能替我安排好一切吗? 在走之前,我能不能待在这儿?'

"'你真叫我为难,'我说,'我不知道怎样才能得到最好的结果。要知道,你所采取的行动非同小可。'

"'如果你知道了所有内情,你就会明白这是我唯一可做的事儿。'

"'这会引起重大的丑闻。我不知道人家会说些什么。你想过这样对蒂姆所造成的影响吗?'我既感到担心,又有些不高兴。'老天在上,我可不想插手与我无干的事儿。如果你想让我帮助你,我应当充分了解内情,感到这样做是正当合理的。你必须告诉我究竟发生了什么事儿。'

"'我不能这么做。我只能告诉你,我什么都知道了。'

"她双手掩面,身子不住哆嗦。接着她晃动了一下,好像刚见到什么可怕的场景而往后退缩。

"'他没有权利娶我。那真是骇人听闻。'

"她说话的时候,声音逐渐变得尖利刺耳。我担心她会突然变得歇斯底里。她那洋娃娃一般的漂亮脸庞露出惊恐的神色,两只眼睛瞪得大大的,看上去好像再也不会闭上。

"'你不再爱他了吗?'我问道。

"'在发生了这一切之后?'

"'如果我不肯帮助你,你会怎么办?'我说。

"'我想这儿总有牧师或医生。你不能拒绝带我去见他们。'

"'你是怎么找到这儿来的?'

"'仆役头儿开车把我送来的。他从什么地方搞了一辆汽车。'

"'蒂姆知道你走了吗?'

"'我给他留了一封信。'

"'他会知道你在这儿。'

"'他不会想要阻止我的。这一点我可以向你保证。他不敢那么做。看在上帝的分上,你也别再试图阻止我了。我敢说,如果我再在这儿待上一个夜晚,我肯定会发疯的。'

"我叹了一口气。不管怎么说,她已经到了可以自己做主的年纪。"

我,身为把这桩事儿执笔记录下来的人,很久都没有开口说话。

"你明白她的意思吗?"我问费瑟斯通。

他神色狂乱地盯着我看了好长时间。

"她所指的只有一个理由。那是不能说出口的。是的,我知道是怎么回事。这解释了一切。可怜的奥利芙。可怜的宝贝儿。大概我有些不近情理。那时候,我只对面前那个带着惊恐眼神的金发小美女感到厌恶。我讨厌她。有一阵子,我一句话也不说。接着我告诉她,我会照她希望的去做,她却连一声谢也不说。我认为她知道我对她的看法。到了吃晚饭的时间,我让她吃了点东西,随后她问我有没有房间能让她在去车站前先躺上一会儿。我把她带到客房里,就离开了。我坐在起居室里,等待着。天哪,我从来没有感到时间过去得这么慢。我觉得十二点的钟声好像永远不会敲响了。我给车站打了电话,他们告诉我火车大概要在接近凌晨两点的时候才到。到了午夜,她来到起居室,我们在那儿坐了一个半小时。我们彼此没有什么话要说,也就没有开口说话。随后我把她带到车站,送上火车。"

"有没有引起重大的丑闻?"

费瑟斯通皱起眉头。

"我不知道。我申请了短期休假。假期结束后,我给调到另一个地方工作。听说蒂姆卖掉了原来的橡胶种植园,又买了另一个橡胶种植园。但我不知道在哪儿。我发现他在这儿的时候,最初感到相当震惊。"

费瑟斯通站起身来,走到桌子旁边,给自己调了一杯威士忌苏打。在此刻的寂静中,我听到呱呱直叫的青蛙那单调的合唱声。突然,一只通常被称为鹰头杜鹃①的鸟儿停在房子附近的一棵树上,开始鸣叫。首先是在逐渐下降的半音音阶中的三个音,接着是五个,又是四个。这些不断变化的音一个接着一个疯狂地持续下去,迫使我们去聆听,去数,我们不知道究竟会有多少,因而我们的神经饱受折磨。

"那只该死的鸟儿,"费瑟斯通说,"这意味着我今晚无法睡觉了。"

---

① 鹰头杜鹃,原文是 fever bird,实际就是 brain-fever bird,一种主要产于印度及东南亚一带的杜鹃,常常久鸣不休。

穷荒绝域

　　乔治·穆恩正坐在办公室里。他的工作已经做完了。他之所以仍在那儿迁延不走，是因为他压根儿没有心思到俱乐部去。现在几乎已经要到吃午饭的时候了。一定有许多人在俱乐部的酒吧间里荡来荡去，其中有两三个人会请他喝一杯，他却无法面对他们的这种热诚表示。有几个人他认识了已经三十多年。他们让他感到厌烦。总的来说，他不大喜欢他们，但如今他就要见他们最后一面，这不禁叫他心里感到一阵痛楚。今晚，他们要为他设宴饯行。每个人都会到场，他们会送给他一套他根本不想要的银茶具。他们会发表讲话，对他在殖民地的工作加以颂扬，同时对他的离去表示惋惜，最后祝他长命百岁，好好享受他理应得到的闲暇时光。他会作出适当的答复。他早已准备好一篇讲话，他会在讲话中回顾自己当年作为毫无经验的见习军官在新加坡上岸以后马来联邦发生的种种变化。他会感谢在他有幸担任廷邦贝卢的驻地长官期间他们的忠诚合作，并且描绘了这个国家作为整体，特别是廷邦贝卢在未来的光辉前景。他会提醒他们，他刚来时认识的这个地方，只是一个有着几家中国人开设的店铺的贫穷村庄，如今这儿已经成了一个繁荣的市镇，在石板路面的街道上，有轨电车往来行驶，街道两旁有着一幢幢石头房屋，这儿成了富有的中国人的聚居地，还有一家俱乐部会所，气派豪华得仅次于新加坡当地的俱乐部会所。他们会在一起高唱《因为他是一个绝好的人儿》和《昔日的美好时光》。随后大家会一起跳舞，许多年轻人会喝得醉意朦胧。马来人已经为他举行过一次欢送宴会，中国人则为他举办了一场无比冗长的盛宴。明天，一大群人会到火车站去给他送行，一切就此结束。他暗自纳闷，不知他们会怎么评价他。马来人和中国人会说他很严厉，但也承认他很公正。种植园主并不喜欢他，他们认为他作风强硬，因为他不许他们任意欺凌劳工。他手下的人员则怕他，他们在他的驱使下拼命工作，他无法容忍他们工作懈怠，效率低下。他自己也不遗余力，因而看不出为什么不对别人那么严格。他们觉得他冷酷无情。他身上确实没有什么吸引人的地方。即便去俱乐部，他也不会抛开自己的官方身份，在大家彼此说笑打趣的时候，因为听到什么低俗下流的传闻而发笑。他意识到他的到场会让人感到扫兴；跟他打桥牌（他喜欢在每天下午六点到八点这段时间打桥牌）被看作一种特别待遇，而不是娱乐。随着夜色越来越深，当其他牌桌的年轻人变得欢呼吵闹的时候，他会发现朝他所在的方向投来的目光，有时候，一个年长的会员会走到那些吵闹的年轻人身边，低声劝告他们安静一点。乔治·穆恩微微叹了口气。从官方的观点看，他的生涯十分成功，他是马来联邦所任命的最年轻的驻地长官，而且由于他的卓越贡献，他被授予圣米迦勒和圣乔治三等勋位爵士。但若是从人性的角度来看，也许就是另一回事了。他早就赢得了大家的尊敬，大家

对他的能力、勤奋和可靠所表示的尊敬，但他心里也完全清楚，自己
并不受到他们的喜爱。谁也不会为他的离去而感到惋惜。不出几
个月，大家就会完全把他忘了。

　　他阴沉地笑了笑。他并不多愁善感。他很喜爱自己拥有的权
力。他使每个人都努力干好自己的工作，这一点让他心里产生一种
苦涩的满足。他觉得大家对他的畏惧甚于对他的喜爱，但他并不为
此而感到不高兴。他把自己的人生看作高等数学中的一道难题，要
计算出答案需要他竭尽所能，使出全部力量，但得出的结果却毫无
实际的影响。题目的趣味在于它的错综复杂和解题过程中所体味
的美。可是正如纯净的美那样，它并不能通到哪个地方。他的未来
一片空白。他现在五十五岁，仍然精力充沛，在他自己看来，他的思
维仍然像以前一样敏锐，在处理人和事务方面的经验相当丰富。他
一生所剩余的时光就是到英国的一个乡间小镇或是里维埃拉①的一
个房租低廉的地区定居，跟一些年长的女士打打桥牌，跟几个退休
的上校打打高尔夫。在休假的时候，他曾遇到过几个他以前的长
官，发现他们正极为艰难地适应自己周围环境的变化。他们曾一心
期待着自己退休后的自由，并构想着如何利用自己的闲暇时光的美
好图景。完全是幻想。在成为众人瞩目的对象后变得默默无闻，在
居住过宽敞的宅第后住在面积狭小的花园宅子里，在习惯受到五六
名中国男仆服侍后只能将就使用两三名女仆，心里自然不会感到怎
么愉快；特别是当你习惯了机敏乖巧的奉承，知道一句赞扬的话可

———————

①　里维埃拉，欧洲南部地中海沿岸的一个地区，位于法国东南部和意大利西北部，是
　　假日游憩胜地。

以让各种身份地位的人欣喜,皱皱眉头又会让他们蒙受羞辱以后,突然明白你对任何人都变得无关紧要,心里确实不会感到舒畅。

乔治·穆恩伸出手,从书桌上的香烟盒里取出一支香烟。他这么做的时候,注意到自己手背上布满细小的纹路,手指也干枯细瘦。他厌恶地皱紧眉头。那是一只老人的手。他的办公室里有一面他很久以前买的中国式大镜子,他一直把这面镜子放在一边。这时候他站起来,对着镜子照了照。他看到一张干瘦发黄的脸,上面满是皱纹,嘴唇紧紧抿着,一头稀疏灰白的头发,两只神情疲乏的灰色眼睛。他身材较高,非常瘦削,肩膀狭窄,但总把身子挺得笔直。他一直在打马球,现在仍能在网球场上击败大多数年轻对手。当你跟他说话的时候,他总用两只眼睛紧盯着你的脸,专心致志地听着,但他的神情却没有什么变化。你不知道自己的话对他究竟产生了什么效果。也许他并没有意识到这样叫人感到多么困窘。他脸上难得露出笑容。

一个勤务兵走了进来,手里拿着一张写着姓名的字条。乔治·穆恩朝那张字条看了一眼,就吩咐勤务兵把前来拜访的客人领进来。他重新坐到椅子上,冷冷地看着门口,不一会儿,客人就要从那儿进来。原来是汤姆·萨法里。他不知道萨法里究竟来干什么。大概是跟当晚的欢送宴会有关。听到汤姆·萨法里是组织这场活动的委员会的主席,他觉得很好笑,因为在过去的一年里,他们的关系绝对算不上友好。萨法里是一个种植园主,他的一个泰米尔人监工控告他对自己实施攻击。那个泰米尔人曾经对萨法里极为傲慢无礼,萨法里就痛打了他一顿。乔治·穆恩意识到这样的挑衅相当严重,但他总是坚决反对种植园主任意操纵法律,在审理这桩案件的时候,他对萨法里处以罚款。审判结束后,为了表示他对萨法里并没有什么敌意,他请萨法里跟他一起共进午餐,萨法里对于自己遭受的那种在他看来冤屈不公的侮辱相当气愤,断然拒绝了他的邀请。自那以后,他不肯跟驻地长官有任何社交往来。当乔治·穆恩和他说话的时候,他会漫不经心地应付几句,但他打定主意,绝不再受穆恩的公开侮辱。他既不跟穆恩打桥牌,也不跟穆恩打网球。他掌管着当地最大的橡胶种植园。乔治·穆恩不禁嘲讽地心里暗想,萨法里安排这场晚宴,还为馈赠募捐,究竟是觉得教养要求他这么做,还是因为驻地长官要走了,激发了他多愁善感的情绪,才做出这样高尚的姿态。萨法里要在当晚发表主要的讲话,他会在讲话中详细叙述即将离任的驻地长官身上那令人钦佩的品质,代表当地公众对他离去所造成的无法弥补的损失而表示惋惜。想到这一点,就引得乔治·穆恩不禁想笑,尽管他并没有很强的幽默感。

汤姆·萨法里给领了进来。驻地长官从椅子上站起来,跟他握了握手,脸上露出淡淡的笑容。

"你好! 请坐吧。要不要抽支烟?"

"你好!"

萨法里坐到了驻地长官示意他坐的那把椅子上,接着驻地长官就等着他说明来意。乔治·穆恩觉得他的客人有点局促不安,他是一个身材高大、粗壮结实的汉子,长着红润的脸庞,双下巴,鬈曲的黑头发和两只蓝眼睛。他身形俊美,体壮如牛,显然他日子过得极为舒适。他酒喝得很多,对于食物也放开肚子大吃。但他是一个精明的商人,工作十分努力。他把自己的橡胶种植园管理得卓有成效,在当地的社区也广受欢迎,大伙儿都认为他是一个好人。他花钱十分慷慨,对任何陷入困境的人都愿意伸出援助之手。驻地长官突然想到,萨法里之所以前来,是因为他想在晚宴前消除他们之间的分歧。那种可能导致萨法里产生上述愿望的情感在驻地长官的心中激起了一阵十分轻微、颇为愉快的轻蔑之情。他并没有什么仇敌,因为那些人还没有低劣到他要仇恨的地步。但是他想,如果他真的对哪个人怀有仇恨,那他一定会恨到底的。

"我想你上午看到我来到这儿,一定感到有点吃惊。我估计,既然今儿是你工作的最后一天,一定很忙。"

乔治·穆恩没有回答,汤姆·萨法里就接着往下说。

"我来找你是为了一桩相当为难的事儿。实际情况就是,我和我太太都无法参加今晚的欢送宴会了。由于去年我们之间发生的那桩不愉快的事儿,我觉得有必要来告诉你,这跟那桩事儿完全没有关系。我认为你在那桩事上对我十分严厉;我对罚掉一些钱倒并不在意,只是觉得遭受侮辱,但过去的事儿就让它过去吧。既然你马上就要离开了,我不希望你认为我对你仍怀有什么敌意。"

"当我听说为我举办的这场欢送宴会是由你主要负责时,我就明白了这一点。"驻地长官彬彬有礼地答道。"你今晚却不能前来,我感到十分遗憾。"

"我也十分遗憾。主要是因为罗比·克拉克去世的缘故。"萨法里犹豫了一会儿。"我和我太太为此而心绪烦乱。"

"真叫人感到伤心。他是你的一个好朋友,对吧?"

"他是我在殖民地最好的朋友。"

汤姆·萨法里的眼睛里闪着泪花。乔治·穆恩心里暗想,身体肥胖的人总是这样感情用事。

"我相当理解,在这种情况下,你根本没有心思参加一个看来气氛颇为喧闹的宴会。"他亲切友好地说。"你听到了什么详情细节吗?"

"没有,除了报纸上所说的那些。"

"他离开这儿的时候,似乎还好端端的。"

"就我所知,他一辈子从来没有生过病。"

"大概是心脏出了什么问题。他年纪多大了?"

"跟我的年纪相同,今年三十八岁。"

"那真是英年早逝。"

罗比·克拉克是一个种植园主,他管理的橡胶种植园就在萨法里的橡胶种植园的隔壁。乔治·穆恩很喜欢他。他容貌相当丑陋,长着一头浅棕色的头发,高高的颧骨,凹陷的太阳穴;深深的眼窝里是两只暗淡无神的大眼睛,还有一张大嘴。但他的笑容相当迷人,态度随和。他诙谐风趣,会讲精彩的故事。他那种无忧无虑的良好情绪很讨人喜欢。他桥牌和网球都打得很好。他并不是一个傻瓜。乔治·穆恩认为他有点儿缺乏个性。在穆恩的生涯中,他认识许多像克拉克这样的人。他们在他面前来来去去。两个星期之前,克拉克动身回英国休假。驻地长官知道,萨法里夫妇在他启程前的那个夜晚为他举行了盛大的晚宴。克拉克已经结婚,他的妻子当然随他一起回去。

"我真为她感到难受,"乔治·穆恩说,"这对她一定是个很沉重的打击。他给海葬了,是吧?"

"是的,报纸上是这么说的。"

噩耗是前一天晚上传到廷邦贝卢的。新加坡的报纸是下午六

点到的,正是大家要去俱乐部的时间。许多人在那儿等着打桥牌或打台球,后来就浏览一下报纸的内容。突然一个人大声叫道:

"嗨,你们看见这条新闻了吗? 诺比死了。"

"哪个诺比,不是诺比·克拉克吧?"

在报纸的大众消息那一栏里,有一个两行文字组成的段落,内容如下:

> 斯塔、莫斯利公司诸位先生接到电报,通知他们廷邦贝卢的哈罗德·克拉克在归国途中突然去世,并已进行海葬。

一个人走上前来,从最先说话的那个人手里拿过报纸,表示怀疑地自己看了起来。另一个人也越过他的肩膀仔细地看着。那些正在看报纸的人也直接翻到那一页,去看那两行无关紧要的文字。

"天哪。"一个人嚷道。

"嗨,真是倒了天大的霉。"另一个人说。

"他离开这儿的时候还十分健康。"

那些热诚、欢快、无忧无虑的人的心里突然感到一阵不安的战栗。每个人霎时间都想到自己也终有一死。其他会员也陆续前来,他们跨进俱乐部的大门,振奋地想着六点钟可以喝上一杯,急切地想要见到他们的朋友,这时候,他们面对的却是这个令人沮丧的消息。

"嗨,你听说了没有? 可怜的诺比·克拉克去世了。"

"不会吧? 噢,太可怕了!"

"太倒霉了,是吧?"

"实在倒霉。"

"他可真是一个好人。"

"最好的人中的一个。"

"碰巧在报纸上看到这条消息,真把我吓了一跳。"

"可不是嘛。"

有个人拿着报纸走进台球室去报告这个消息。那儿的人正在进行威尔士亲王杯台球让分赛①。这项赛事是那位尊严的大人物访问廷邦贝卢时带到俱乐部来的。汤姆·萨法里正在跟一个名叫道格拉斯的人较量,驻地长官已在前一轮中被击败,正跟其余的十来个人一起坐在一旁观战。记分员单调地大声报出分数。新来的那个人等到萨法里结束了一次连续得分后才朝他大声招呼。

"嗨,汤姆,诺比死了。"

"诺比?这不是真的。"

那个人把报纸递给了他。三四个人也围到他的身旁跟他一起看。

"天哪!"

霎时间台球室里充满可怕的寂静。报纸从一个人手里传到另一个人的手里。奇怪的是,大家在没有白纸黑字地在报纸上看到这

---

① 根据下文可知,在这项赛事中,参赛者打的是比利台球。比利台球起源于英国,球台大小和斯诺克一样,但球桌上只有一个目标球(红球)和两个母球,选手以撞球和落袋的积分多少决定胜负。先开球方应以带有点的白球作为自己的母球,后开球方则以全白球为自己的母球。开球时,台面上只有一个红球放在红球基点上,开球方可以随便把自己的母球置于开球区内任意一点开球,母球落袋后,则需放回开球区开球。比利台球一般先由双方规定好一定的分值,谁先达到,即为胜利。如果双方技术水平相差较大,还可由双方议定进行让分,以提高比赛兴趣。

个消息之前,似乎都不愿意相信这是真的。

"哦,我真感到遗憾。"

"嗨,这对他妻子来说,实在糟透了,"汤姆·萨法里说,"她就要生孩子了。我那可怜的太太肯定会万分焦虑。"

"嗨,他刚走了不过两个星期。"

"那时候,他还好端端的。"

"红光满面。"

萨法里那张胖乎乎的气色红润的脸庞似乎有点委顿,他走到桌子旁边,拿起自己的杯子,深深地喝了一口水。

"听着,汤姆,"他的对手说,"你想取消这场比赛吗?"

"这么做不大好。"萨法里扫了一眼记分牌,发现自己比分领先。"不,咱们打完这场比赛吧。然后我回家去把这个消息告诉维奥莱特。"

道格拉斯击中了一次,把比分升到了十四。汤姆·萨法里错过了一个很容易的击打落袋的球,但并没有给对方留下什么机会。道格拉斯又开始击打,但没有得分。接着萨法里又错过了平常他肯定不会失手的一击。他微微皱起眉头。他知道他的朋友们在他身上下了很大的赌注,他不想让他们失望。道格拉斯得到了二十二分。萨法里喝光了杯子里的饮料。周围那些同情的观众显然都看到,他凭借自己的意志力,定下心来,把思想集中到比赛上面。他连续得了十八分,当他最后只是因为没能把目标球打进台角网袋而结束的时候,大家都为他鼓起掌来。现在他重新有了自信心,开始迅速得分。道格拉斯也打得很出色。比赛在大家的眼中变得越来越激烈。萨法里短短几分钟没能集中注意力,他的对手趁机赶了上来。现在比赛的输赢就难以预测了。

"先开球方二百三十五分，"那个马来记分员用他奇特而清晰的英语大声说，"后开球方二百二十八分。先开球方击球。"

道格拉斯得到八分，接着后开球方萨法里把分数追到二百四十分。他给对手留下了双重障碍。道格拉斯一个球也没有击中，这样就让萨法里又得了一分。

"先开球方二百四十三分，"计分员又大声说，"后开球方二百四十一分。后开球方击球。"

萨法里接连三次把红球漂亮地击打落袋，结束了这场比赛。

"一场众望所归的胜利。"旁边的观众嚷道。

"恭喜你，老伙计。"道格拉斯说。

"跑堂的，"萨法里嚷道，"问问这些先生都想喝些什么。可怜的老诺比。"

他深深地叹了口气。酒给端来了，萨法里在账单上签了个字。随后他说他要走了。有两个人已经在台球桌边开始了另一场比赛。

"他表现得这么顽强，真有良好的体育风尚。"当门在萨法里的身后关上时，有个人说道。

"是的，展现出一个人的勇气。"

"有那么一阵子，我以为他要一败涂地了。"

"他气派不凡地重新振作起来，他知道许多人在他身上下了很大赌注。他不想辜负那些支持他的人的期望。"

"当然，一件那样的事儿确实叫人震惊。"

"他们是好朋友。我不知道诺比·克拉克到底死于什么原因。"

"击出的球可真漂亮，先生。"

乔治·穆恩记起了那天的情景,不禁心里奇怪,当时听到朋友死讯的汤姆·萨法里表现出那么大的自制力,而今却看上去如此难以承受。也许就像战争中一个被枪炮打中的人,往往要到事后才明白自己中弹那样,萨法里也是在经过一段时间思考以后,才意识到哈罗德·克拉克的死亡对他是一个多么沉重的打击。然而,在他看来,更有可能的是,萨法里在不受别人影响的情况下,会像往常一样继续生活下去,在他的伙伴中为自己失去好友而寻求同情。但他太太出于传统的礼仪,坚持认为他们正处在失去好友的悲痛中,这时候去参加宴会恐怕不合礼数,得体的做法是避开这种小型的欢乐聚会。维奥莱特·萨法里是一个身材娇小的可爱的女人,年纪比她的丈夫要小三四岁。她的模样并不俊俏,但看上去却叫人感到愉快,她总是穿得十分得体。她亲切友好,文静娴雅,一点不摆架子。在他和萨法里夫妇友好往来的那些日子里,驻地长官不时也跟他们一起吃饭。他发现萨法里太太很讨人喜欢,但谈吐并不怎么风趣。他们谈的只是一些日常琐事。最近他很少见到萨法里太太。当他们俩偶尔遇到的时候,萨法里太太总是朝他亲切友好地笑笑。他有时也会跟她客套上几句。可是只有拼命努力回忆,他才能把萨法里太太跟自己因职务的缘故所交往的当地其他五六名女士区分开来。

萨法里大概已说完了他特意前来要说的话。驻地长官暗自纳闷,不知为什么他不起身离开。他奇特地肉滚滚地坐在椅子上,让你感到好像他的全身骨头都散了架,无法支撑他的身体,浑身的肥肉都塌陷下来。他神色木然地望着那张把他跟驻地长官分隔开的书桌,深深地叹了一口气。

"你一定不要太为那桩事心里难受,萨法里,"乔治·穆恩说,

"你知道,东方的生活多么变幻不定。我们对于失去自己心爱的人只好加以接受。"

萨法里的目光缓缓地从书桌上移开,他目不转睛地注视着穆恩,两眼一眨也不眨。乔治·穆恩喜欢人家看着他的眼睛。也许他觉得自己这样吸引了他们的目光,就也把他们控制住了。不久萨法里的蓝眼睛涌出两颗泪珠,慢慢地顺着脸颊流了下来。他露出不寻常的困惑神情。什么情况把他吓到了。是死亡吗?不。在他看来,是比死亡更糟的情况。他显得战战兢兢,他的那副畏畏缩缩的样子,让你想到一条遭到不公正毒打的小狗。

"不是那桩事儿,"他结结巴巴地说,"那桩事儿我本来可以承受得住。"

乔治·穆恩没有答话。他冷冷地目光逼人地凝视着面前这个高大强壮的男人,继续等待着。他心情愉快地意识到自己对他的事儿完全不感兴趣。萨法里心烦意乱地朝书桌上堆放着的文件扫了一眼。

"对不起,我占用了你太多的时间。"

"不,眼下我没有什么事儿要做。"

萨法里朝窗外看去,突然他的肩膀微微颤抖了一下。他似乎犹豫不决。

"我不知道是否可以征求一下你的意见。"他终于开口说。

"当然可以,"驻地长官说,脸上隐隐透出一丝笑意,"那正是我在这儿的职责之一。"

"这纯粹是一个私人问题。"

"你可以完全放心,我不会辜负你对我的信任。"

"不错，我知道你不会那么做的。只是这件事实在难以说出口来。以后我见到你也会觉得不大自在。但你明儿就要走了，这让整个事儿变得容易一点，希望你能理解我的意思。

"相当理解。"

萨法里开始说起来，声音低微，脸色阴沉，好像感到相当羞愧。他笨口拙舌，就像一个不会说话的人。他说着说着，又回到原来的地方，把同样的事儿又说一遍。他把不少事儿都弄混了。有时开始说出一个复杂的长句子，接着突然中断了，因为他不知道该怎么结束这句话儿。乔治·穆恩静静地听着，一面抽着烟，他的脸好像戴了一副面具，毫无表情，他的眼睛始终望着萨法里的脸，后来他从面前的烟盒里抽出一支烟来，并用刚抽完的那支烟的烟头点燃新烟，只有在他这么做的时候，才暂时把目光移开。听着他的叙述，乔治·穆恩也了解了作为叙述背景的种植园主那毫无变化的日常生活。那就像是经过弱音器处理的弦乐伴奏，使一个意想不到的曲调的精心设计的刺耳和弦显得更加突出。

鉴于橡胶的价格降得如此之低，必须尽量节省开支。尽管汤姆·萨法里的种植园规模很大，但他也不得不亲自去干一些活儿，这些活儿原来在市场繁荣的时候都是由他的助手做的。他天不亮就起床了，前往苦力集合的营地。在天刚刚亮得可以看清名单的时候，他就开始点名，根据各人的应答在相关的名字后面打钩，随后分派各个小队去干活儿。有的小队去割橡胶，有的小队去铲除杂草，还有的小队去修理沟渠。萨法里回去吃一顿丰盛的早饭，点上烟斗，又急匆匆地赶到苦力干活的地方去视察。孩子们嬉戏玩耍，婴儿们四处乱爬。泰米尔妇女们在路边人行道上煮饭，她们黑色的皮肤油光闪亮,她们身上穿着暗红色的棉布衣衫,头上戴着金色的饰物。她们中有的模样标致,昂首挺胸,眉眼清秀,长着两只细小纤美的手。但萨法里只是充满厌恶地望着她们。他开始四处巡视。在他那满是橡胶树的种植园里,一排排种植成行的橡胶树让你产生一种美妙的感觉,好像身处德国童话故事中的井然有序的森林中。地面铺满了厚厚的枯叶。有个泰米尔工头陪着他,这个家伙长长的黑发挽成一个发髻,光着两只脚,身上穿着纱笼和汗衫,手上戴着一个引人注目的戒指。萨法里走得十分费劲,每遇到一条沟渠就跳过去,不久就浑身汗水淋漓。他检查那些橡胶树,看看树身上的口子开得是否适当。如果遇到一个正在干活的苦力,他就会看一下切割下的木片,要是木片太厚的话,就会大声咒骂,并扣掉那个苦力半天的工资。对于那些再也不能割出橡胶的树木,他就吩咐工头取走盛橡胶的杯子和用来把杯子固定在树干上的铁丝。除草工人三五成群地干着活儿。

中午时分,萨法里回到带游廊的平房里,喝上一杯微温的啤酒,因为没有冰块。他脱下卡其布短裤,法兰绒衬衫,以及他走路时穿的笨重的皮靴和长袜,刮刮脸,洗一个澡。他换上纱笼和汗衫吃午饭。接着休息半个小时,再到办公室去,一直工作到五点。喝完茶后,他就到俱乐部去。八点前后,他再回到自己的住处吃晚饭,半个小时以后,就上床睡觉。

可是昨儿晚上,在比赛结束后,他就立刻回家了。那天维奥莱特没有陪他前来。克拉克夫妇在这儿的时候,他们每天下午都在俱乐部碰头,但自从他们走了以后,她来俱乐部的次数就少了。她说那儿没有什么人让她觉得好玩有趣。大家说的那些话她早都听过了,已经感到腻烦了。她不打桥牌,因此要是在丈夫打牌时等在一旁,她会觉得沉闷无聊。她对汤姆说,他不用在意把她一个人留在家里。她在家有许多事情要做。

那天看到他那么早就回到家里,维奥莱特就猜到他一定是赶回来告诉自己他赢得了比赛。只要有了这样小小的胜利,他就像个孩子那样自鸣得意。他是一个心地善良、头脑简单的人;她知道,他赢得比赛不但为了他自身而感到快乐,而且也因为他觉得,这也同样会给他妻子带来快乐。他急匆匆地赶回家来,以便毫不耽延地把这个消息告诉她,真是相当体贴。

"噢,你的比赛打得怎么样?"一看到汤姆步子沉重地走进起居室,她就开口问道。

"我赢了。"

"赢得容易吗?"

"噢,没有原来预想的那么容易。我开始领先了一点,后来我陷入困境,什么都做不成。你知道,道格拉斯是个怎样的人,毫不炫耀,稳健踏实。他赶了上来。我就对自己说,嗨,要是再不打起精神,我就会被打败。我多少有点儿运气,接着,长话短说吧,我以七分的优势打败了他。"

"这打得还不好吗? 你应该赢得这次的奖杯了,对吧?"

"噢,还要打三场比赛。如果我能进入半决赛,应该会有机会。"

维奥莱特笑了笑。她急于向汤姆表示自己正如他所期望的那样充满兴趣。

"你打比赛的时候,究竟是什么让你心烦意乱呢?"

汤姆的面容一下子变得相当委顿。

"这也就是我马上回来的原因。我本来打算退出比赛,但觉得这样对那些支持我的朋友来说,未免不公平。我真不知道怎么跟你说,维奥莱特。"

她神情疑惑地看了汤姆一眼。

"嗨,怎么啦? 不会是什么坏消息吧?"

"真是糟透了。诺比死了。"

她盯着汤姆看了好一会儿。接着她的脸庞,那张匀称、和气的小小脸庞,一下子因为震惊而变得狂野凶悍。一开始,她好像根本没有听懂汤姆的话。

"你究竟是什么意思?"她大声说。

"是报上这么说的。他死在船上。他们把他海葬了。"

突然,她发出一声尖厉的叫声,接着朝前一头摔到地板上,就昏死过去了。

"维奥莱特。"他叫道,赶紧跪到地上,把他妻子的头抱到自己怀里。"来人,来人。"

一个男仆听到他主人那种惊恐的声音吓了一跳,连忙冲进房间。萨法里大声嚷着要他把白兰地拿来。他强行给维奥莱特嘴里灌了一些白兰地。维奥莱特总算睁开了眼睛,随着她想起刚才听到的事情,两只眼睛又因为内心伤痛而变得黯淡无神。她的脸皱了起来,好像小孩子就要放声大哭那样。汤姆把她抱起来,放到沙发上。她把脸转开了。

"哦,汤姆,这不是真的,这不可能是真的。"

"恐怕是真的。"

"不,不,不。"

她放声大哭,身子不住抽动,那种哭声实在凄厉得让人不忍耳闻。萨法里不知如何是好。他在她的身旁跪下来,想要安慰她。他想把她揽到怀中,她却猛然把他推开。

"别碰我。"她嚷道,这句话说得那么尖利刺耳,把他吓了一跳。

他站起身来。

"注意不要太难受了,亲爱的,"他说,"我知道这就像是晴天霹雳。他是一个再好不过的人。"

维奥莱特把脸埋在靠垫里,颓丧绝望地哭起来。看到她的身体因为无法控制的抽泣而不住抖动,萨法里心里万分痛苦。她哭得死去活来,萨法里把手轻轻地放在她的肩膀上。

"亲爱的,别这样一个劲儿地哭了。这对你可没有什么好处。"

维奥莱特抖了抖身体,甩掉了他的那只手。

"看在上帝的分上,让我独自待一会儿。"她嚷道。"哦,哈尔,哈尔。"萨法里以前从来没有听她这样喊过那个死去的人。当然,他的名字叫哈罗德,但大家都管他叫诺比。"我该怎么办呢?"她呜咽着说。"我实在受不了,我实在受不了。"

萨法里开始变得有点不耐烦了。在他看来,维奥莱特悲伤到这种程度,确实有些矫揉造作。维奥莱特通常不会如此情绪激动。他觉得大概是这该死的气候造成的。这种气候让女人神经紧张,极其敏感。维奥莱特已经有四年没回国了。现在她不再把脸藏起来了。她躺在那儿,几乎要从沙发上跌下来。她的嘴巴因为心痛欲裂而张着,泪水不断从她两只瞪得滚圆的眼睛里流出来。她几乎发狂了。

"再喝点儿白兰地,"萨法里说,"努力振作起来,亲爱的。你这种样子也不会给诺比带来一点好处。"

她突然一骨碌爬起来,把萨法里推到一旁,充满恨意地看了他一眼。

"走开,汤姆。我不需要你的同情。我只想独自待一会儿。"

她飞快地走到一把扶手椅跟前,一屁股坐到椅子里,她的头仰靠在椅背上,可怜苍白的脸上露出龇牙咧嘴的痛苦神情。

"哦,这不公平,"她呻吟着说,"现在我会有怎样的结果呢?哦,天哪,我真希望自己也死了。"

"维奥莱特。"

萨法里痛苦得声音颤抖,他也几乎要哭了。维奥莱特不耐烦地跺着脚。

"走开,真的,走开。"

萨法里吓了一跳,目不转睛地望着她,突然倒抽一口冷气,整个庞大的身躯发出一阵颤抖。萨法里朝她迈了一步又站住了,但他的眼睛却始终没有离开维奥莱特那张饱受痛苦折磨的苍白的脸。他定睛注视着那张脸,好像看到了什么让他心惊肉跳的东西。接着他垂下脑袋,一言不发地走出房间。他们在后面有一个平时很少使用的小起居室,萨法里走进这个起居室,一屁股重重地坐到椅子上,仔细琢磨起来。不久响起了吃晚饭的锣声。他还没有洗澡,就看了看自己的两只手。他不想费事再去洗手,就慢悠悠地走进饭厅,吩咐男仆去告诉维奥莱特晚饭已经准备好了。那个仆人回来报告说太太什么都不想吃。

"好吧。那么我就自己吃吧。"萨法里说。

他给维奥莱特盛了一盆汤,放了一片烤面包,在鱼端上来的时候,又在一个盘子里给她放了几块鱼,吩咐男仆给她送去。但男仆原封不动地又端了回来。

"太太说她什么都不想要。"他说。

萨法里独自吃着晚饭。他仍按照平常的习惯,神色淡漠地吃着那一道道熟悉的菜肴。他喝了一瓶啤酒。饭后,男仆给他端来一杯咖啡,他点起一支方头雪茄。萨法里静静地坐在那儿,直到抽完那支雪茄。他思前想后。最后他站起身来,回到他们经常坐在那儿的宽大的游廊里。维奥莱特仍然像他先前离开时那样蜷缩在椅子上。她原来闭着眼睛,但是一听到她丈夫进来的脚步声,就把眼睛睁开了。萨法里拖过一把轻便的椅子,在她的面前坐了下来。

"诺比究竟是你什么人,维奥莱特?"他说。

她微微一惊,把眼睛转向别的地方,没有说话。

"我不大明白,为什么你听到他的死讯后会变得如此心烦意乱。"

"真是晴天霹雳。"

"当然。但要是有人为了朋友的死亡竟然彻底崩溃,看上去就非常奇怪。"

"我不明白你的意思。"她说。

她好不容易才说出这句话,萨法里看到她的嘴唇不住颤抖。

"我从来没有听到你管他叫哈尔。就算他太太,也一直管他叫诺比。"

她一句话也不说,充满忧伤的眼睛呆呆地望着空中。

"看着我,维奥莱特。"

她微微转过头来,无精打采地注视着萨法里。

"他是不是你的情人?"

她闭上眼睛,泪水又涌了出来。她的嘴歪扭成奇怪的样子。

"你就没有什么要跟我说的吗?"

她摇了摇头。

"你必须回答我,维奥莱特。"

"我现在不适合跟你讲话,"她呻吟着说,"你怎么能如此冷酷无情。"

"对不起,这会儿我并不抱有多大同情。咱们必须把这桩事彻底说清楚。你想喝点水吗?"

"我什么都不想要?"

"那就回答我的问题。"

"你没有权利这样问。这太粗暴无礼了。"

"一个像你这样的女人,听到她认识的某个人死去,竟然昏死过去,苏醒后又哭得死去活来。难道你要我相信这是她正常的表现吗?嗨,就算是哪个人的独生子女死了,也不会这样伤心欲绝。在我们听到你母亲的死讯时,你当然也哭了,不管哪个人,遇到那种情况都会哭的。我知道你那时十分痛苦,但是你曾来向我寻求安慰,你说没有我,你真不知道该怎么办是好。"

"这个消息来得如此突然。"

"你母亲的去世也很突然。"

"自然,我很喜欢诺比。"

"有多喜欢?喜欢到一听到他死了,你就不知道自己在说什么,也不在乎自己在说什么了?为什么你说这不公平?为什么你说'现在我会有怎样的结果呢'?"

她深深地叹了一口气,把头时左时右地来回扭动,样子就像一头等待宰杀的绵羊,竭力想要躲开屠夫的双手。

"你可不要把我当成十足的傻瓜,维奥莱特。我告诉你,如果你们之间没有什么苟且之事,你根本不可能被这个打击弄得痛不欲生。"

"好吧,既然你这样认为,为什么你还要拿这些问题来折磨我呢?"

"亲爱的,优柔寡断没有什么好处。咱们不能再这样下去了。你觉得我现在是什么感受?"

萨法里说这些话的时候,维奥莱特看着他。她压根儿就没有想到萨法里。她完全沉浸在自己的痛苦中,根本没有心思去关心他的感受。

"我实在太累了。"她叹息着说。

萨法里探身向前,粗暴地抓住她的手腕。

"说话呀。"他嚷道。

"你把我弄疼了。"

"那我呢?你以为你就没有给我带来伤害吗?你怎么忍心让我遭受这样的折磨?"

萨法里松开她的胳膊,一下子站起身来。他走到房间尽头,又走了回来。看上去好像这样来回踱步突然激起了他的怒火。他猛然抓住维奥莱特的肩膀,把她拖了起来,使劲摇晃着她。

"如果你不把实话告诉我,我就杀了你。"他嚷道。

"我真希望你把我杀了。"她说。

"他是不是你的情人?"

"是的。"

"你这个娼妇!"

萨法里一只手仍然抓住她的肩膀,好不让她挪动,抢起另一只胳膊,使出全部力气,用平展的手掌不停地抽她耳光。维奥莱特给打得身子不住颤抖,但没有退缩,也没有喊叫。萨法里一下又一下地扇她耳光。突然感到她奇怪地一动不动,就松开了她,维奥莱特就神志不清地倒在地板上。萨法里蓦地心里一阵恐惧。他弯下身子,摸了摸他的妻子,喊着她的名字。维奥莱特仍然一动不动。他把她抬起来,重新放到自己片刻之前把她从里面拖起来的那把椅子上。维奥莱特最初昏倒时拿来的那瓶白兰地仍在房间里。他把白兰地拿来,设法强行灌到维奥莱特的喉咙里。她呛着了,酒给泼洒到她的下巴和脖子上。萨法里下手很重,她那苍白的脸庞的一侧都给打得发青了。她微微叹了口气,睁开眼睛。萨法里又把杯子送到她的嘴唇边,托起她的脑袋。她抿了一点儿纯白兰地。萨法里看着她,眼睛里充满悔恨和担忧的神情。

"对不起,维奥莱特。我本意并不想这么做。我为自己的行为感到非常羞愧。我从来没有想到自己竟会堕落到打女人的地步。"

尽管她感到十分虚弱,脸上也疼得厉害,但她的嘴唇上却闪过一丝微笑。可怜的汤姆。他确实说了这些话,他也是这样想的。如果你问他,为什么一个男人不应该打女人,他会显得多么震惊啊。可是萨法里看到她脸上惨淡的笑容,却将其归因于她一往无前的勇气。天哪,他觉得她真是一个刚毅的小女人。富有胆量并不是用在这儿的一个合适的词语。

"给我一支烟。"她说。

萨法里从烟盒里抽出一支烟来,放到她的嘴里。接着萨法里想要把自己的打火机点着,但试了两三次都白费劲儿,没有成功。

"你用一根火柴不是更好吗?"她说。

有一刹那,她忘了自己撕心裂肺的悲痛,隐隐觉得这个场面很好玩。萨法里从桌子上拿起一盒火柴,把火柴划着后去给她点烟。她吸了一口,心里感到无限宽慰。

"我真无法告诉你,我感到多么羞愧,维奥莱特,"他说,"我真觉得无地自容。我不知道自己怎么鬼迷心窍。"

"哦,没关系。这很自然。你干吗不喝上一杯呢?那对你会有好处。"

萨法里什么话也不说,给自己倒了一杯加苏打水的白兰地,他的两个肩膀高高耸起,好像压在自己身上的负担具有形体一般。随后他又默默地坐了下来。维奥莱特望着眼前那缕青烟袅袅升到空中。

"你打算怎么办?"她终于开口说。

萨法里做了一个疲惫不堪的绝望的手势。

"咱们明天再谈吧。你今晚的情况不适合谈这个问题。抽完这支烟,你最好立刻上床睡觉。"

"你已经知道了那么多,最好把一切都弄得明明白白。"

"别现在说,维奥莱特。"

"不,就现在说。"

她开始说起来,萨法里听到她说的话儿,但几乎无法理解她话中的意思。他感到自己就像那样一个人:他煞费苦心、考虑周到地为自己修建了一所房子,打算在里面住一辈子,接着,他也不明白究竟是怎么回事,只见一群强盗闯了进来,手里拿着凿子和大锤,把房子一间间地砸毁,最后原来漂亮的住所就成了一堆瓦砾。而叫人觉得格外心寒的是,干出这种勾当的人竟然是诺比·克拉克。他们曾一起坐着同一条船来到马来联邦,开始还在同一个橡胶种植园工作。人们把年轻的种植园主称作"爬山虎"。在新加坡的大街上,你一眼就能认出这样的人:他头戴双层毡帽,卡其布外套的袖口卷到手腕上。这些涉世不深的年轻人喜爱四处转悠,神情专注地看着周围的一切,往往受到狡猾的中国人的哄骗,购买一些从伯明翰①来的毫无价值的物品,当作东方古玩寄回家去。他们坐在廉价旅馆的酒吧间里,喝下无数杯斯腾佳。天黑时在电影院看完影片后,坐着洋车到唐人街消磨整个夜晚。汤姆和诺比形影不离。汤姆体格高大强壮,心地单纯,十分诚实,工作也很努力。诺比模样难看,却有一种奇特的魅力,他长着两只深陷下去的眼睛,凹陷的脸颊和一张谈吐诙谐的大嘴。两个人在一起的时候,总是诺比说笑话,引得汤姆哈哈大笑。汤姆先结了婚。他是在回国休假时遇到维奥莱特的。维奥莱特的父亲是个医生,在战争中死去了。当时维奥莱特就在他父亲所居住的那个地方的某户人家当家庭教师。汤姆爱上了她,因为她在世上孤身一人,想到她未来所面临的那种枯燥乏味的生活,汤姆那颗柔和的心深受触动。诺比也娶了一个跟着亲戚前来东方过冬的姑娘,因为汤姆结婚了,一下子身旁没有了汤姆,他感到不知所措。伊妮德·克拉克以前金发碧眼,十分漂亮,那会儿从正面看,模样仍然相当标致,尽管她那极为光润鲜嫩的皮肤已经失去了原来的光泽。她长着一个娇小无力、很不起眼的下巴,从侧面看,让你想到一头绵羊。她那头漂亮的淡黄色头发直直的,因为在炎热的天气

---

① 伯明翰,英国英格兰中部城市。

中根本无法让头发保持鬈曲,还有两只碧蓝的眼睛。尽管只有二十六岁,但她已是满脸疲惫的神色。结婚一年后,她生下一个孩子,但到了两岁就夭折了。也就是在发生了这桩事后,汤姆·萨法里才设法帮诺比得到了与他相邻的那个橡胶种植园的主管职位。两个男人又愉快地像以前一样亲密往来。他们的妻子,原来彼此并不怎么相熟,也很快成了好朋友。她们彼此照着对方的连衣裙式样给自己做一件,每逢举行宴会时,也总把仆人和器皿借给对方。他们四个人每天都要见面,无论到什么地方都在一起。汤姆·萨法里觉得这样很好。

奇怪的是,在维奥莱特和诺比·克拉克彼此相爱前,他们竟然如此亲密地相处了三年。他们俩都没有察觉爱情就要来临。他们俩都没有想到在得到对方陪伴的乐趣时,他们除了因人生的际遇会合到一起所产生的一般友谊外,还会有什么别的情感。待在一起并没有给他们带来什么特别的快乐,而只是一种平静安逸的感觉。如果偶尔哪一天没有见面,他们就会莫名其妙地觉得无聊。那看起来也很自然。他们一起打牌,一起跳舞,彼此说笑打趣。但一件看来似乎完全偶然的事儿让他们意识到彼此的情意。那天他们都到俱乐部去跳舞,然后坐着萨法里的汽车回家。克拉克家的种植园就在萨法里回家经过的路上,萨法里会把他们送到他们的住所门口。维奥莱特和诺比坐在汽车后排。诺比喝了很多酒,但并没有喝醉。他们俩的手偶然碰到一起。诺比就抓住维奥莱特的手,紧紧握着。他们俩没有说话,都感到十分疲劳。可是,突然香槟酒产生的兴奋劲儿过去了,诺比一下子完全清醒。他们在一瞬间都明白彼此都疯狂地爱上了对方,同时也意识到,他们以前从来没有陷入情网。在他

们到达克拉克家的时候,汤姆开口说道:

"你最好坐到我旁边来,维奥莱特。"

"我累得实在动不了。"她说。

她的两条腿极其绵软无力,她觉得自己再也站不起来了。

他们第二天见面时,都绝口不提昨天发生的事儿,但心里都清楚,已经发生了一件无法避免的事儿。他们仍像往常一样相处,一直这样相处了好几个星期,但他们觉得一切都变得跟以前不同了。最后血肉之躯实在无法承受那种欲念,他们成了情人。但在他们看来,肉体关系是他们的关系中最不重要的因素。确实,除了难得出现的机会,他们的那种生活方式也使他们简直无法体味肌肤相亲的乐趣。每天能见到对方在他们看来就已经足够了,尽管旁边还有其他的人。一个眼神,一次手的触碰,都能让他们确信两个人之间的爱,这才是至关重要的事儿。性爱只是对他们灵魂结合的一种证明。

他们很少谈到汤姆或伊妮德。要是他们一起嘲笑另外两个人的缺点,那也不是出于恶意。如果他们肯用心仔细想想,可能就会对面前这种情况感到奇怪,因为那样两个他们始终见到的人在他们眼中竟然变得完全无足轻重。他们与自己配偶的关系都陷入了刻板的生活常规,就像剃除毛发、穿衣打扮和一日三餐那样不受注意。他们对自己的配偶都温柔体贴,甚至尽力取得对方的欢心,就像对待一个缠绵病榻的人那样,因为他们自身如此幸福,所以出于恻隐之心,他们必须尽力为其他不那么幸运的人做些什么。他们毫无顾忌,完全沉溺在恋情中,根本没有一刻感到悔恨。过去很长一段时间,他们都过着舒适单调的生活,如今出现了美的火花,让人兴奋不已。

可是,接着发生了一件让他们感到惊慌失措的事儿。汤姆供职的那家公司打算在英属北婆罗洲购买一些面积广阔的橡胶种植园，他们正在进行谈判，想请汤姆前去管理。这份工作比他现在的工作要好，薪水更高，而且手下有几个助理，因而他就不用再干得那么辛苦了。萨法里对公司的这个提议相当欢迎。克拉克和萨法里本来都到了该休假的时期，两对夫妇安排好了一起回国。他们已经订好了船票。但这件事改变了一切。汤姆至少会有一年时间无法离开东方。等到克拉克夫妇回来的时候，萨法里夫妇应该已在婆罗洲定居了。维奥莱特和诺比没用多长时间就确定，如今只有一个解决方法。他们早就甘心情愿按照原来的模式生活下去，尽管那样在体味爱情的乐趣时会遇到一些阻碍，但只要他们确信彼此可以不断见面，就也无足轻重。他们觉得往后有着用不完的时间，未来已经涂上了幸福的色彩，那种幸福似乎也没有止境。但想到即将到来的分离，他们就一刻也无法忍受。他们打定主意要一起私奔。他们突然明白，以前的每一天都给白白地浪费了，他们本来可以始终待在一起的。他们的爱有了另一种表现形式，两个人都充满了火热的激情。这样一来，他们就没有什么情感可以浪费在别人身上了。他们对于自己必然会给汤姆和伊妮德造成的痛苦并不怎么关心。那很不幸，但无法避免。他们小心慎重地制订计划。诺比会借口因为商业事务前往新加坡，维奥莱特则会告诉汤姆，她打算到他们家所在的那条路前面的一个橡胶种植园的朋友那儿去待上一个星期，然后在新加坡跟诺比会合。他们会一起前往爪哇，再从那儿坐船前往悉尼①。诺比会在悉尼找份工作。当维奥莱特告诉汤姆，麦肯齐夫妇

---

① 悉尼，澳大利亚东南部港口城市。

请她到他们那儿去住几天的时候,汤姆十分高兴。

"那太好了。我觉得你也需要换个地方,亲爱的,"他说,"我认为你最近看上去有点消瘦。"

他充满深情地抚摸着维奥莱特的脸颊,这个动作刺痛了维奥莱特的心。

"你总是对我这么好,汤姆。"她说,眼睛里突然充满了泪水。

"噢,这是我所能做的最起码的事儿。你是世上最好的妻子。"

"这八年来,你跟我在一起感到幸福吗?"

"非常幸福。"

"噢,这多少是一种安慰,是吧?谁也不能把这种幸福从你手里夺走。"

维奥莱特曾经告诉自己,汤姆是那种很快就能得到慰藉的人。他为了女人而喜欢女人,因而在重新得到自由以后,要不了多久,他就会找到另一个他想娶的女人。那时候,汤姆和自己的新婚妻子会像同她一起生活时一样幸福。说不定他会跟伊妮德结婚。伊妮德是那种依赖他人养活的小娇娘,这多少有点叫她恼火。她觉得伊妮德不是那种怀有深厚感情的女人。她的虚荣心会受到伤害,但她不会伤心欲绝。如今事情已成定局,一切都安排好了,日期也定下来了,她心里却有了顾虑,受到悔恨的困扰。她真希望这不会给另外两个人带来巨大的痛苦。她踌躇起来。

"咱们在这儿过得很愉快,汤姆,"她说,"我不知道丢下这儿的一切是否明智。咱们正为了一无所知的未来而放弃无比稳定的处境。"

"我亲爱的宝贝,这是一个千载难逢的机会,咱们可以挣很多钱。"

"金钱并不是一切。还有幸福呢。"

"这我知道,但我实在看不出咱们在北婆罗洲就不能像现在一样幸福的理由。再说,我也没有选择。我并不能自己做主。公司董事会希望我去,我就必须去。事情就是这样。"

维奥莱特叹了口气。她也没有选择。她耸了耸肩膀。给别人造成痛苦十分可恶,但有时候也没有办法。在她看来,汤姆只不过就像在出外航行途中任何一个对她温文有礼的男子一样。因而要求她为了这个人而牺牲自己的人生幸福,那未免荒谬可笑。

两个星期之内,克拉克夫妇预计就要动身回英国了。这样就也限定了他们私奔的日期。日子一天天地过去。维奥莱特既心神不安,又相当兴奋。她欣喜地期待着重获内心的安宁,那种喜悦的心情几乎含有一点痛苦,她预计一旦他们上了前往悉尼的轮船,可以开始新的生活时,就会心神宁静。她也确信,那种生活会让她最终得到完满的幸福。

她开始收拾行装。她应当前去做客的那家人经常宴请客人,这给了她携带大批行李的借口。第二天她就要动身了。如今是上午十一点钟,汤姆正在橡胶种植园中四处巡视。有个男仆走进她的房间,告诉她克拉克太太来了,与此同时,她听到伊妮德在叫她。她赶紧关上大衣箱的盖子,走到外面的游廊上。让她感到吃惊的是,伊妮德走上前来,用两只胳膊搂住她的脖子,热烈地亲吻她。她望着伊妮德,发现她那平时苍白的脸蛋露出了红晕,两只眼睛闪闪发亮。伊妮德突然哇的一声哭起来了。

"到底出了什么事儿,亲爱的?"她大声说。

有一刹那,她有些担心,生怕伊妮德知道了所有的事儿。但伊妮德并不是出于嫉妒或气恼而满脸通红,而是因为心里高兴。

"我刚去见过哈罗医生,"她说,"我本来什么都不想说的。以前有两三次,我得到的预报都不准确,但这一次,他说毫无问题。"

维奥莱特的心一下子感到凉了半截。

"你这是什么意思?你该不会是……"

她望着伊妮德,伊妮德点了点头。

"是的,他说这一次一点也没有疑问了。他觉得我至少已经怀孕三个月了。哦,亲爱的,我实在太高兴了。"

她又扑到维奥莱特的怀里,紧紧抱着她哭起来。

"哦,亲爱的,不要这样。"

维奥莱特感到自己变得像死人一样脸色煞白。她心里清楚如果不牢牢地控制自己,她就会晕倒。

"诺比知道吗?"

"不,我一个字也没跟他说过。他以前极为失望。我们的孩子去世的时候,他非常伤心。他迫切地希望我再怀上孩子。"

维奥莱特勉强说了几句自己在这个场合应该说的应酬话儿,但伊妮德似乎并没有在听。她想把她的希望和恐惧,她的怀孕症状,以及她跟医生会面时的情况完整地讲述一遍。她就这样说个不停。

"你打算什么时候告诉诺比?"维奥莱特终于问道。"现在,当他一跨进家门的时候?"

"哦,不,每逢他巡视回来的时候,总是又累又饿。我会等到今晚吃好晚饭以后再告诉他。"

维奥莱特强压下内心的恼怒。伊妮德打算出一下风头,正在选择适当的时机。但不管怎么说,这也是很自然的。幸好这让她有机会先见到诺比。她刚摆脱掉伊妮德,就马上给诺比打电话。她知道诺比在回家的途中总要到办公室去转一圈,就留言要诺比给她打个电话。她只担心诺比在汤姆回来后才打电话过来,但她只好冒一下险。电话铃响了,而汤姆还没有回来。

"哈尔?"

"是我。"

"你好不好下午三点到小屋去一次?"

"好的。出了什么事吗?"

"我见到你的时候会告诉你,不要担心。"

她挂掉电话。小屋是诺比管理的橡胶种植园里一个很小的遮挡风雨的场所。她轻而易举就能走到那儿,他们偶尔也在那儿会面。苦力会在工作时经过那个地方,因而那儿并不能让他们完全不受外界侵扰,但他们交谈几分钟却相当便利,也不会引起什么闲话。三点钟的时候,伊妮德正在歇息,汤姆在办公室上班。

当维奥莱特走到小屋的时候,诺比已经在那儿了。他倒抽了一口冷气。

"维奥莱特,你的脸色实在白得可怕。"

维奥莱特朝他伸出手去,他们不知道自己可能受到多少双眼睛的注视,因而他们在那儿的举止总是好像任何人都能看到的样子。

"今儿早上,伊妮德来看我。她打算今晚告诉你。我想你应该预先得到通知。她怀上孩子了。"

"维奥莱特!"

诺比满脸惊骇地望着她。她开始哭起来。他们彼此从来没有谈到跟自己配偶的关系,也就是说诺比跟他妻子以及维奥莱特跟她丈夫的关系。他们完全无视这个问题,因为这会给对方带来极度痛苦。维奥莱特清楚自己的生活是什么样子;她只是满足丈夫的欲望,但她带着女人那种奇特的冷漠,并不把房事看得多么重要,因为那并没有给她带来什么乐趣。但不知怎的,她却相信跟哈尔在一起,情况就会完全不同。诺比本能地感到,维奥莱特被她所听到的事儿深深地刺伤了。他想要为自己辩解。

"亲爱的,我实在把持不住。"

她默默地流着眼泪,而诺比则用痛苦的目光望着她。

"我知道这似乎显得毫无心肝,"他说,"但我能怎么做呢?我好像也没有理由……"

她打断了诺比的话。

"我并不责怪你。这是不可避免的。只是因为我太傻了,才让自己心里承受了如此剧烈的痛苦。"

"亲爱的!"

"我们应当在两年前就一起出走的。一心认为我们可以一直这样下去,实在愚蠢。"

"你肯定伊妮德说的话是真的吗?三四年前,她就觉得自己怀孕了。"

"哦,是真的,她没有说错。她无比快乐。她说你迫切地想要一个孩子。"

"消息来得实在太突然了。我好像到现在还没明白过来。"

维奥莱特望着他。他正用烦乱的目光呆呆地看着洒满落叶的地面。维奥莱特微微笑了笑。

"可怜的哈尔。"她深深地叹了一口气。"现在用不着再做什么了。我们之间结束了。"

"你这是什么意思?"他叫道。

"哦,亲爱的。你现在可不能这样轻松地离开她,对吧?以前没有什么问题。她会觉得伤心难受,但不久就会平复。可是现在却不同了。无论如何,这对女人可不是怎么好受的时间。一连好几个月,她都会多少感到有些不舒服。她需要得到关爱,需要受到照顾。如果现在丢下她,让她独自承受这种痛苦,那也太伤天害理了。我们可不能这样毫无心肝。"

"你的意思是不是要我跟她一起回英国去?"

维奥莱特神情严肃地点了点头。

"你走了也算是一桩好事。一旦你离开了,咱们每天不能彼此见面,那就会让事情变得容易一些。"

"但现在没有你,我就活不下去。"

"不,你行的。你必须这样。我也可以做到,而且对我来说,情况更加糟糕。因为我仍留在原地,手里什么也没有。"

"哦,维奥莱特。这不可能。"

"亲爱的,用不着再争了。她告诉我的那一刻,我就明白会是这种结果。这也就是我想先见到你的原因。我担心你在震惊之下可能会脱口说出所有的真情实况。你知道,我爱你胜过世上的一切。但她从来没有伤害过我。我不能现在把你从她身边夺走。这对我们两个人都很不幸,但事情既然如此,我实在没有勇气做出那样伤天害理的事儿。"

"我巴不得自己死了。"诺比呻吟着说。

"这对她不会有什么好处,对我也一样。"她笑着说。

"那今后怎么办呢?难道我们得牺牲自己的一生吗?"

"恐怕是这样。这听上去有些残酷,亲爱的,但我想早晚我们都会想开的。人总能迈过各种坎儿。"

她看了看手表。

"我该回去了。汤姆不久就要回家了。我们都要五点钟在俱乐部见面。"

"我跟汤姆得一起打网球。"诺比可怜巴巴地看了她一眼。"哦,维奥莱特,我心里非常难过。"

"我知道。我心里也不好受。但再继续谈下去,也没有一点好处。"

维奥莱特把手伸给诺比,但诺比一下子把她抱在怀里,亲吻起来。当她脱出身来的时候,她的脸蛋上已湿漉漉地沾满了诺比的泪水。可是她已万念俱灰,哭不出来了。

十天以后,克拉克夫妇就坐船回国了。

汤姆把这个故事讲到哪个地方,乔治·穆恩就听到哪个地方。在听的过程中,乔治·穆恩用他那种冷静、超然的方式仔细思考,想到这些平凡的人始终过着沉闷乏味的生活,竟也受到这种惨剧的冲击,实在不可思议。谁能想到维奥莱特·萨法里竟会爱上那样一个普通的男人,并且为此而极度忧伤?她显得那么正派端庄,坐在俱乐部里的时候不是看着画报,就是喝着柠檬汽水跟朋友们闲聊。乔治·穆恩想起在诺比动身回国的前一天晚上在俱乐部里看到他的情景。他似乎显得兴高采烈。大家都很羡慕他,因为他就要回国了。那些新近刚从英国国内回来的人叫他千万不要错过帕维廉剧场①的演出。大家都尽情地喝酒。萨法里夫妇为克拉克夫妇举办的欢送宴会并没有邀请驻地长官出席,但他非常清楚那个宴会上面会是怎么一幅情景。四座充满欢乐的气氛,大家都亲切友好,说笑打趣;吃完晚饭,打开留声机,大家开始跳舞。他暗自纳闷,不知维奥莱特和克拉克一起跳舞时,他们俩心里会是什么感受。他们的内心一定无比绝望,脸上却要装出兴高采烈的样子。想到这一点,他心里不禁产生一种奇特的不安感觉。

在想着这件事的同时,乔治·穆恩也想到了自己的过去。几乎没有什么人知道他的那段经历。毕竟那是二十五年前的事了。

"现在你打算怎么办,萨法里?"他问道。

"噢,我正为此希望你给我一些建议。既然诺比已经死了,如果我跟维奥莱特离婚的话,我不知道她究竟会怎么样。我拿不准是否应当让她跟我离婚。"

"哦,你想离婚?"

"嗯,我非离婚不可。"

乔治·穆恩又点起一支烟来,盯着在空中袅袅上升的青烟看了一会儿。

"你知不知道我也结过婚?"

"是的,我好像听说过。你妻子去世了,对吧?"

"不,我跟我的妻子离了婚。我有一个二十七岁的儿子。他在新西兰经营农场。上次回国休假时,我见到了我的妻子。我们是在

① 帕维廉剧场,英国伦敦当时最有名的歌舞杂耍剧场,位于皮卡迪利广场北面。

剧场里碰到的。一开始,我们都没有认出对方。她对我说起话来,后来我请她到伯克利饭店去吃午饭。"

乔治·穆恩暗自轻声笑了笑。那天他独自前去。那是一场音乐喜剧。他发现自己坐在一个手脚粗大、又黑又胖的女人旁边,他隐隐约约地觉得自己以前见过这个女人,但演出正好开始了,他也就没有再朝她看上一眼。等幕布在第一幕结束后放下来的时候,那个女人用明亮的眼睛望着他,说起话来。

"你好吗,乔治?"

他吓了一跳。原来是他妻子。她的态度亲切友好,充满自信,露出一副悠闲自在的样子。

"我们有好久没有见面了。"她说。

"是的。"

"你日子过得怎么样?"

"哦,还不错。"

"现在你大概已经是一个驻地长官了。你仍在那儿工作,对吧?"

"是的。但我很快就要退休了,真倒霉。"

"为什么? 你看上去身体很好。"

"我就快到退休的年龄了。他们认为我是一个老家伙,不再有什么用处了。"

"你真幸运,现在身体仍保持得这么瘦。我看上去真是糟透了,对吧?"

"你的样子好像并没有越来越消瘦。"

"我知道。我发胖了,而且正变得越来越胖。我管不住自己的嘴巴,我喜爱食物。我无法抵御奶油、面包和土豆。"

乔治·穆恩哈哈大笑,但那倒不是因为听了她所说的话儿,而是因为自己脑海中所想的事儿。在过去这些年里,乔治·穆恩有时想到自己可能会再遇到她,但他从来没有想到他们见面会是这样一幅情景。演出结束时,她面带微笑地与他道别,他说:

"你不见得愿意哪天跟我一起吃午饭吧?"

"哪天都行。"

他们约好日子,到那天又见了面。他知道她嫁给了那个导致他们离婚的男人。从她的穿着上可以看出,她的家境相当宽裕。他们一起喝了鸡尾酒。她津津有味地吃着开味小吃。她至少五十岁了,但仍然精神十足,身上总带着欢乐和无忧无虑的气质,她理解力强,爱好说话,就跟那些毫无顾虑、身材肥胖的女人那样,老是发出富有感染力的开心的笑声。要不是知道她的家族已为印度行政参事会工作了整整一百年,他会把她当作一个歌剧合唱队女演员。她并不穿着奢华,但却具有登台表演的那种艳丽夺目的气质。她没有露出一点局促不安的样子。

"你没有再结婚,对吧?"她问道。

"没有。"

"真可惜。因为第一次婚姻失败了,并不能成为第二次婚姻就不会成功的理由。"

"看来我没有必要问你是不是过得幸福。"

"我没有什么可以抱怨的事。我觉得自己天性快乐。吉姆一直对我很好。你知道,他现在也退休了。我们住在乡下。我非常喜欢贝蒂。"

"贝蒂是谁呀？"

"哦，她是我的女儿。她两年前结婚了。我几乎每天都在盼着自己成为外婆。"

"那会让我们变老的。"

她发出一阵笑声。

"贝蒂今年二十二岁。真高兴你能请我跟你一起吃午饭，乔治。不管怎么说，如今要是仍然对发生在好久以前的事儿心怀不满，那就太傻了。"

"那样就傻透了。"

"我们彼此并不适合。幸好我们及时发现了这一点。当然那会儿我傻乎乎的，但年纪很轻。你也过得很幸福吗？"

"我想，可以说我的日子过得相当顺利。"

"哦，好吧，那大概就是你能得到的所有幸福了。"

他很欣赏她的机敏，脸上露出笑容。随后，她毫不费力地把整个这档子事儿放到一边，开始谈论别的事儿。尽管法院把他们的儿子判给他照管，但他无法照顾自己的儿子，就仍然交给她照管。那个孩子到了十八岁的时候就移居国外，现在也结婚了。对乔治·穆恩来说，他完全是一个陌生人。乔治·穆恩知道，就算在大街上遇见了，他也无法认出自己的儿子。他为人十分坦诚，不会装作极为关心自己的儿子。可是他们仍然谈了一会儿儿子的情况。接着又谈到了演员和戏剧。

"噢，"她最后说道，"我必须赶回去了。这顿午饭吃得十分愉快。见到你真高兴，乔治。非常感谢。"

乔治·穆恩把她送上了出租汽车，然后摘下帽子，独自顺着皮卡迪利大街朝前走去。他觉得她是一个相当有趣、讨人喜欢的女人。想到自己曾疯狂地爱过她，乔治·穆恩又笑了起来。当他又开口对萨法里说话的时候，嘴唇上仍现出一丝笑意。

"我和她结婚的时候，她实在漂亮极了。那也就是麻烦的地方。当然了，如果她没有那么漂亮，我也绝不会娶她。大家四处追逐着她，就像围着贮蜜罐的苍蝇。我们经常发生严重的争吵。最后她给我抓住了把柄。当然我也就跟她离了婚。"

"当然。"

"是的，但我知道，我做出这种事儿，真是愚蠢透顶。"他探身向前。"亲爱的萨法里，现在我才明白，当初要是我有一点儿理智，我就会装着没有看见。那样的话，她就会安定下来，成为一个绝好的妻子。"

他真希望能向客人说明，当他跟那个心情欢快、轻松自在、脾气柔和的女人坐在一起聊天时，他感到自己多么荒唐可笑，因为他从前因一些如今看来完全微不足道的事儿而大惊小怪。

"但是一个人总要考虑自己的名誉。"萨法里说。

"该死的名誉。一个人得考虑自己的幸福。一个人的老婆跟另一个男人上了床，这真的跟那个人的名誉有很大关系吗？你和我，我们不是十字军战士，也不是西班牙大公。我喜欢我的妻子。我不是说我没有其他女人。我当然有。但她有别的女人都给不了我的那种东西。仅仅因为无法体味独自占有的乐趣，我就丢弃了自己在世上最想要的东西，实在愚蠢透顶。"

"我曾以为你最不可能说出这样的话。"

萨法里那苦恼不安的胖脸上明显露出了困窘的神情，看到他这副样子,乔治·穆恩淡淡地笑了笑。

"我大概是你听到的头一个说出赤裸裸的事实的人。"他回嘴说。

"你是不是想说,如果一切重头再来,你的做法就会不同?"

"如果我又回到二十七岁,大概我仍会像当时那么愚蠢。可是如果我有现在这样的见识,我就告诉你,要是我发现妻子对我不忠,我会怎么处理。我也会像你昨晚那样做:我会狠狠地揍她一顿,然后就不再追究。"

"你是不是要我原谅维奥莱特?"

驻地长官慢慢地摇了摇头,脸上露出了笑容。

"不,你已经原谅她了。我只是劝你不要因为一时气恼反而害了自己。"

萨法里心事重重地看了他一眼。有些情感在他看来极不正常,因而被他从自己的意识当中排除出去。但这个头脑冷静、行事刻板的男人竟然看透了他心里的情感。意识到这一点,叫他感到困窘不安。

"你不知道具体情况,"他说,"诺比和我几乎就像兄弟一样。我为他找到了现在这份工作。他的一切都是靠了我。再说,要不是我,维奥莱特可能一辈子都继续在做家庭教师。那可真是荒废年华。我不由得为她感到惋惜。不知你是否明白我的意思,一开始我注意到她,完全是出于怜悯。你一向胸怀坦荡地对待的那些人,竟然有意暗地对你耍弄卑鄙的伎俩。你不觉得这实在太过分了吗?真是忘恩负义到了极点。"

"哦,老兄,一个人可不能期望得到感激。谁也没有权利这样期望。不管怎样,你做好事,是因为那会给你带来快乐。那是世上最纯粹的一种幸福。期望得到别人的感谢,那真是要求太多了。如果你得到感谢,噢,那就像是你在得到股息后,又获得了额外红利。那当然太棒了,但你不能把它看作你理应得到的东西。"

萨法里皱起眉头,感到困惑不解。他始终觉得,对于有些问题,世上不可能有两种思考方式,但乔治·穆恩考虑这些问题的方式却如此奇特,叫他实在摸不着头脑。不管怎样,凡事总有一个界限。我是说,如果你懂得一点儿体面,你就得表现得像个老爷。你需要考虑的是自己的尊严。为了这样一件,嗨,他妈的,你不得不承认,只要有可能做的话,你也非常乐意去做的事儿,乔治·穆恩竟然给出这样一些看来相当可信的理由,真是难以理解。当然乔治·穆恩是个古怪的人。谁也不大懂得他的意思。

"诺比·克拉克已经死了,萨法里。你再也不能妒忌他了。除了你跟我,还有你的妻子,没有人知道这件事儿。明天,我也要永远离开这儿了。为什么你不让过去的事儿就过去呢?"

"这样维奥莱特只会看不起我。"

乔治·穆恩笑起来,令人意外的是,他的笑容在那张古板、挑剔的脸上竟显得无比甜美。

"我对她并不怎么了解。我一直觉得她是一个非常可爱的女人。她真的像你说的那么可恶吗?"

萨法里猛地一怔,脸红到了耳朵根。

"不,她像天使一样善良。我那么说她才着实可恶。"他的嗓音突然变了,接着他低声抽泣起来。"老天在上,我只是想做正确的事儿。"

"正确的事儿就是仁慈的事儿。"

萨法里用双手捂住自己的脸,情绪激动,身子不住战抖,根本无法克制。

"我似乎一直都在付出,付出,但谁也没有为我做过他妈的一件事儿。我伤心不伤心没有关系,我必须生活下去。"他用手背抹了一下眼睛,深深地叹了口气。"我会原谅她的。"

乔治·穆恩沉思地朝着他看了一会儿。

"换了我是你的话,就不会为此而小题大做,抱怨不休,"他说,"以后你得小心行事。她也有很多要原谅你的地方。"

"你指的是我打她的那件事吗? 我知道,我做得实在太糟了。"

"一点儿也不。那对她有很大的好处。我并不是指那件事。你一直表现得十分慷慨大方,老伙计,你知道,一个人需要施展机敏乖巧的手腕,才能让人们不把他的慷慨大方摆在心上。幸运的是,女人都举止轻浮,她们很快就忘了自己所得到的好处。当然,如果不是这样,她们也就无法生活了。"

萨法里张着嘴巴呆呆地望着他。

"说实在的,你真是一个古怪的人,穆恩,"他说,"有时候,你冷酷无情,接着你说的话又让人觉得,你还是具有人性的。随后人们觉得以前把你看错了,你毕竟仍然具有同情心,就在这个时候,你又说出一些叫人震惊的话。大概这就是他们所说的玩世不恭的人吧。"

"我倒没有深入思考过这个问题,"乔治·穆恩笑着说,"但如果正视事实,并且在事实令人不快的时候,也不心怀怨恨,而且接受你所看到的人性的本来样子,觉得荒诞滑稽的时候就面带微笑,觉得令人同情的时候也不过于悲伤，如果这就是玩世不恭的话，那大概我就是一个玩世不恭的人。通常，人性既有荒诞可笑的一面，也有令人同情的一面。但如果生活教会了你宽容，你会发现，值得微笑的地方总是比值得哭泣的地方要多。"

汤姆·萨法里离开房间后，驻地长官从容地点燃了他打算在午饭前抽的最后一支香烟。为一个愤怒的丈夫跟一个犯错的妻子进行调解，对他是一个全新的角色，也给他带来了淡淡的乐趣。他继续思考着人性的问题，他那毫无血色的薄薄的嘴唇边闪现出一丝冷笑。他想起自己曾经经常站在沿海某些地方的干涸的小溪旁，带着极大的兴趣观看跳跃的约翰尼①。有时候会出现上百只这样的生物，有的小到只有几英寸长，有的又肥又大，足有你的脚掌那么长。它们生活在淤泥当中，颜色也跟淤泥的颜色一样。它们待在那儿，睁着圆圆的大眼睛望着你，接着突然朝前冲去，藏到自己的洞里。看到它们用自己的脚掌飞快跃过泥泞的地面，那种场面真是不同寻常。地面上布满了这种生物，让你产生一种可怕的感觉，好像淤泥本身也神秘地变活了。你想起就是这种体型巨大、凶猛可怕的生物，以前一度是地球上唯一的居民，心里不禁冰凉地充满了原始的恐惧。它们身上既有神秘可怕的地方，也有引人发笑的地方。它们总让你想到人类。在那儿站上半个小时，看着它们蹦蹦跳跳，实在很有意思。

乔治·穆恩从挂帽钩上拿下遮阳帽，带着对人生的满意之情，走到外面的阳光底下。

---

① 跳跃的约翰尼指癞蛤蟆。

尼尔·麦克亚当

　　布雷登船长是个温和善良的人。瓜拉索洛的博物馆馆长安格斯·芒罗曾经告诉他，已经通知自己的新助手尼尔·麦克亚当在到达新加坡后下榻于范戴克饭店，并拜托船长在那个孩子待在那儿的短短几天时间里留神不要让他淘气胡闹，船长听完安格斯·芒罗的这番话后回答说他一定尽力而为。布雷登是"苏丹艾哈迈德号"的船长。他在新加坡的时候，总是住在范戴克饭店。他有一个日本老婆，并且一直在饭店里保有一个房间。那就是他的家。当他沿着婆罗洲海岸经过为期两周的航行后回来时，饭店的荷兰经理告诉他，尼尔已经在这儿住了两天了。那个小伙子正坐在饭店那满是灰尘的小花园里，看着过期的《海峡时报》。布雷登船长先瞅了他一眼，接着就走上前去。

　　"你就是麦克亚当，对吧？"

　　尼尔站起身来，脸一直红到耳根，羞涩地回答说："我就是。"

　　"我的姓氏是布雷登，是'苏丹艾哈迈德号'的船长。下星期二，你就要跟我一起乘船出海。芒罗托我照顾你。想不想来一杯斯腾佳？大概你现在已经知道了这个词语的意思。"

"非常感谢你,但我并不喝酒。"

他说话时带着浓重的苏格兰口音。

"我并不责怪你。在这个地区,酗酒毁了许多不错的人。"

他把中国侍者叫来,为自己点了一杯双份威士忌,外加一份小苏打。

"你来这两天都做了些什么?"

"四处闲逛。"

"新加坡并没有太多可以观赏的地方。"

"我倒发现了好多有意思的地方。"

当然,尼尔·麦克亚当做的头一件事就是去博物馆。博物馆里几乎都是他在国内所见过的东西,但一想到那些野兽和鸟类,那些爬行动物、飞蛾、蝴蝶和昆虫就出生在当地,他便感到十分兴奋。瓜拉索洛是婆罗洲的首府。博物馆里有个区域专门用来陈列婆罗洲地区的生物标本。这些生物就是他在未来三年时间里所要关注的主要对象,因而他留神地仔细观察。可是在外面的街道上,眼前的景象才令人兴奋不已。如果他不是一个严肃而稳重的小伙子,他一定会欢快地放声大笑。一切在他眼中都显得十分新鲜。他总是走到两脚酸痛了才停下脚步。他站在繁忙的街角上,对那一长排洋车和那些在辕杆间不断奔跑的个头矮小的汉子感到相当惊奇。他站在一座桥上,看着下面运河里的那些紧紧挨在一起的舢板,好像挤在罐头里的一条条沙丁鱼。他仔细看着开设在维多利亚路上的中国店铺,里面出售许多稀奇古怪的物品。身材肥胖、精力旺盛的孟买①商人,站在他们的店铺门口,想要向他销售丝绸和用金属丝做的

---

① 孟买,印度西部港口城市。

珠宝。他注视着那些神色忧伤、孤苦伶仃的泰米尔人,他们带着不祥的风韵在街上行走。另外还有那些满脸胡须的阿拉伯人,他们戴着白色的无檐便帽,表现出一副不把别人放在眼里的尊严气派。阳光照在各个不同的地点,发出耀眼逼人的光芒。他感到茫然不知所措,觉得自己需要花好多年时间才能明白在这个色彩缤纷、漫无节制的世界里该怎么生活。

那天晚上吃完晚饭后,布雷登船长问他想不想到城里去转一圈。

"你到了这儿,就应当见识一下这儿的生活。"他说。

他们分别坐上洋车,朝唐人街进发。在海上从不饮酒的船长那天为自己充分地做了补偿。他感到十分舒服。洋车最后转入一条小路,在一所房子前停下。他们敲了敲门。门开了,他们穿过一条狭窄的过道,来到一个大房间里,四周摆放着一圈蒙着红色长毛绒的长椅。许多女人懒洋洋地闲坐在那儿。其中有法国女人、意大利女人和美国女人。一架自动钢琴①发出刺耳的音乐声。几对男女正在那儿跳舞。布雷登船长点了一些酒。两三个女人似乎在等着接受邀请,朝他们投来撩拨的目光。

"哎,年轻人,这儿有你喜欢的人吗?"船长开玩笑地问道。

"你是说想要跟她睡觉的人吗? 没有。"

"要知道,你接着要去的地方可没有白种姑娘。"

"哦,好吧。"

"你是想去看看一些当地姑娘吗?"

---

① 自动钢琴,以前一种投入钱币即能播放钢琴乐曲的机械乐器,现已废弃不用。

"我无所谓。"

船长付了酒钱,随后他们悠闲地朝前走去,来到另一所房子门前。这儿都是一些中国姑娘,她们生得娇小玲珑,手脚都小巧得像花一样,身上也穿着上面布满花儿的丝绸衣服。可是她们那涂脂抹粉的脸却像戴着面具。她们打量着陌生人,两只黑眼睛里露出嘲弄的神情。她们的模样奇特得缺乏人性。

"我之所以把你带到这儿,是因为我觉得你应该见见这种地方。"布雷登船长说,那副神气就像在履行自己应尽的义务。"但只是观赏一番,也就行了。出于某种原因,她们不喜欢我们。有些中国妓院,根本不让白种人进去。实际情况是,据说我们身上发臭。真可笑,对不对?据说我们身上有股尸体的气味。"

"我们?"

"我比较喜欢日本姑娘,"布雷登船长说,"她们很不错。你知道,我妻子就是个日本女人。你跟我来,我带你到一个有日本姑娘的地方去。如果你看不到一个你喜欢的对象,那我就不是人。"

他们的洋车仍然等在那儿,他们坐了上去。布雷登船长指了一个方向,车夫们就拖着他们开始出发。后来一个胖胖的日本中年女子开门让他们走进一所房子,他们进门时,这个女人深深地朝他们鞠了一躬。她把他们领到一个干净整洁的房间里,那儿的地板上只铺着一些席子。他们坐了下来,不久一个小女孩就端着托盘,上面摆着两碗淡茶,走了进来。她羞答答地朝他们鞠了一躬,把茶水分别递给他们。船长跟那个中年女子说了几句,她就望着尼尔咯咯地笑起来。她对刚刚出门的那个小女孩说了些什么,不久,四个姑娘就脚步轻快地走进房间。她们都穿着和服,富有光泽的黑头发梳理得十分精巧,显得十分可爱。她们矮小而丰满,都有着圆圆的脸庞,充满笑意的眼睛。她们一进门就深深地鞠躬,并且礼貌地小声问候致意。她们说起话来好似莺声燕语。随后她们各自分别在两个男人的两侧跪了下来,娇媚地与客人们调情。不久,布雷登船长就用胳膊搂着自己身边那两个姑娘的纤细腰肢。她们一个劲儿地说个不停,感到非常开心。尼尔觉得,船长身边的两个姑娘好像在嘲笑他,因为她们总是把自己那亮闪闪的眼睛调皮地转向他,他不禁羞红了脸。而另外两个姑娘则笑吟吟地依偎着他,一面说着日本话,好像觉得他能听懂她们所说的每一句话。她们显得那么高兴和坦诚,他也不禁笑了。她们十分体贴周到,把那碗茶递给他让他喝,随后又接过茶碗,免得他费事拿在手里。她们为他点燃香烟,其中一个姑娘伸出纤细小巧的手为他捻去烟灰,免得烟灰掉到他的衣服上。她们抚摸着他那光滑的脸庞,好奇地看着他那两只年轻人的大手。她们就像小猫一样顽皮。

"哎,究竟是哪一个?"过了一会儿,船长说。"选好了没有?"

"你这话什么意思?"

"我只是在等着看你安顿好了,然后再为自己做出安排。"

"哦,我一个也不想要。我要回去睡觉。"

"嗨,怎么啦? 你不会是害怕了吧?"

"不,我只是不喜欢这样。但我可不想坏了你的好事,我会平平安安地回到饭店去的。"

"哦,如果你不打算这样,那我也不愿意留在这儿。我只是想显得殷勤友好一些。"

船长对那个中年女子说起话来,听了他说的话,周围那几个姑娘突然都神色惊讶地望着尼尔。那个中年女子做了回答,船长耸了耸肩膀。接着一个姑娘说了一句话,引得大家都哈哈大笑。

"她究竟说什么?"尼尔问道。

"她在拿你打趣。"船长笑吟吟地答道。

但他好奇地朝尼尔瞅了一眼。接着刚刚引得大家发笑的那个姑娘直接对尼尔说了一句话,尼尔听不懂她说些什么,但看到她眼睛里的嘲弄神情,尼尔不禁羞红了脸,皱起眉头。他不喜欢被别人取笑。随后那个姑娘纵情地笑起来,伸出两只胳膊抱住尼尔的脖子,轻轻地亲吻他。

"来吧,咱们走吧。"船长说。

当他们把洋车打发掉,走进饭店的时候,尼尔问道:

"那个姑娘究竟说了什么引得大家发笑?"

"她说你是一个童男子。"

"我看不出这有什么好笑的地方。"尼尔带着他那缓慢的苏格兰口音说。

"这是真的吗?"

"我想是这样。"

"你几岁了?"

"二十二岁。"

"你究竟在等什么?"

"等到我结婚的时候。"

船长默不作声。走到楼梯顶上,他伸出手来,跟那个小伙子道晚安,那时他的眼睛闪闪发亮,但尼尔却用平静、坦诚、毫无烦恼的目光回望着他。

三天以后，他们乘船出发，尼尔是船上唯一的白人旅客。船长忙碌的时候，他就自己看书。他又在看华莱士①的《马来群岛》。他是一个孩子的时候就看过这本书，但现在却对这本书产生了新的浓厚兴趣。船长空闲的时候，他们就一起打克里比奇②，或者坐在甲板上的长椅上一边抽烟，一边闲谈。尼尔是一个乡村医生的儿子，自打他记事儿的时候起，他就对博物学充满兴趣。中学毕业后，他进入爱丁堡大学，并在那儿以优异成绩取得了理学学士学位。他四处寻找一份生物学示教讲师的工作，偶然看到《自然》杂志上刊登的瓜拉索洛博物馆招聘馆长助理的广告，博物馆馆长安格斯·芒罗在爱丁堡③时认识尼尔的叔叔，一个格拉斯哥④的商人，尼尔的叔叔便给芒罗写信，问他是否能试用一下自己的侄儿。尽管尼尔对昆虫学特别感兴趣，但他是一个经过训练的动物标本剥制师。这正是招聘广告中所说的必要条件。尼尔的叔叔还附上了尼尔以前的老师所出具的证明。另外他补充说，尼尔念大学的时候，还是他们学校足球队的球员。过了几个星期，就发来一份聘用尼尔的电报。两个星期以后，尼尔就乘船出发了。

"芒罗先生是个怎样的人？"尼尔问道。

"一个和蔼可亲的人。大伙儿都喜欢他。"

---

① 华莱士(1823—1913)，英国博物学家、探险家和地理学家，提出生物进化的自然选择学说，将马来群岛的动物分布分为东洋区和澳洲区，其分界线被称为华莱士线。《马来群岛》(1869)主要叙述了他从一八五四年到一八六二年在马来群岛(包括马来西亚、新加坡、当时被称作荷属东印度的印度尼西亚诸岛和新几内亚岛)的科学探险活动。
② 克里比奇，一种二人、三人或四人玩的纸牌戏，用插在有孔的计分板上的小钉记分。
③ 爱丁堡，英国苏格兰东南部城市。
④ 格拉斯哥，英国苏格兰东南部港口城市。

"我查找了他在科学期刊上发表的文章,在最近一期的《伊必思》杂志①上刊载了他的一篇有关鳗状鱼类的文章。"

"我并不清楚这方面的情况,我只知道他娶了一个俄国老婆。大家都不大喜欢她。"

"我在新加坡的时候收到他一封信,信上说他们会对我加以指导,直到我慎重考虑,最终明白自己想做些什么。"

现在,他们开始沿河而上。河口散布着一座渔民的村庄,房屋的木桩都打在水里的渔民村庄。岸上密密丛丛地长满了聂帕桐和歪歪斜斜的海榄雌,后面是茂密而苍翠的原始森林。远处,在蓝天的背景上森然现出一座怪石嶙峋的高山。尼尔双眼热切地注视着面前的景色,感到非常激动,他的心也兴奋得突突直跳。他觉得有些意外。他把自己读过的康拉德②的作品几乎都牢记在心,期待见到一片充满神秘的土地。他根本没有想到眼前会是这样一片淡蓝的天空。地平线上一块块小小的白云在阳光中亮闪闪的,看去就像一些因为无风而无法前行的帆船。森林里的绿树也在明亮耀眼的阳光下闪闪发光。河岸上,四处散布着的都是马来人那有着茅草屋顶的房屋。这些房屋安稳地掩映在果树丛中。不少土著人站在独木舟上,朝河的上游划去。尼尔并没有遭受围困的感觉,在这个阳光灿烂的早晨,也并不感到心情忧郁,而只感到开阔和自由。这个地区殷勤有礼地向他表示欢迎。他知道自己在这儿会过得很快活。布雷登船长站在舰桥上,友好地瞥了一眼站在下面的这个小伙子。

---

① 《伊必思》杂志,英国鸟类学会会刊,可能也刊载其他生物种类的文章。
② 康拉德(1857—1924),英国小说家,当过水手、船长,作品大多描写其航海生活经历。

在这四天的旅程中,布雷登船长已经喜欢上了他。他确实滴酒不沾,而且在你说了一个笑话后,他很可能会把你的话当真,但他那副神情严肃的样子却也有可爱动人的地方。在他看来,一切都那么有趣,那么重要——当然,这也就是他会觉得你的笑话不够有趣的原因。可是尽管他并不理解那些笑话,但他仍然笑呵呵的,因为他觉得你期待他做出这种反应。他发出笑声,因为生活显得那样美好。他对你告诉他的每件细小的事儿都表示感激。他很有礼貌,每逢要你递给他什么东西的时候,嘴里总要加上一个"请"字,而当他从你手里接过去的时候,也总要说声"谢谢"。他相貌十分英俊,谁也不能否认这一点。尼尔两只手扶着栏杆,光着头,站在那儿,看着从眼前掠过的河岸。他身材很高,有六英尺二英寸的样子,四肢长长的,显得相当松弛,肩膀宽阔,髋部窄小。他身上有种可爱的活跃劲头,让人觉得他随时可能欢蹦乱跳。他那一头棕色鬈发具有独特的光泽,在阳光的照射下,有时会像金子般闪闪发亮。他的两只大眼睛蓝莹莹的,流露出愉快的心情,也表明他性格开朗。他的鼻子短短的,并不太尖,嘴巴很大,下巴显出一副行事果断的样子。他的面庞很宽。但他身上最突出的特点还是他的皮肤。他的皮肤既白皙又光滑,两边脸颊上都露出可爱的红晕。即便对一个女人来说,这也是无比美好的皮肤。每天早上,布雷登船长都要跟他开同样的玩笑。

"哎,小伙子,你今天刮过脸吗?"

这时尼尔就会用手摸摸自己的下巴。

"没有,你觉得我需要刮脸吗?"

听了他的话,船长总哈哈大笑。

"需要刮脸？嗨,你的脸就像婴儿的屁股一样光滑。"

尼尔则总是羞得面红耳赤。

"我每个星期刮一次脸。"他回嘴说。

可是你并不光因为他的外表而喜欢他,还有他的纯真、他的坦诚和他面对这个世界时充沛的青春活力。尽管他神情专注,他处理每件事时都那样郑重其事,他爱好对谈话中出现的每个论据加以辩驳,但他身上有股异常淳朴的气质,总能给人一种奇特的感觉。船长也不明白究竟是怎么回事。

"我不知道是不是因为他从未有过女人,"他暗自说道,"真奇怪,他气色这么好,我还以为姑娘们绝不会放过他呢。"

可是,"苏丹艾哈迈德号"已经接近河流弯道的地方,绕过这个弯道,眼前就会出现瓜拉索洛,船长的思绪被他所不得不干的工作打断了。他对下面的轮机舱拉铃示意。那条船行驶的速度减慢了一半。瓜拉索洛就散布在河流的左岸上。那是一座干净整洁的白色城镇。而在右边的小山上,耸立着一座要塞和苏丹的宫殿。微风阵阵,挂在高杆上的苏丹旗帜在天空中相当气派地随风飘扬。他们在河中心抛锚。医生和一个警官乘着政府的汽艇来到船上。陪同他们一起前来的,还有一个穿着白色帆布衣服的又高又瘦的男人。船长站在舷梯头上,跟他们一一握手,接着就转脸望着最后上船的那个人。

"噢,我把你那个前途远大的年轻人安然无恙地带来了。"随后看了一眼尼尔,说:"这位就是芒罗。"

那个又高又瘦的男人伸出手来,仔细端详了尼尔一番。尼尔微微羞红了脸,露出笑容。他长着一口漂亮的牙齿。

“你好,先生。”

芒罗的嘴上并没有浮现出笑容,但他那灰色的眼睛里却露出了淡淡的笑意。他双颊凹陷,长着一个细长的鹰钩鼻子和两片没有血色的嘴唇。他给太阳晒得很黑,看上去满脸疲惫,但神情却显得十分和蔼。尼尔立刻对他相当信赖。船长又把他介绍给医生和警官,并提出大家应该一起喝杯酒。他们各自落座,男仆也拿来几瓶啤酒,芒罗摘下了头上的遮阳帽。尼尔发现他那头短短的棕发已经变得灰白。芒罗是个四十岁左右的人,寡言少语,举止沉静,显出一副富有知识的样子,这使他明显地不同于那个身材矮小、轻松活跃的医生和那个身子笨重、神气活现的警官。

“麦克亚当不喝酒。”在男仆倒了四杯啤酒后,船长说。

“好极了,”芒罗说,“希望你没有试图引诱他染上恶习。”

“我在新加坡的时候试过,”船长回答说,眼睛亮闪闪的,“但什么也没有发生。”

喝完啤酒后,芒罗把脸转向尼尔。

“哎,我们上岸去,好吗?”

尼尔的行李交给芒罗的男仆负责,两个男人一起上了一条舢板,不久就到了岸上。

“你是想直接到住处去,还是想先四处逛逛? 我们还有两三个小时才吃午饭。”

“我们可不可以去博物馆?”尼尔说。

芒罗的眼睛里露出柔和的笑意。他很高兴。尼尔性情羞怯,而芒罗生来也不爱多说话,因而他们默默地朝前走去。河边都是当地人的小屋,马来人住在这儿,过着他们那古老的生活。他们终日操劳,但不慌不忙,你能感受到他们那种愉快、常规的活动。你可以感到一种生活的变化规律,这种规律的模式就是出生和死亡,爱和人类的日常事务。他们来到市场,也就是两侧有着拱廊的狭窄街道,那儿到处是中国人,他们在那儿吃饭、干活,用他们的方式大声说话,不屈不挠地与永恒对抗。

"你到过新加坡后,这儿实在算不上什么,"芒罗说,"但我始终觉得这儿的景色相当优美。"

他说话时带着不像尼尔那么浓重的苏格兰腔,但仍能听出苏格兰人说话的那种粗喉音,这让尼尔感到安心自在。他始终想不明白,为什么英国人的英语也受到这样的影响。

博物馆是一座气派堂皇的石头建筑,他们一跨进博物馆的大门,芒罗就本能地挺直了身子。门口的接待员朝芒罗行了个礼,芒罗用马来语跟他说了几句话,显然向他解释尼尔是谁,因为那个接待员马上朝尼尔露出笑容,也对他行了个礼。跟外面的暑热相比,博物馆里面相当凉爽,而且光线也很舒适,不像先前街上那么阳光耀眼。

"大概你会感到失望,"芒罗说,"我们应该收藏的东西连一半都还没有收集齐全,到目前为止,我们都因资金短缺而受到阻碍。我们不得不尽力而为。因此你应当对此加以体谅。"

尼尔跨进博物馆,就像一个游泳好手充满信心地跳到了夏天的海水中。那些标本都布置得井井有条。芒罗设法在给观众带来乐趣的同时也给他们带来教益。因此,博物馆中鸟类、兽类和爬行动物的陈列样子,都尽量与它们在自然环境中的状况相似,以便给观众留下有关生命的鲜明印象。尼尔不再羞怯,带着孩子般的热情开始谈论各种事情。他不停地提出各种问题,心里十分兴奋。两个人都没有察觉时间的流逝。后来芒罗看了一眼自己的手表,他才吃惊地发现时间已经这么晚了。他们坐上洋车,赶往住处。

芒罗把这个年轻人领进客厅。一个女人正躺在沙发上看书,看到他们进来,她才慢慢地站起身来。

"这是我的妻子。对不起,我们回来得太晚了,达丽亚。"

"这有什么关系?"她笑着说。"有什么东西会比时间更不重要呢?"

她朝尼尔伸出手来,一只很大的手,她沉思地盯着他看了好久,但眼神是友好的。

"我想你已经带他去过博物馆了。"

她是一个三十五岁的女人,中等身材,长着色彩均匀的淡棕色的脸和淡蓝色的眼睛。她的头发有些凌乱,从头顶中间分开,并在颈背处绾了一个结。看去有些好像飞蛾,那种淡棕色显得也很奇特。她宽宽的脸庞,高高的颧骨,鼻子也肉乎乎的。她并不是一个漂亮女人,但她那缓慢的举动里含有一种撩人的风韵,而她的态度中好像也有一种性感的随意样子,只有非常迟钝的人才感觉不到她身上的这种吸引力。她穿着一条绿色的棉布连衣裙。她的英语讲得十分流利,只是略微带点儿外国口音。

他们坐下吃午饭。尼尔又变得十分害羞,但达丽亚似乎并没有注意到这一点。她轻松自在、毫无拘束地说着话儿。她问起尼尔有关旅途中的情况以及他对新加坡的看法。她对尼尔谈起他要遇到的那些人。那天下午,芒罗要带他去拜访驻地长官,当时苏丹不在当地,随后他们就去俱乐部。在那儿,他会见到所有的人。

"你肯定会受到大家的喜爱。"她说,她那淡蓝色的眼睛注意地盯着他。要是一个不像尼尔那样心地单纯的男人可能就会发现,她充满兴趣地估量着他的个头和身上的青春活力,他那光亮的鬈发和美好的肌肤。"他们不怎么把我们放在眼里。"

"哦,胡说,达丽亚。你太敏感了。他们是英国人,就是这样。"

"他们认为安格斯作为科学家相当有趣可笑,而我身为一个俄国人相当粗俗。我才不在乎呢。他们都是蠢货。他们是最平淡无味、心胸狭窄、因循守旧的人。生活在他们中间,真是厄运当头。"

"不要让麦克亚当一到就心神不定。他会觉得他们亲切友好,十分热情。"

"你的教名叫什么?"她问那个小伙子。

"尼尔。"

"那我就这样叫你吧,而你也必须管我叫达丽亚。我讨厌人家把我称作芒罗太太,那让我觉得自己像个牧师太太。"

尼尔唰的一下脸红了。芒罗太太这么快就让他跟自己那么亲近①,他觉得很不好意思。达丽亚又继续说下去。

"有些男人还不错。"

"他们都胜任自己的工作,这也是他们到这里来的原因。"芒罗说。

"他们开枪射击。他们踢足球,打网球和板球。我和他们相处得很不错。那些女人却叫人无法忍受。她们生性妒忌,充满恶意,

---

① 西方习俗,只有家人和十分熟悉、亲近的朋友才彼此用教名相称,一般的人初次相见不会这么做。

又很懒惰。她们根本没有什么话题可谈。如果你谈论一个知识性的问题，她们就对你嗤之以鼻，好像你是一个粗鄙的人。她们能谈些什么呢？她们对什么都不感兴趣。如果你谈到人的身体，她们会觉得你说话很不得体。如果你谈到灵魂，她们会觉得你自命清高。"

"你不要太把我太太说的话当真。"芒罗用他那种温和而宽容的方式笑着说。"这儿的公众就跟东方任何其他地方的公众一样，既不十分聪明，也不怎么愚蠢，但却亲切友好。这就相当不错了。"

"我不要求人们亲切友好，我希望他们充满生气和激情，希望他们对人类感兴趣，希望他们把精神方面的事物看得比杜松子苦味酒或咖喱午饭重要，希望他们明白艺术和文学的重要性。"接着她突然对尼尔说："你有灵魂吗？"

"哦，我不知道。我并不完全明白你的意思。"

"我问你话的时候，为什么你要脸红？为什么你要为自己的灵魂感到羞耻呢？这就是你身上重要的东西。对我说说吧。我对你有兴趣。我想知道。"

尼尔受到一个完全陌生的人这样对待，觉得非常难堪。他从来没有遇到过这样的人。然而他是一个严肃的小伙子。每当别人直截了当地向他提出问题时，他总尽力去加以回答。但芒罗的在场却叫他感到困窘。

"我不知道你说的灵魂究竟是什么意思。如果你是指造物主分别制造出的无形或精神体与肉体的暂时结合，那么我的答案是否定的。在我看来，凡是能对论据抱有冷静看法的人，都不会为如此激进的有关人性二元的观点加以辩护。另一方面，如果你说的灵魂指的是形成我们所谓个人人格的精神成分的总体，那么，我当然是有的。"

"你真可爱,长得也实在英俊。"她笑吟吟地说。"不,我是指充满渴望的心,充满情欲的肉体以及我们自身无穷的力量。告诉我,你在前来的旅途中看了些什么书,或者,你只是打打甲板网球①?"

尼尔听到她这种不合逻辑的回答,大吃一惊。要不是她流露出的愉快眼神和自然态度,尼尔就会好像受到一点公开的羞辱。看到这个小伙子茫然不知所措的样子,芒罗默默地笑了。他笑的时候,从鼻翼到嘴角的纹路变得很深。

"我看了很多康拉德的小说。"

"是为了乐趣呢,还是为了增进自己的见识?"

"两样都有。我非常仰慕他。"

达丽亚举起两只胳膊,做出极为夸张的表示反对的姿势。

"那个波兰人,"她喊道,"你们英国人怎么能让自己受到那个喋喋不休的江湖骗子的哄骗?他完全表现出他国家的人身上的那种浅薄。那一连串词语,那些复杂难懂的句子,那种华丽好看的辞藻,那种假装出来的深刻。当你穿过所有这一切触及最根本的思想时,除了平淡无奇的观点外,你还能发现什么?他就像一个穿着浪漫主义服装的二流演员,高声朗诵着维克多·雨果②的剧作。开始五分钟,你会觉得这真有英雄气概,但随后,你的整个灵魂都会感到厌恶,你大声喊道,不,这是假的,假的,假的。"

她情绪激动地说着,尼尔还从来没有见到哪个人在谈到艺术或文学时表现出这样的激情。她那平时毫无血色的脸蛋露出了红晕,

---

① 甲板网球,一种类似网球但用环而不用球的游戏。
② 维克多·雨果(1802—1885),法国作家,法国浪漫主义文学运动领袖。

她那暗淡的眼睛也变得闪闪发亮。

"谁也不像康拉德那样善于营造气氛,"尼尔说,"我在读他的作品时可以闻到、看到并感到东方的一切。"

"胡说。你对东方知道些什么? 任何人都会告诉你,他犯了无比严重的错误。你可以问安格斯。"

"当然他并不总是准确无误。"芒罗用他那种经过思考、很有分寸的语气说。"他所描写的婆罗洲并不是我们熟悉的婆罗洲。他只是从一条商船的甲板上看到了婆罗洲,而且就他看到的情况来说,他也并不是一个目光敏锐的观察者。但这有什么关系呢? 我不知道为什么小说要受到实际情况的限制。我觉得能创造出一个国家,一个黑暗、凶险、浪漫而富有英雄气概的具有灵魂的国家,也算得上是不小的成就了。"

"你真是一个多愁善感的人,我可怜的安格斯。"接着她又转向尼尔:"你一定要读一读屠格涅夫①的作品,读一读托尔斯泰②的作品,读一读陀思妥耶夫斯基③的作品。"

尼尔一点也不知道该怎么对待达丽亚·芒罗。她跳过了相识的最初阶段,一下子就把尼尔当作自己早就认识、关系密切的朋友看待,尼尔为此感到困惑不解。这看上去实在轻率冒失。尼尔初次遇到无论哪个人的时候,他的直觉总是要他谨慎小心。他亲切和气,但是没有看清楚面前的道路,他就不愿意开步走得太远。要是

---

① 屠格涅夫(1818—1883),俄国作家,主要作品有长篇小说《前夜》《父与子》等。
② 托尔斯泰(1828—1910),俄国作家、思想家,主要作品有长篇小说《战争与和平》《安娜·卡列尼娜》《复活》等。
③ 陀思妥耶夫斯基(1821—1881),俄国作家,主要作品有长篇小说《白痴》《罪与罚》《卡拉马佐夫兄弟》等。

他不认为自己具有充足的理由，他也不想对哪个人吐露内心的秘密。然而在达丽亚面前，你控制不住自己。她逼迫你说出心里话。她尽情诉说着自己的感受和想法（大部分人都不会把这种感受和想法告诉别人），好像一个浪子朝着争先恐后的人群抛撒金币。她在说话和行事方面都跟尼尔以前认识的人不同。她并不留意自己说些什么。她谈起人类生来就有的官能，她说到这个问题时的那种方式让尼尔的脸蛋一下子变红了。这引起了她的嘲笑。

"哦，你真是一个道学先生！这里面有什么不得体的地方吗？要是我想吃泻药通便，为什么我不能说出来呢？要是我觉得你也需要吃泻药通便，为什么我不能告诉你呢？"

"从理论上来说，大概你是对的。"尼尔说，他始终显得那么富有见识，那么通情达理。

她让尼尔谈谈自己的父母，谈谈自己的兄弟，也谈谈他在中学和大学里的生活。她也对尼尔说了自己的情况。她的父亲是一个将军，在战争中阵亡了。她的母亲则是一个被称作卢特契科夫公主的女子。当布尔什维克夺取权力的时候，她们正在俄罗斯东部，就逃到了横滨。在那儿，她们靠着变卖手里的珠宝以及她们以前所保存的艺术品，艰难度日。在那儿，她嫁给了一个流亡海外的人。她跟他过得并不幸福，两年后就离婚了。她的母亲也去世了，她手里一个钱也没有，只好竭尽全力地自谋生计。她先受到一个美国救援组织的聘用，接着在一所教会学校教书，后来在一家医院工作。她的经历让尼尔听了怒火中烧，而当她谈到那些男子利用她的贫穷和无助想要勾引她的时候，又叫尼尔感到困窘不堪。她把详情细节都毫无保留地说了出来。

"真是畜生。"他说。

"哦,所有的男人都是这样。"她答道,一边耸了耸肩膀。

她告诉尼尔,有一次她怎样拿着左轮手枪保护自己的贞操。

"我发誓,如果那个人再敢朝前跨上一步,我就会杀了他。如果他那么做了,我就会像射杀一条野狗那样开枪把他击毙。"

"天哪!"尼尔说。

也就是在横滨,她遇到了安格斯。那会儿,安格斯正在日本度假。他的坦率,他身上那么明显的端方品格,他的温柔,他的体贴都深深地打动了她的心。他不是一个实业家,而是一个科学家,而科学几乎就是艺术的喝着同样奶水长大的兄弟。安格斯可以为她提供宁静,也可以为她提供安全。她也对日本感到厌倦了。婆罗洲则是一个神秘的地区。现在他们已经结婚五年了。

她向尼尔介绍了几个应该阅读的俄国小说家。她把《父与子》《安娜·卡列尼娜》和《卡拉马佐夫兄弟》借给尼尔。

"这是我国文学中的三座高峰。读一下吧,它们是世上所出现的最伟大的小说。"

正如她的许多同胞一样,她说得好像其他地方的文学都无足轻重,好像几部小说和故事,几本无关紧要的诗集和六七个优秀的剧作,就使世界上产生的其他作品都显得不足挂齿。但尼尔却受到深深的吸引,完全被她的话所陶醉了。

"尼尔,你自己就很像阿辽沙①,"她说道,一面用含情脉脉、十分

---

① 阿辽沙,俄国作家陀思妥耶夫斯基的小说《卡拉马佐夫兄弟》中的幼子,是作者心目中的理想人物。

柔和的目光望着他,"一个带有苏格兰人那种阴沉样子的阿辽沙,多疑而审慎,绝不让你身上的灵魂,那种精神之美,显露出来。"

"我一点也不像阿辽沙。"尼尔有些害羞地回答说。

"你不知道自己看上去像什么。你对自己一点都不了解。为什么你要做一个博物学家?那是为了钱吗?要是你到你叔叔在格拉斯哥的办事处工作,完全可以挣到更多的钱。我感到你身上有种奇特的、超脱尘世的东西。我可以像佐西马神父对德米特里①那样,跪倒在你的脚下。"

"请不要这样。"尼尔笑着说,脸也变得有点儿发红。

可是读过那些小说后,尼尔觉得达丽亚不再显得那么陌生了。那些小说提供了她生长的环境。他在达丽亚身上看到了他在苏格兰所认识的那些女子(也就是他母亲和格拉斯哥他叔叔的几个女儿)身上极为少有的特征,但这些特征在俄国小说的许多人物身上却是常见的。达丽亚喜爱拖到很晚才睡,一刻不停地喝茶,几乎整个白天都躺在沙发上看书,同时不断地抽烟。尼尔不再对她的这副样子感到奇怪了。她可以连续几天什么事也不做,却并不感到无聊。在她身上,倦怠和热情奇特地混合在一起。她经常耸耸肩膀说,仅仅出于偶然,她既是一个东方人,又是一个欧洲人。她身上那种步履轻盈的风韵,确切地表明东方人的特点。她一点也不爱好整洁,他们的起居室里到处是香烟头、旧报纸和空罐头盒,但这似乎并没有对她产生什么影响。不过尼尔觉得达丽亚有几分像安娜·卡

---

① 佐西马神父和德米特里也是《卡拉马佐夫兄弟》中的人物,德米特里是三兄弟中的长子。

列尼娜,于是就把自己对那个可怜女人的同情转移到她身上。尼尔
理解她的傲慢自大。她自然不会把当地社会的那些女子,也就是他
逐渐结识的那些女子放在眼里。她们都是平凡的人。她的头脑要
比她们灵敏得多。她的文化修养更为广博。特别是,她身上有种浑
身兴奋的感受力,相形之下,她们显得格外平淡乏味。她当然不会
刻意去博得她们的好感。尽管她在家里总穿着纱笼和宽松的短上
衣,懒洋洋地走来走去,但每逢她和安格斯出外吃饭的时候,她总打
扮得花枝招展,显得有点不合时宜。她喜欢显示自己丰满的胸脯和
线条优美的后背。她会在脸上涂脂抹粉,勾画眼圈,好像一个就要
登台演出的女演员。她的露面往往引起旁人好笑或反感的目光,看
到这种情景,尼尔十分生气,但她把自己弄成大家议论的目标,尼尔
心里也不禁为此感到惋惜。当然,她显得相当气派,但是如果你不
知道她是谁的话,就会觉得她不是一个有身份的人。有些关于她的
事情,尼尔永远也无法忘怀。她的胃口极大,吃得比尼尔和安格斯
加在一起还要多。这叫尼尔感到十分气恼。尼尔对她谈论两性问
题时那种直言不讳的样子也不大习惯。她认为尼尔在家乡和爱丁
堡的时候肯定跟许多女人都有私情,那是理所当然的。她逼迫尼尔
说出自己那些艳遇的详情细节。尼尔身上那种苏格兰人的机警让
他躲开了她的逼问。尼尔凭着天生的谨慎避开了她的问题。她总
是嘲笑尼尔的缄默。

有时她会让尼尔感到震惊。尼尔已经习惯了她称赞自己外貌
的那种坦率口气。当她告诉尼尔,他英俊得就像一个年轻的北欧天
神的时候,他也不动声色。恭维奉承的话儿不断从他的身上倾泻而
下,但一点也不起作用。可是每逢她伸出十分柔软的大手,用手指

抚弄他的鬈发,或者嘴唇上挂着笑容,抚摸他那光滑的脸庞时,他就很不高兴。他无法忍受别人的摆弄。有一天,她想要喝点儿奎宁水①,就动手朝放在桌上的一个玻璃杯里倒水。

"那是我的杯子,"尼尔赶紧说,"我刚用它喝过水。"

"噢,那又怎么样呢? 你没有染上梅毒吧?"

"我讨厌自己用别人的杯子喝水。"

她对待香烟的态度也很有趣。有一次,尼尔刚在那儿待了没有多久,他刚点起一支烟来,她就走过来说:

"我要这支烟。"

她把烟从尼尔的嘴里夺了过去,自己抽了起来。但抽了两三口以后,又说她不想再抽了,把那支烟还给了尼尔。她嘴里叼过的那支烟头上留着她的口红的红印。尼尔根本不想继续再抽那支烟了。但如果他径直把那支烟扔掉,又担心她会觉得他粗暴无礼。这真叫他有点儿厌恶。她经常问他要烟抽,每逢尼尔把烟递给她的时候,她总开口说:

"哦,给我点一下,好吗?"

尼尔把烟点着了递给她的时候,她总张开嘴巴,好让尼尔把烟直接放到她的嘴里。尼尔点烟的时候免不了会把烟头弄湿。他不明白她用嘴衔着曾在他的嘴里放过的烟,怎能忍受得了。在他看来,整个这件事实在太随便了。他肯定芒罗也不会喜欢这样。就连在俱乐部的时候,她也这样做过两三次。尼尔感到自己羞得脸色发紫。他真希望她没有这种相当讨厌的习惯,但是大概俄国人就是这

---

① 奎宁水,一种加有奎宁的汽水饮料。

样,谁也不能否认,跟她在一起十分开心。她的谈话总是十分令人兴奋。打个比方,那就好像香槟酒(尼尔曾经尝过这种酒,觉得味道很糟)。在她嘴里,没有什么话题是不能谈的,但她并不像一个男人那样说话。跟男人说话时,你一般知道他接下去会说什么,但跟她说话时,你根本无法知道她会说些什么;她的直觉十分敏锐。她给你提供思路,扩充你的思想,激发你的想象力。尼尔感到身上从来没有这样充满活力。他似乎在高山的峰巅上行走,精神任意驰骋,完全没有界限。每当尼尔停下来思考自己和她的思想竟在如此非凡的高度交流沟通时,他就感到有些洋洋自得。经过这样的谈话,饱受吹嘘的感官享受就显得无足轻重。从很多方面来说,她都是尼尔所见过的最聪明的女人(尼尔生来谨慎,就连对自己,他也很少做出这样一种自己并不具备资格的评价)。况且,她又是安格斯·芒罗的妻子。

因为,无论尼尔对达丽亚的看法怎样有所保留,他对芒罗却没有一点意见。他对芒罗崇拜得五体投地,但达丽亚却并没有为此而得益,相形之下,反而显得不那么卓越了。他跟芒罗先生在一起的时候,完全不用小心提防。他以前从没有对别人抱有对芒罗先生的这种敬意。芒罗先生总是那么理智,那么沉稳,那么宽容。尼尔希望自己上了岁数也能成为这样的人。他很少讲话,可一旦开口,必然具有卓越的见识。他富有智慧。他的幽默不动声色,但尼尔却能明白他的意思。相形之下,那种引得俱乐部里的人们哄笑的英国式玩笑就显得空洞无聊。他亲切和蔼,富有耐心。他气派不凡,因而根本不会有哪个人对他放肆无礼,但他既不言辞浮夸,也不神情肃穆。他为人正直,十分坦诚。不过无论他作为常人,还是身为科学家,都叫尼尔钦佩不已。他富有想象力,做事仔细,肯下苦功。尽管他对研究怀有兴趣,但他对博物馆的日常工作仍然认真负责。那会儿,他正对竹节虫①很感兴趣,打算写一篇讨论竹节虫单性繁殖能力的论文,却发生了一场与他正在做的实验有关的意外事故。这给尼尔留下了深刻的印象。一天,一只被捕获的小长臂猿挣脱了身上的锁链,把所有的幼虫都吃得精光,完全破坏了芒罗的证据。尼尔差一点要哭了。但安格斯·芒罗却把那个长臂猿抱在怀里,笑吟吟地抚摸着它。

"钻石,钻石,"他引用伊萨克·牛顿爵士②的话说道,"你不知道自己造成了多大的破坏。"

他也在研究拟态③,并把他对这个颇有争议的题目的强烈兴趣灌输给尼尔。他们一谈论起这个话题,就有说不完的话儿。看到博物馆馆长竟有这样广博的知识,尼尔大吃一惊。那完全是百科全书式的。他也为自己的浅薄无知而感到羞愧。然而,当芒罗谈到深入这个国家去收集标本的旅行时,他的激情才具有极大的感染力。那真是完美的生活,充满了艰难困苦,经常物资匮乏,有时还有危险,但是一旦发现一个罕见或者甚至全新的品种,就会无比兴奋,周围景色优美,可以对大自然详细观察,总之,会有一种摆脱一切束缚的

---

① 竹节虫,因身体修长而得名,有翅或无翅,为中型或大型昆虫,喜爱灌木或乔木的叶片,体色呈深褐色,少数为绿色或暗绿色。

② 伊萨克·牛顿爵士(1642—1727),英国物理学家、数学家和天文学家。钻石是牛顿养的一条狗的名字,相传这条狗曾不小心撞到了牛顿的书桌,上面的蜡烛倒下来把牛顿写的手稿都烧成灰烬,导致牛顿的万有引力论文推迟了整整一年方才发表。

③ 拟态,指一种生物在形态、行为等特征上模拟另一种生物或模拟环境中的其他物体从而受益的生态适应现象。

自由感觉。这就是你所得到的酬报。尼尔主要也就是对这部分工作充满兴趣。芒罗忙于研究工作,因而很难一次离家好几个星期,而达丽亚总是不肯陪他外出。她对丛林抱有一种无端的恐惧。她非常害怕野兽、蛇,以及有毒的昆虫。尽管芒罗多次告诉她,无论哪种动物,只要不受到骚扰或惊吓,就不会对人造成伤害,但她仍然无法克服那种出于本能的恐惧。芒罗并不愿意离开她。她一点不喜欢当地社会。芒罗知道,自己要是不在,她的日子一定会无聊得难以忍受。然而苏丹对博物学怀有强烈的兴趣,急切地想要博物馆把这个地区的动物群都完整地展示出来。芒罗和尼尔打算一起去进行一次探险考察。这样尼尔就可以学会怎样工作。有关这次探险考察的计划,他们已经讨论了好几个月。尼尔盼望着这件事早点儿到来,他一生从来没有这样迫不及待。

与此同时,他学了马来语,也略微懂得一些对他的未来旅行不无益处的各地方言。他打打网球,踢踢足球,不久就认识了当地社区的每一个人。在足球场上,他丢开了自己对科学的痴迷和对俄国小说的兴趣,完全投身到比赛的乐趣中。他强壮有力,跑动迅速,十分活跃。比赛结束后,他去冲洗一下,喝上一大杯放了片柠檬的奎宁水,再跟别的伙伴一起重温先前整个比赛的情况,真是无比惬意。尼尔从来没有打算要跟芒罗夫妇长期住在一起。瓜拉索洛有一家十分宽敞的客栈,但任何客人在里面居住的时间照例都不超过两个星期。那些没有官方提供住所的单身汉往往把钱凑在一起,共同租下一所房屋居住。尼尔到达当地的时候,正好这种合租的房屋里面都没有空缺的房间。可是有天晚上,也就是他来到殖民地后约莫四个月光景,当他跟沃林和琼森打完网球坐在一起休息时,那两个男人告诉他,有个原来与他们一起合住的人打算回国。要是尼尔想要跟他们一起合住的话,他们很乐意让他搬去跟他们同住。他们是跟他年龄相仿的小伙子,都是足球队的队员,尼尔也很喜欢他们两个人。沃林在海关做事,而琼森则在警察机关工作。尼尔欣然接受了这个提议。他们对他说了住房的价钱,随后确定了尼尔搬过去的合适日期,也就是在两个星期以后。

这天,吃晚饭的时候,他把这件事告诉了芒罗夫妇。

"实在感谢你们的好意,让我在这里住了这么久。这样打扰你们,我心里真过意不去,也感到相当惭愧,而如今,我没有任何理由再住下去了。"

"但我们喜欢你住在这儿,"达丽亚说,"你并不需要什么理由。"

"我总不能无限期地住在这儿吧?"

"为什么不行?你的薪水相当微薄,把你的薪水浪费在食宿上,有什么好处呢?跟琼森和沃林住在一起,你一定会无聊透顶。他们都是蠢货,除了用唱机听唱片和踢球,头脑里什么想法都没有。"

免费住宿的确对他非常划算。他的大部分薪水都给省了下来。他生性节俭,从来不习惯去花费不该花的钱,但是他自尊心也很强。他不能继续靠别人负担费用来过日子。达丽亚目光锐利地默默望着他。

"我和安格斯现在对你住在我们家已经习惯了,我想你不在,我们会想你的。如果你愿意,也可以把伙食费付给我们。你实在并没有花费我们什么钱,但要是那样能让你安心一点,我可以在厨师的账簿上查看一下你来之后的伙食费用跟原来有多大差别,你就支付多出来的那部分费用。"

"有个陌生人待在家里,一定是桩怪讨厌的事儿。"他有些迟疑地说。

"你住到那儿去,一定会很难受的。天哪,他们吃的那种乌七八糟的东西!"

确实,在瓜达索洛的任何地方,你都吃不到像在芒罗家里那么好的食物。尼尔不时也在外面吃饭,就连在驻地长官家里,也吃不到非常可口的饭菜。达丽亚喜爱美味的食物,并且总能让家里的厨师保持很高的水准。厨师做的俄国菜肴非常美味可口。达丽亚家的白菜汤完全值得走上五英里路前去品尝。可是芒罗却始终什么也没说。

"如果你住在这儿,我也会很高兴,"这时他开口说,"有你在场,一切就变得非常便利。要是发生什么事情,我们可以马上商量讨论。沃林和琼森都是很好的人,但要不了多久,你大概就会发现,他们的知识范围实在有限。"

"哦,既然如此,我也很高兴留下来。毫无疑问,这样的安排对我真是再好不过了。我只是生怕妨碍你们的生活。"

次日下起了倾盆大雨,无法再到外面去打网球或踢足球。但是将近六点钟的时候,尼尔仍然穿上雨衣,前往俱乐部,里面空荡荡的,只有驻地长官坐在扶手椅上阅读《半月评论》。他的姓氏是特里维廉。他声称自己是拜伦朋友的亲戚。他又高又胖,留着一头剪得很短的白发,长着一张喜剧演员的又大又红的脸庞。他很喜欢参加业余戏剧演出,专门扮演玩世不恭的公爵和言辞诙谐的管家。他是个单身汉,大家都认为他喜欢女孩。他也爱在饭前喝一点儿杜松子苦味酒。凭着他和苏丹的友情,他得到了这个职位。他是一个松松垮垮、踌躇满志的人,很爱说话,不大喜欢工作。他只希望一切都顺顺当当,没有人给他添加麻烦。尽管大家并不觉得他干练称职,但他在当地社区却深得人心,因为他性情随和,热情好客。如果他精力旺盛,干事富有效率,当地的生活肯定也就不会那么舒适了。他朝尼尔点了点头。

"哎,年轻人,今儿昆虫的表现好吗?"

"先生,它们能感到天气的情况。"尼尔一本正经地说。

"嘿嘿。"

过了几分钟,沃林、琼森和另一个叫作毕晓普的人一起走了进来。毕晓普在行政部门工作。尼尔不打桥牌,因此毕晓普走到驻地长官面前。

"先生,你愿意跟我们一起打桥牌吗?"他问驻地长官道,"今儿俱乐部里没有什么人。"

驻地长官朝别的几个人看了一眼。

"好吧。我看完这篇文章就过来。先给我切一下牌,开始发牌。我只需要五分钟就过来。"

尼尔走到那三个人面前。

"哦,听我说,沃林,实在感谢你们,但我仍然不能搬到你们那儿去。芒罗夫妇要我长期跟他们住在一起。"

沃林脸上绽露出了笑容。

"真想不到。"

"他们心真好,对吧? 他们一再对我加以挽留,我也没有法子拒绝。"

"看我没有说错吧?"毕晓普说。

"我并不责怪这个孩子。"沃林说。

他们的说话方式中露出一些叫尼尔感到不快的东西。他们似乎觉得这件事儿怪好玩的。尼尔的脸一下子变红了。

"你们究竟在谈什么呀?"他大声嚷道。

"哦,别假装正经了,"毕晓普说,"我们都了解达丽亚。你并不是头一个跟她吊膀子的小白脸儿,也不会是最后一个。"

毕晓普的话刚说出口,尼尔握紧的拳头就闪电般打了出去,正好打中了毕晓普的脸,毕晓普立刻重重地摔倒在地板上。琼森朝尼尔扑了过去,一把抓住了他的腰,因为那会儿,他已经气疯了。

"把手放开,"尼尔叫道,"如果他不收回刚才说的话,我就杀了他。"

听到这阵吵闹,驻地长官吓了一跳,他先是抬头观看,接着站起身来,迈着沉重的步子朝他们走来。

"这是怎么回事? 这是怎么回事? 你们这些小伙子究竟在搞什么名堂?"

他们吃了一惊,早把他给忘了。他是他们的官长。琼森放开了尼尔,毕晓普也从地上爬了起来。驻地长官皱着眉头,口气严厉地对尼尔说:

"这究竟是什么意思? 你动手打了毕晓普吗?"

"是的,先生。"

"为什么?"

"他说了污言秽语,损害了一个女子的名誉。"尼尔十分傲慢地答道,而且仍然气得脸色煞白。

驻地长官的眼睛闪闪发亮,但脸上仍然神情严肃。

"哪个女人?"

"我拒绝回答。"尼尔说道,同时昂起头来,神态威严地挺直了腰板。

要不是驻地长官的个头比他至少高两英寸,而且身体也比他壮实得多,那样一定会显得更有效果。

"不要做一个该死的乳臭未干的傻瓜。"

"是达丽亚·芒罗。"琼森说。

"你说了什么,毕晓普?"

"我忘了刚才所用的确切词语了。我说她跟这里的许多年轻小伙子都上过床。我觉得她一定没有错过跟麦克亚当这样做的机会。"

"这句话实在放肆无礼。请你们相互道个歉,握握手吧。你们俩。"

"我被狠狠打了一拳,先生。我的眼睛马上就会肿得奇形怪状。我可决不因为自己说了实话而道歉。"

"你年纪也不小了,应该明白你执意认为自己的话没有说错,只会显得更加放肆无礼。至于你的眼睛,我听说有种生牛排对于消肿十分有效。不过我出于礼貌,仍然要求你按照我的心意表示一下歉意,这实际上上是一道命令。"

大家沉默了一会儿。驻地长官脸上仍然神情淡漠。

"我为自己先前所说的话道歉,先生。"毕晓普紧绷着脸说。

"现在该你说了,麦克亚当。"

"对不起,我刚才打了他,先生。我也为此道歉。"

"握握手吧。"

两个年轻人神情严肃地握了握手。

"我不希望这件事儿再继续下去。那对芒罗先生会很不好。我想我们大家都很喜欢他。你们都能管住自己的嘴吗?"

他们点了点头。

"现在你们走吧。你留下,麦克亚当,我想跟你说几句话。"

等到房间里只剩下他们两个人以后,驻地长官坐下来,点起一支方头雪茄。他也递了一支给尼尔,但尼尔只抽香烟。

"你真是一个脾气暴躁的年轻人,"驻地长官笑着说,"我不喜欢我手下的人员在公共场所发生这样的争吵。"

"芒罗太太是我的好朋友,她对我十分亲切友好。我不想听到对她不利的话。"

"那么,如果你在这儿待的时间更长一点,恐怕就会忙得不可开交。"

尼尔沉默了一会儿。他站在驻地长官面前,身子又高又瘦,他那神情严肃的年轻脸庞显得胸无城府。他桀骜不驯地昂起头来,情绪十分激动,嘴里说的话儿带有比平时更加浓重的苏格兰口音。

"我跟芒罗夫妇一起住了四个月。我以我的名誉担保,就我所知,在那个混账小子所说的话里没有一点儿是真的。芒罗太太对我从未有过任何可以称作过分亲昵的举动。她从来没有用言语或行为向我做出哪怕一点暗示,表明她头脑里有什么不规矩的念头。她就好像我的母亲或姐姐一样。"

驻地长官望着他,眼睛里露出嘲讽的神情。

"听到你这么说,我心里很高兴。这是长久以来我听到的有关她的最好评价。"

"先生,你相信我的话,对吧?"

"当然,也许她给你改造好了。"他大声嚷道,"跑堂的,给我拿杯杜松子苦味酒来。"接着他对尼尔说道:"行了。你想要走的话,现在可以走了。但是听着,别再打架了,否则你一定会遭到解雇。"

尼尔朝着芒罗夫妇的住处走回去的时候,雨已经停了,丝绒一般的天空中布满了星星,亮闪闪的。花园里,萤火虫在四处轻盈飞舞。地面上泛起一股温暖芬芳的气息,让人感到,一旦停下脚步,便能听到茂盛的草木生长的声音。一朵夜晚开放的白花散发出一股极为浓烈的香气。芒罗正在游廊上用打字机整理笔记,而达丽亚则手脚伸展地躺在长椅上看书。身后的灯光映照在她那烟灰色的头发上,看去就像给她添了一个光环。她放下手里的书,抬头望着尼尔,脸上露出了笑意。她的笑容显得十分亲切。

"你到哪儿去了,尼尔?"

"我在俱乐部。"

"有人在那儿吗?"

眼前的景象实在舒适安逸,充满家庭气氛。达丽亚的神态又那么安详,那么稳重自信,因而你不可能不被她打动。他们两个人,各自忙着自己关心的事儿,却显得那么和睦,他们那种亲近的样子那么自然,因而谁都认为他们彼此十分美满幸福。尼尔根本不相信毕晓普所说的话儿,也不相信驻地长官所做的暗示。那一点都不可信。总之,他知道他们对他的猜疑毫无根据。因此,凭什么要相信其余部分又是真实的呢?他们的思想都很肮脏,所有那些人。他们本来就是一群下流东西,所以就把别的人都想得跟他们一样坏。他的指关节到现在都还有点疼。他为自己揍了毕晓普而感到高兴。他真想知道,这个下流故事究竟是从谁那儿传出来的。他要拧断那个家伙的脖子。

　　且说芒罗确定了探险考察的日期,并且以他那种小心谨慎的方式加以准备,免得到了最后一刻忘带什么东西。他们其实对这次探险考察已经讨论了许多次。他们计划顺着河流去到最上游的地方,然后穿过丛林,在那座鲜为人知的希塔姆山上搜寻动物标本。他们预计要离开两个月。随着出发日期的逐渐临近,芒罗的情绪也变得高涨起来。尽管他言语不多,尽管他仍然相当沉静,控制住自己的情绪,但你却可以从他那明亮的眼睛和轻快的脚步中看出他对这次探险考察有多期待。有天早上,在博物馆里,芒罗几乎显得神采飞扬。

　　"我有个好消息要告诉你。"在察看了一下他们做的实验后,他突然对尼尔说。"达丽亚会和我们一起去。"

　　"真的吗? 那太好了。"

　　尼尔十分高兴,这样一来,他们的旅行就变得相当圆满。

　　"这是头一次我能说动她陪我前去。我以前对她说,她会喜欢这样的探险考察,她就是听不进去。女人真是奇怪的动物。我早已放弃了这种打算,压根儿没考虑要请她这次前去。但昨天晚上,实在出乎意外,她突然对我说她想跟我们一起前去。"

　　"我非常高兴。"尼尔说。

　　"我也不大想让她独自在家待得太久。现在我们可以在外面想待多久就待多久。"

　　于是一天清晨,他们就坐着由马来人驾驶的四条马来帆船出发了,除了他们之外,随行的人中还有他们的仆役和四个达雅克猎手①。他们三个人并肩倚在靠垫上,上面张着一个天棚;中国仆役和

① 达雅克猎手,指加里曼丹或沙捞越当地的土著猎手。

那四个达雅克人坐在另外三条船上。他们带着供大家食用的许多袋大米,自身的食物用品,衣服,书籍以及他们工作所需的所有器具。把文明世界抛在身后是一件无比美妙的事儿,他们都很兴奋。他们时而聊天,时而抽烟,时而看书。眼前缓缓流动的河水令人心旷神怡。他们在长满绿草的河岸边用饭。暮色降临,他们停船度过夜晚。他们在村社大屋①里睡觉。让他们借宿的达雅克人用亚力酒、滔滔不绝的话语和狂放的舞蹈来庆祝他们的来访。第二天,河流开始变得狭窄,让他们更清楚地感到他们正在冒险深入未知的区域,两边河岸上布满奇异的草木,密密丛丛地一直长到水边,看去就像一群受到民众推动的情绪激动的暴徒,让尼尔屏息神往,销魂荡魄。真是神奇和令人欣喜!第三天,河水变得更浅,水也流得更快了,他们换乘更加轻便的小船,不久,河水变得非常湍急,船夫无法继续用桨划行,就用竹篙动作优美有力地撑船前行。他们不时遇上急流,只好下船上岸,卸下船上装载的东西,再把船只拖过布满礁石的水道。经过五天的行程,他们来到一个无法继续前行的地点。那儿有一所政府修建的平房。他们在里面住了一两个晚上,芒罗就在这段时间里为他们深入内陆的旅行安排准备。他需要为他们搬运行李的挑夫,也需要在他们抵达希塔姆山后为他们修建房屋的工人。芒罗必须去见一下附近村子里的村长,他觉得自己亲自上门拜访要比让村长前来更加节省时间,因此在到达当地的下一天,芒罗就带着一个向导和两个达雅克人,天一亮就动身了。他预计几个小

---

① 村社大屋,马来西亚、印度尼西亚等地土著居民所居住的宽大农舍。该种农舍建在二米高的木桩上,长达数十米,乃至一两百米,农舍中间有一通道,两旁各个房间用于住户。屋内地板、梁柱、木桩均是上等硬木,墙壁则竹木兼用。

时后就能回来。尼尔把他送走后,觉得自己要洗一个澡。在离他们
住处不远的地方,有一个水潭,里面的水十分清澈,水底的每一颗沙
子都可以看得清清楚楚。那里的河道十分狭窄,因而两边河岸上树
木的枝叶彼此都交汇到一起。那是一个可爱的地点。它让尼尔想
起了苏格兰溪流中的那些水潭,那些他小时候经常在里面洗澡的水
潭,但两者之间仍然存在明显突出的差别。这个水潭有种浪漫的气
息,有种未经开发的大自然的气氛,使他内心充满种种难以分析的
感觉。他当然试图加以分析,但那些年纪比他大的人认为幸福是难
以剖析的。在一根突出的树枝上停着一只翠鸟,它身上那鲜艳的蓝
色倒映在清澈的小河里。尼尔脱掉纱笼和短上衣,匆匆下到水中,
那只翠鸟就扑闪着它那好像镶满珠宝的光彩夺目的翅膀,飞走了。
水并不冷,也很干净。他扑腾了几下,在水里不住翻滚,伸展摆动着
自己健壮的四肢,感到十分开心。他浮了起来,望着树叶的缝隙间
露出的蓝天和把这儿那儿的水面染成金色的太阳。突然,他听到一
个人的声音。

"你的身体真白呀,尼尔。"

他猛吸了一口气,连忙把身子没到水中,接着转过头去,看到了
站在岸上的达丽亚。

"嗨,我身上什么也没有穿。"

"我看到了。游泳的时候,什么都不穿更好。等一下,我马上下
来,这看上去真舒服。"

达丽亚也穿着纱笼和短上衣。尼尔赶紧转过头去,因为他看见
达丽亚已经在脱衣服了。他听到达丽亚下水的噼里啪啦的声音,就
朝远处划了两三下,好让达丽亚有充足的空间可以四处游动,与自

己也不会靠得太近,但达丽亚却径直朝他游来。

"身体遇到水的那种感觉怪舒服的吧?"她说。

她发出一阵笑声,接着就张开手来,朝尼尔的脸上泼水。尼尔窘困得不知道眼睛该朝哪个方向看是好。在这样清澈的水中,要想不看到达丽亚那赤裸的身体是不可能的。现在情况还没有到十分糟糕的地步,但尼尔不由自主地想到待会儿从水中出来会有多么困难。达丽亚看上去却十分开心。

"我不在乎这样是否会弄湿我的头发。"她说。

她翻转身子仰面朝天,有力地划动胳膊,开始绕着水潭游动。尼尔心想,待会儿达丽亚想要出水上岸,最好的做法就是他转过身去,等到达丽亚穿好衣服离开后,他再出水上岸。达丽亚似乎完全没有察觉这种令人尴尬的情况。他心里十分恼火。达丽亚这样的举止实在不够得体。她继续跟他说着话儿,好像他们仍然衣着整齐地站在陆地上。她甚至有意要引起他的注意。

"我的头发看上去是不是很糟? 我的头发太细了,一弄湿了看起来就像老鼠尾巴。我要把头发拾掇一下,请你抓住我的腰部。"

"哦,没有什么问题,"他说,"你最好还是让它去吧。"

"我肚子饿得要命,"达丽亚不久又说,"咱们去吃早饭好吗?"

"如果你先上岸去穿好衣服,那么我一会儿就过来。"

"好吧。"

达丽亚朝前划了两下,游到水潭边上。尼尔羞怯地掉过头去,免得看到达丽亚赤身裸体地出水上岸。

"我上不去,"她叫道,"你得帮我一下。"

先前下到水潭中并不费劲,但河岸突出在水面之上,必须抓住树枝才能爬上岸去。

"我帮不了你,我身上什么也没穿。"

"这我知道。不要那样拘谨。快到岸上去拉我一把。"

没有什么别的法子可想了。尼尔只好纵身跳到岸上,再去拉她上来。达丽亚的纱笼就放在尼尔的纱笼旁边。她漫不经心地拿起自己的纱笼,开始用纱笼擦干身子。尼尔只好也用自己的纱笼擦干身子,但出于礼貌,他转过身子,背对着达丽亚。

"你的皮肤真是太好了,"她说,"就跟女人的皮肤一样光滑,一样白皙。在一个充满活力、具有阳刚之气的男人身上竟生着这样的皮肤,真是奇怪。而且你的胸膛上也没有毛发。"

尼尔用纱笼裹住身子,伸出胳膊去拿自己的短上衣。

"你穿好了吗?"

达丽亚做了麦片粥作为早饭,还拿出鸡蛋、熏咸肉、冷肉和橘子酱。尼尔有点儿生气。达丽亚真是太俄国派了。她今天的那种举动实在愚蠢。当然没有造成什么危害,但正是这种事儿让人想到别人对她的看法。最糟的是,你根本无法给她暗示。那样的话,她只会嘲笑你。可是,如果瓜达索洛的那些人中哪一个看到他们像这样光着身子一起游泳,那说什么也不能让他们相信,他跟达丽亚之间没有任何不正当的行为。尼尔也明智地暗自承认,你并不能责怪那些人。达丽亚实在太不正经了,她没有理由让人陷入这种难堪的处境。他觉得自己实在愚蠢。不管怎么说,这都是伤风败俗的。

第二天早晨,大家看到为他们搬运行李的挑夫排成长长的一路纵队上路了,各人也就把自己的随身用品装进鱼篓背到背上,徒步出发。他们一行人中既有仆役,也有向导,还有猎手。眼前的小路顺着山麓小丘朝前伸展,穿过低矮的灌木丛和高高的草丛。他们不时会遇到一些狭窄的溪流,就穿过搭建在上面的摇摇晃晃的竹桥。太阳火辣辣地照在他们身上。下午,他们来到一片满是绿荫的竹林之中,经过先前耀眼的阳光照射,他们都感到相当舒适。那些修长好看的竹子高得出奇,竹子映射出的绿光好似从海底发出的亮光。最后他们终于抵达了原始森林,巨大的树木上盘绕着各种枝叶茂密的攀援植物,形成一堆纠结在一起的无法分解的枝蔓,令人望而生畏。他们从低矮的灌木丛中穿越这片森林,在暮色中朝前行进,只能偶尔从头上浓密的绿叶丛中瞥见一缕阳光。一路上,他们既没有看见行人,也没有看见野兽,因为丛林里的动物非常胆怯,一听到他们的脚步声,就消失不见了。他们听到鸟儿在参天大树上啁啾鸣叫,但是却不见踪影,只有那些吱吱喳喳的太阳鸟在低矮的灌木丛中飞来飞去,向地面上的野花卖弄风骚。他们停下来准备过夜。那些挑夫先在地面上铺了一层树枝,然后再铺上防水被单。中国厨师为大家做了晚饭,饭后,他们就开始歇息。

这是尼尔头一次在丛林里过夜,他怎么都睡不着。四周黑沉沉的。无数昆虫在那儿鸣叫,简直震耳欲聋,然而,就像大城市里传来车辆的轰鸣声一样,由于那种噪声老是持续不断,所以不一会儿,又像陷入一种无法穿透的寂静之中。那会儿要是突然听见猫头鹰的凄厉叫声,或者猴子被蛇抓住时的尖叫,他就几乎吓得灵魂出窍。他莫名其妙地感到,周围的动物好像都在看着他们。在那边,也就是营火外边,正在进行野蛮的战争,而他们三个人,三个躺在用树枝搭成的床铺上的人毫无防备,只能孤独地面对着森然可怖的大自然。躺在旁边的芒罗却呼吸平稳,睡得很沉。

"尼尔,你醒着吗?"达丽亚悄没声儿地问。

"是的,有什么事吗?"

"我很害怕。"

"放心吧。这儿并没有什么可怕的东西。"

"真是静得吓人。我真希望自己没有跟来。"

她点起一支香烟。

尼尔最后打起盹来,却被一只啄木鸟的笃笃声吵醒了。啄木鸟在树木间飞动时发出的得意笑声似乎在嘲笑懒惰的人。在匆匆用完早饭后,大家又出发了。那些长臂猿从一根树枝荡到另一根树枝,收集树叶上清晨的露水。它们那奇怪的叫声就像鸟儿的啁啾。白昼消除了达丽亚的恐惧。尽管度过了一个不眠之夜,但她仍然欢快活泼。他们继续攀登。下午,他们到了一个向导认为非常适合安营住宿的地方。于是芒罗决定在这儿修建一所房屋。男人们马上开始动手。他们用长长的刀子割下棕榈树叶和小树,很快就在地面上搭建好一所有两间房的茅屋。这所屋子干净整洁,披着绿装,散发出一股香味。

芒罗先生早就习惯了这样的生活环境,而他太太也曾在世上漂泊多年,具有猫儿一般机敏乖巧的本领,能使自己无论到哪儿都轻松自在,因而他们夫妇总能随遇而安。一天之内,他们就把一切都布置停当,安顿下来。他们的日常活动一成不变。每天一大早,芒罗和尼尔都会各自出发去采集标本。到了下午,他们会把各种昆虫钉在盒子里,把蝴蝶夹在一张张纸间,并为鸟儿剥皮。暮色降临后,他们就去捕捉飞蛾。达丽亚则忙着差遣仆役,照管家务。她时而缝纫,时而阅读,一支接一支地抽烟,数量不可计数。这样的日子让人非常愉快,没有什么变化,但很充实。尼尔变得兴高采烈。他在这座山上四处进行考察。有一天,他发现了一个竹节虫的新品种,心里十分得意。芒罗把这个新品种命名为麦克亚达米竹节虫。这让他出名了。二十二岁的尼尔意识到自己并没有虚度一生。可是另一天,他差点儿被一条毒蛇咬伤。那条蛇的表皮是绿色的,尼尔没有看到它。多亏同行的那个达雅克猎手从旁相助,他才幸免于难。他们杀掉了那条蛇,把它带回营地。达丽亚看到那条死蛇,吓得浑身发抖。她十分害怕丛林里的野生动物,那种恐惧几乎到了歇斯底里的地步。她担心迷路,从不愿意走到营地外面很远的地方。

一天晚上,饭后他们一起静静地坐着,这时候,达丽亚问尼尔说:"安格斯有没有跟你讲过他迷路的事儿?"

"那并不是什么令人愉快的经历。"芒罗笑着说。

"给他讲一讲吧,安格斯。"

芒罗犹豫了一会儿,那并不是一件他愿意回想的事儿。

"那是好多年前的事了。我带着捕蝶网出去捕蝶,十分幸运,竟然捕到了几只蝴蝶,都是我一直在寻找的罕见品种。过了一会儿,我感到肚子有些饿了,就转身往回走去。走了一阵子,我觉得回去的路好像比我想的要远得多。突然,我看到地上一个空的火柴盒。我咒骂了一声,立刻明白究竟发生了什么事儿。先前我开始往回走的时候,曾把这个火柴盒扔在地上。我只是转了一圈,又回到了一个小时前我所在的地方。我很不高兴,环顾了一下四周,又出发了。天气热得要命,我浑身汗水淋漓。我约略知道营地所在的方向,就四处寻找来时的踪迹,看自己是否走的是原来那条路。我觉得自己发现了一两处踪迹,就满怀希望地朝前走去。我口渴得不得了,走啊走的,小心翼翼地越过树木残桩和蔓生的植物。突然,我明白自己迷路了。要是朝着正确的方向,我不可能走了这么久还没有到达营地。我当时真的大吃一惊。我知道自己必须保持镇定,因此就坐下来,仔细考虑当前的情况。我饱受口渴的折磨。时间早就过了正午。再过三四个小时,天就要黑了。我压根儿不想在丛林里度过夜晚。当时我想到的唯一出路就是设法找到一条小溪。如果我顺着小溪前行,最终溪流就会变得宽阔起来,而我早晚也会到达河边。当然,那可能要花上两三天时间。我咒骂自己竟如此愚蠢,但也没有什么更好的事情可做,于是我开始前行。不管怎样,要是找到溪流,我就有水可喝了。可是我哪儿都找不到一点儿水,哪怕是可能通向小溪的涓涓流水。我心里惊慌起来,径自信步前行,直到最后累得筋疲力尽为止。我知道森林里有许多猎物。如果我遇到一头犀牛,那就完蛋了。最叫人恼火的是,我知道自己离开营地的距离最多只有十英里。我迫使自己保持镇静。天光逐渐暗淡,在丛林深处,光线已经变得越来越昏暗了。要是我带了枪,就可以鸣枪求救。营地里的人一定已经意识到我迷路了,就会四处寻找我的踪迹。低矮的灌木丛浓密得我都看不到六英尺以外的地方,不久,也不知道是不是因为情绪紧张,我总感到有个动物悄悄地在我旁边行走。我停下来,它也跟着停下来。我继续前行,它也继续前行。我看不到它的样子。我看不到低矮的灌木丛中的任何动静。我甚至也没有听到细树枝折断或动物身体擦过树叶的声音。但我知道那些野兽可以怎样悄无声息地行动。我确信什么东西正在悄悄地靠近我。我的心在胸腔里突突乱跳,剧烈得好像都要破碎了。我吓得魂不附体。我极力管住自己,才没有拔脚飞奔。我知道只要我一跑起来,那就完了。我跑不到二十码,就会被盘绕在一起的树根绊倒。我一摔倒在地,那东西就会朝我扑来。如果我跑起来,天知道我能跑到哪儿。而且我不得不保养体力。我很想放声大哭。当时嘴里也干渴得实在难以忍受。我一辈子从来没有这样毛骨悚然。说真的,如果我当时手里有把手枪,大概就会把自己的脑袋打得开花。那种情景可怕得我只想让它快一点结束。我精疲力竭,几乎再也不能步子蹒跚地朝前走了。哪怕我有一个曾经对我造成致命伤害的仇敌,我也不希望他遭受我当时的那种痛苦煎熬。突然我听到了两声枪响。我激动得不得了,他们正在寻找我。随后我完全失去了理智。我朝着枪响的方向跑去,声嘶力竭地尖叫。我跌倒了,又爬起来,继续奔跑,同时大声呼喊,直到感到自己的肺都好像要爆裂了。接着又传来一声枪响,声音离得更近了,我又大声呼喊,终于听到了应答的叫声。在低矮的灌木丛里出现了杂乱的一群人。转眼我的四周就都是达雅克猎手。他们使劲紧握住我的手,并且亲吻我的手。他们又哭又笑,我也差一点哭起来。我已经虚弱无力。他们给了我一点喝的东西。那会儿,我们离营地也就三英里的样子。我们回到营地时,天已经变得一片漆黑。天哪,真是万分侥幸。”

达丽亚突然无法控制地浑身发抖。

“说真的,我可不想再在丛林里迷路。”

“如果他们没有找到你,又会发生什么情况呢?”

“我可以告诉你。那我就会发疯。要是我没有被毒蛇咬伤,也没有受到犀牛攻击,我就会不管东西南北地继续朝前走去,直到累得疲惫不堪为止。我可能会饿死,也可能会渴死。野兽会吃掉我的身体,蚂蚁也会啃干净我的骨头。”

大家安静下来。

接着，当他们在希塔姆山待了将近一个月的时候，尼尔突然染上了热病，尽管芒罗早就让他定期服用奎宁。尼尔的病情并不严重，但他感到自己实在倒霉，不得不躺在床上，由达丽亚来照料他。他为自己给达丽亚添了麻烦而感到害臊，但达丽亚压根儿不理会他的反对。她当然非常能干。尼尔只好接受她的照顾，其实那些事儿一个中国男仆原来也可以为他做的。尼尔心里十分感动。达丽亚把他照护得体贴周到。然而每逢热度升到顶点，达丽亚用海绵蘸着凉水给他的整个身子降温时（尽管那种舒服的感觉真是无法用言语来形容），他总感到很难为情。达丽亚却执意要日夜为他擦洗身体。

"我在横滨的英国医院里干过六个月，不会不学到一点常规的护理方法。"她笑嘻嘻地说。

每次做完这套常规的护理工作后，她总要亲吻尼尔的嘴唇，表现出亲切和蔼的样子。尼尔相当喜欢她的亲吻，一点也不在意这种行为。他难得如此，竟然拿这个问题开起玩笑来了。

"你在医院也总是这样亲吻你看护的病人吗？"他问道。

"你不喜欢我亲吻你吗？"她笑着问道。

"这并没有给我造成什么伤害。"

"甚至可能让你早日痊愈。"她打趣地说。

有天夜里，他梦见了达丽亚，随后猛然惊醒。他全身大汗淋漓。那种松快的感觉极为美妙，他知道自己的体温降下来了，他的病好了，但他对这一点并不在意。因为刚才的梦境让他心里充满羞愧。他感到魂飞魄散。就算在睡梦中，他头脑里产生的那种想法也让他感到万分惊骇。他一定是一个放荡堕落的恶魔。天亮了，他听见隔壁房间里芒罗先生起床的声音。达丽亚睡得很晚,芒罗先生总是小心在意地不想吵醒她。当芒罗先生经过尼尔的房间时,尼尔低声叫住他。

"嗨,你醒了吗?"

"是的,我的病情曾经相当凶险,现在已经好了。"

"那就好。今儿你最好还是躺在床上。明儿你就会变得生龙活虎了。"

"等你用完早饭后,叫阿谭过来一下好吗?"

"好的。"

他听到芒罗动身出发了。那个中国男仆进来问他需要什么。一个小时以后,达丽亚也醒了。她进来向尼尔道早安,尼尔几乎不敢正眼看她。

"我先去吃早饭,然后再过来给你擦洗身子。"她说。

"我已经洗过了。我叫阿谭给我擦洗的。"

"为什么?"

"我想免得你麻烦。"

"这并不麻烦。我喜欢给你擦洗身体。"

她来到尼尔的床边,弯下身子去亲吻尼尔,但是尼尔却把头扭到一边。

"哦,别这样。"他说。

"为什么不?"

"这很愚蠢。"

她朝尼尔看了一会儿,神色有些惊讶,随后微微耸了耸肩膀,走开了。过了一会儿,她又回来看尼尔是否需要什么东西。尼尔假装睡着了。她十分温柔地抚摸了一下尼尔的脸蛋。

"看在上帝的分上,请不要这样。"尼尔大声嚷道。

"我以为你睡着了。你今儿究竟怎么啦?"

"没有什么。"

"为什么你对我这么凶? 我有什么地方得罪你了吗?"

"没有。"

"告诉我究竟是怎么回事。"

她在尼尔的床边坐下,握住他的手。尼尔则把脸转向墙壁,他羞愧得几乎说不出话来了。

"你似乎忘记了,我是个男人。你就像对待一个十二岁的小男孩那样对待我。"

"哦?"

尼尔突然把脸涨得通红,他既对自己生气,也对达丽亚感到恼火。她实在应该再机敏乖巧一点。他惶恐不安地拉着床单。

"我知道这对你来说无关紧要,对我也不应当意味着什么。在我身体健康、能够下床走动的时候,确实也并不意味着什么。不过一个人无法控制自己的梦境,而那种梦境确实是潜意识里所发生的事儿的一种暗示。"

"你梦见我了吗? 噢,我并不觉得这有什么害处。"

尼尔转过头来望着她。达丽亚的眼睛闪闪发亮,而他的眼睛却黯淡无光,充满悔恨的神情。

"你不了解男人。"他说。

达丽亚发出一阵咯咯的笑声。她弯下身子,伸出两只胳膊搂住尼尔的脖子。她身上除了纱笼和短上衣,没有穿什么别的衣服。

"亲爱的,"她喊道,"告诉我,你究竟梦见了什么?"

尼尔吓得失魂落魄,用力把她推到一旁。

"你究竟在做什么? 你真是疯了。"

他几乎跳下床来。

"难道你不知道,我已经狂热地爱上你了?"达丽亚说。

"你究竟在说些什么呀?"

尼尔在床边上坐下,完全给弄得不知所措。达丽亚却低声笑了。

"我来到这个可怕的地方,你觉得究竟是为了什么? 亲爱的,就是为了跟你在一起呀。我十分害怕丛林,难道你不知道这一点吗? 就连在这儿,我也担心会有蛇、蝎子或别的什么动物。我深深地爱着你。"

"你没有资格这样跟我说话。"尼尔严厉地说。

"哦,不要这样一本正经。"她笑着说。

"咱们出去说吧。"

尼尔朝游廊上走去,达丽亚跟在他的后面。尼尔在那儿的一把椅子上一屁股坐下,达丽亚在他身旁跪下,想要握住他的两只手,但是他把手抽了回来。

"我想你一定是疯了。我真希望你说的话不是这个意思。"

"就是这个意思。我说的每个字都是这个意思。"她笑着说。

达丽亚似乎并没有意识到她的表白多么令人震惊,这一点叫尼尔感到极为恼火。

"难道你把自己的丈夫忘了吗?"

"哦,他有什么关系?"

"达丽亚。"

"现在我懒得对安格斯花费什么心思。"

"我看你是一个丧尽天良的女人。"尼尔慢吞吞地说,他那光滑的脑门上眉头紧皱,神色阴沉。

达丽亚吃吃地笑起来。

"是因为我爱上你了吗? 亲爱的,你真不应该长得如此标致。"

"看在上帝的分上,别笑了。"

"我实在忍不住。你真滑稽——但仍然相当可爱。我爱你那雪白的肌肤和闪闪发亮的鬓发。我爱你,因为你那么一本正经,一副苏格兰人的腔调,毫无幽默感。我爱你的强壮有力,青春年少。"

她的眼睛亮闪闪的,呼吸也变得急促起来。她弯下腰来,亲吻了一下尼尔的光脚。尼尔赶紧把两只脚往后一缩,大声表示反对,他的姿势极为焦躁不安,差点儿把摇摇晃晃的椅子都弄翻了。

"你这个女人真是神经错乱了。你就不感到羞耻吗?"

"不。"

"你究竟想从我身上得到什么?"他怒气冲冲地问道。

"爱。"

"你把我当成什么样的人了?"

"跟别的人一样的人。"她平静地答道。

"在安格斯·芒罗为我做了那么多事儿以后,你以为我会狼心狗肺地跟他的老婆鬼混吗? 我对他崇拜得五体投地,超过了世上的任何人。他真了不起。就算把你和我加在一起,也根本比不上他所具有的价值。我宁愿自杀也不愿背叛他。我不明白,你怎么认为我会干出如此卑劣的勾当。"

"哦,亲爱的,别说这些无聊的废话了。这对他会造成什么伤害呢?你不要把这种事儿看得如此凄惨。不管怎么说,人生十分短暂。如果我们不尽情作乐,那真是愚不可及。"

"你这么说,也不能把错误的事儿变得正确。"

"这一点我倒不大清楚。我认为这是一个颇有争议的说法。"

尼尔惊讶地望着她。她就坐在他的脚边,外表冷静,一点也不慌乱。她似乎很喜欢目前的情况,完全没有意识到它的严重性。

"你知道吗?我曾在俱乐部把一个家伙击倒,因为他说了一句侮辱你的话儿。"

"是谁呀?"

"毕晓普。"

"卑鄙的家伙。他都说了些什么?"

"他说你跟许多男人都有私情。"

"我不明白人们为什么不多关心一下他们自己的事儿。不管怎样,谁在意他们说的话呢?我爱你。我从来没有像爱你这样爱过任何人。我完全对你爱得痴迷了。"

"安静一点,安静一点。"

"听着,今儿晚上,等安格斯睡着了,我就溜进你的房间。他睡得很沉,不会有什么风险。"

"你可不能这么做。"

"为什么不行?"

"不,不,不。"

尼尔吓得魂不附体。突然她站起身来,朝房里走去。

芒罗中午回来了。下午,他们又向往常一样忙于各自的工作。

达丽亚也跟他们一起干着,偶尔她也这么做。她兴高采烈,样子那么欢快,芒罗以为她享受这种生活的乐趣了。

"这儿并不太糟,"她承认说,"我今儿觉得很快活。"

她取笑尼尔,好像并没有注意到他始终默不作声,并且总把目光转到一侧,不去看她。

"尼尔的话很少,"芒罗说,"我想你仍然感到有点虚弱。"

"不,我只是没有什么谈话的兴致。"

尼尔焦虑不安,他相信达丽亚什么事儿都做得出来。他想起《白痴》里面那个歇斯底里的疯狂的娜斯塔霞·菲里波芙娜①,觉得达丽亚也会不幸地表现得像她那样神经错乱。尼尔不止一次地看到她对着中国男仆发火,尼尔知道她会怎样彻底失去自我控制的能力。抗拒只会使她怒气冲天。如果她不马上得到心里想要的东西,就会气得几乎发疯。幸运的是,正如她会突然渴望得到一件事物那样,她也会同样迅速地失去对这样东西的兴趣。只要你能分散一下她的注意力,她就会忘得一干二净。尼尔最佩服芒罗在遇到这种情况时表现出的机敏老练。他看到芒罗在达丽亚发脾气的时候,怎样采用精明而又温柔的灵巧手段去加以安抚,往往不禁暗地里觉得好笑。正是由于芒罗,尼尔才感到怒火中烧。芒罗是个仁人君子,要是他不把达丽亚从屈辱、贫困和漂泊不定的境地中解救出来,娶她为妻,那达丽亚会落得怎样的结局?她的一切都是芒罗给的。芒罗的姓氏为她提供了保护。她有了体面的社会地位。若是她有最起码的感激之情,心里就绝对不该怀有早上她所表示的那种想法。男

---

① 娜斯塔霞·菲利波芙娜,陀思妥耶夫斯基小说《白痴》中的女主人公。

人追求女人固然没有什么问题(男人生性如此),但要是女人这么做的话,就叫人感到厌恶。他素来谦虚谨慎,如今却不免动怒。尼尔在她脸上看到的那种激情以及她的那种粗鲁不雅的动作,都让他心里极为反感。

尼尔暗自纳闷,不知达丽亚是否会真的把她的威胁付诸实施,来到他的房间。尼尔觉得她不敢这样做。可是当黑夜降临,他们都上床睡觉后,尼尔却害怕得无法入睡。他躺在床上,心神不安地听着周围的动静。只有猫头鹰那单调而重复的叫声打破四周的沉寂。透过棕榈树叶编织成的薄薄墙壁,可以听见芒罗均匀的呼吸声。突然他察觉有人正要偷偷地钻进他的房间。他早已决定好如何应对。

"是你吗,芒罗先生?"他大声嚷道。

达丽亚一下子站住了脚,芒罗也醒了。

"有人在我的房间里,我想可能是你。"

"没事儿,"达丽亚说,"是我。我睡不着,就想到游廊上去抽支烟。"

"哦,是这样吗?"芒罗说,"别着凉了。"

她穿过尼尔的房间,走了出去。尼尔看到她点起一支香烟。不久,她又回到自己的房间,尼尔听到她上床的声音。

第二天早上,尼尔没有见到她,因为尼尔在她起床前就出去采集标本了。尼尔有意等到确信芒罗回去之后,才回到驻地。他始终避免和达丽亚单独待在一起,直到天黑以后,芒罗离开几分钟去安排捕蛾网的时候,他才不得不独自与达丽亚相对。

"昨晚你为什么要叫醒安格斯?"她气呼呼地低声说。

尼尔耸了耸肩膀,继续手头的工作,没有回答。

"你害怕了吗?"

"我懂得一点廉耻。"

"哦,别像个道学先生那样。"

"我宁愿做一个道学先生,也不做一个卑鄙下流的家伙。"

"我讨厌你。"

"那就别来打扰我。"

达丽亚没有答话,张开手来狠狠地打了他一个嘴巴。尼尔涨红了脸,但并没有开口说话。芒罗回来了,他们俩都装着一心忙于各自手头的事情。

接下来的几天里,除了吃饭时间和傍晚时分,达丽亚根本不跟尼尔讲话。他们并没有事先约好,但两个人都竭力在芒罗面前掩饰他们的紧张关系。可是达丽亚摆脱忧思静默的那种刻意的样子相当明显,只要哪个比安格斯的疑心略微重一点的人,马上就能察觉。而且,有时她还忍不住要对尼尔冷嘲热讽。她拿尼尔打趣,但也话里带刺。她知道怎样才能伤害尼尔,触到他的痛处。但尼尔却竭力不让她看出自己所受的伤害。尼尔隐隐地觉得,自己装出来的那副心情愉快的样子反而激怒了她。

后来有一天,当尼尔中午采集回来的时候(尽管他拖到午饭前最后一刻才动身返回),他吃惊地发现芒罗竟然还没有回来。达丽亚正躺在游廊里的一个垫子上,一边抽烟一边呷着杜松子苦味酒。尼尔经过游廊前去清洗的时候,达丽亚并没有跟他说话。不一会儿,中国男仆到他的房间去通知他午饭准备好了。他走了出来。

"芒罗先生在哪儿?"他问道。

"他不会回来了,"达丽亚说,"他派人带回一个口信,说他今儿所到的那个地方非常不错,所以要晚上才回来。"

那天早晨,芒罗出发前往希塔姆山的山顶。地势较低的地方对于人畜都很不利。因而芒罗认为,如果能在地势较高的地区找到一个有水的良好的地点,就可以把营地迁到那儿去。尼尔和达丽亚默默地吃着午饭。饭后,尼尔回到自己的房里,不久就带着他的遮阳帽和采集器具出来了。他下午平常是不出去的。

"你要到哪儿去?"达丽亚语气生硬地问。

"出去。"

"为什么?"

"我并不感到疲劳。今儿下午,我也没有什么别的事情可做。"

突然,达丽亚哭起来。

"你怎么可以对我如此刻毒?"她呜咽着说,"哦,你这样对我,真是冷酷无情。"

他高高地朝下望着她,那张英俊而有些淡漠的脸上露出烦恼的神情。

"我究竟做了什么?"

"你对我凶狠无比。就算我再坏,也不该遭受这样的折磨。我为你做了世上的一切。你说,有哪一件我能做的事儿,我没有高高兴兴地为你去做?我实在太难受了。"

尼尔局促不安地移动了一下脚步。听到达丽亚这么说,真是心烦意乱。尼尔对她既讨厌又害怕,但他仍然一如既往地尊敬她,不仅因为她是一个女人,而且也因为她是安格斯·芒罗的妻子。她不由自主地哭起来。幸好那几个达雅克猎手那天早上跟芒罗一起出去了。营地里只剩下三个中国仆役,而他们午饭后,也到五十码以外的住处去午睡了。因而就只有他们两个人。

"我不想惹得你不高兴,这一切都实在太愚蠢了。你这样的女人竟然会爱上一个像我这样的家伙,真是荒唐可笑。这让我显得无比愚蠢。你就没有一点自制力吗?"

"哦,天哪,自制力!"

"我的意思是,如果你真的关心我,就不会希望我成为一个无赖。你的丈夫毫无保留地信任我们,难道这对你来说一点都不重要吗? 他让我们这样单独待在一起,就是完全相信我们不会干出什么不体面的事儿。他是一个连苍蝇也舍不得伤害的人。如果我辜负了他的信任,那我永远也不会看得起自己了。"

她猛然抬起头来。

"哪一点使你认为他连苍蝇都舍不得伤害? 嗨,所有那些瓶子跟盒子里装的都是他杀死的无害的动物。"

"那是为了科学,完全是另一码事儿。"

"哦,你真是一个傻瓜,一个傻瓜。"

"唉,如果我是一个傻瓜,那也没有办法。为什么你要在我身上花费心思呢?"

"你认为我想要爱上你吗?"

"你应该为自己感到羞愧。"

"羞愧? 多愚蠢啊! 天哪,我究竟作了什么孽,竟然要为这样一个自命不凡的蠢货而伤心欲绝。"

"你谈了你为我做的事儿。那么芒罗为你做的事儿呢?"

"芒罗让我感到无聊得要命。我对他感到厌倦了,厌倦到了极点。"

"那我并不是头一个被你看中的人啰?"

自从她出乎意料地公开表白后,尼尔心里就饱受煎熬,暗自怀疑瓜拉索洛的那些人所说的有关她的那些闲话都是真实的。他始终不肯相信一个字儿,就连现在,他也无法相信达丽亚会是那么一个放荡堕落的淫妇。一想到安格斯·芒罗,那么柔和、毫无心机的安格斯·芒罗,竟然陶醉在虚幻的幸福中,尼尔就感到毛骨悚然。她不可能坏到那种地步。可是达丽亚误解了他,她破涕而笑。

"当然不是。你怎么那么傻? 哦,亲爱的,别这么一本正经。我爱你。"

那么说是真的啰。他曾经试图相信,达丽亚对他的感情是特殊的,一种他们可以一同对付并加以克服的痴迷。但结果她只是浪荡淫乱而已。

"你就不怕被芒罗发现吗?"

达丽亚不再哭下去了。她喜欢谈论自己,觉得可以哄骗尼尔,让他对她产生新的兴趣。

"有时候我暗自纳闷,不知他是否真的不知道,就算他头脑里不知道,是否心里真的也不知道。他素来具有女人的直觉和敏感。有时候我确信他产生怀疑。看到他内心苦恼,我倒感到一种奇特的、精神上的欢欣。我不知道是否他从自己的痛苦中也领略到一种无限微妙的乐趣。要知道,有些灵魂,就能从创伤中感到身心舒泰的欢乐。"

"太可怕了!"尼尔没有耐性再听这种牵强附会的说法。"你唯一可以为此开脱的借口,就是你精神不正常。"

如今达丽亚反倒更为自信了。她大胆地看了他一眼。

"你不觉得我娇媚迷人吗？许多男人都这么认为。你在苏格兰一定有不少女人，她们可没有我这么体态匀称。"

她平静得意地低头看着自己那线条优美、丰满性感的身体。

"我从来没有女人。"他神情严肃地说。

"为什么没有？"

她惊讶得一下子跳了起来。尼尔耸了耸肩膀。他无法鼓起勇气告诉达丽亚，在他看来这种想法多么令人作呕，他认为自己在爱丁堡的那些同学的露水姻缘是多么肮脏。他为自己的纯洁而感到难以言传的喜悦。爱情是神圣的，而性行为却让他感到厌恶。只是为了繁衍后代、让婚姻合法化才有这样做的理由。可是达丽亚却浑身僵硬，气喘吁吁，两眼紧盯着他。突然，达丽亚呼吸急促地大叫一声，表现出欢腾和狂热的欲念，她一下子跪倒在地，抓住尼尔的两只手就热烈地亲吻起来。

"阿辽沙，"她喘着气说，"阿辽沙。"

随后，她又哭又笑地瘫倒在地，在尼尔的脚边把身子蜷作一团。她的喉咙里发出奇特的、几乎不像人类所发的声音，全身不住地抽搐颤抖，好像她正受到一阵又一阵电击。尼尔不清楚她究竟是受到歇斯底里的侵袭，还是癫痫发作。

"别这样了，"他叫道，"别这样了。"

他用两只强壮的胳膊搀扶起达丽亚，把她放到一把椅子上。可是当他想要离开时，达丽亚却不放他走。她伸出胳膊勾住尼尔的脖子，搂住他，在他的脸上四处亲吻。尼尔竭力挣扎，把脸转到一侧，伸出一只手挡在自己的脸和她的脸之间来保护自己。她冷不防对着他的手咬了一口。尼尔疼得要命，也没多加思考，挥拳给了她一下。

"你真是个魔鬼。"他叫道。

他那狂暴的举动使达丽亚不得不放开了他。他抓住自己的手仔细察看,达丽亚在他的手侧面肉嘟嘟的地方咬了一口,伤口正在流血。达丽亚的眼睛闪着怒火,她保持戒备,情绪激昂。

"我受够了,现在我要出去了。"尼尔说道。

达丽亚也站起身来。

"我跟你一起去。"

尼尔戴上遮阳帽,抓起采集器具,一句话也不说转身就走。他一步就跳下连接房屋与地面的那三级台阶。达丽亚跟在他的后面。

"我要到丛林里去。"他说。

"我不在乎。"

在饥渴的情欲控制下,她忘了自己对于丛林的那种病态恐惧,也顾不上蛇和野兽了。她的脸可能会被树枝打到,她的脚也可能会被藤蔓缠住,但她都不放在心上。一个月来,尼尔已经考察了森林的这一部分,对它的每一寸土地都了如指掌。他神色严厉地暗自心想,一定要给跟在背后的达丽亚一点教训。于是他大步流星地强行穿过低矮的灌木丛。达丽亚跟在后面,跌跌撞撞,但步子坚定。尼尔被胸中的怒火弄得分不清方向,只顾一味地朝前猛冲,跟在后面的达丽亚也直往前闯。达丽亚对他讲话,他根本不听她说些什么。达丽亚求他对她表示怜悯。她悲叹自己的命运,做出神态谦恭的样子,哭哭啼啼,绞扭着两只手。她想要哄他上当,嘴里好听的言辞源源不断。她看上去就像一个疯女人。最后在一小块林中空地上,尼尔突然站住脚,转过身来对着她。

"这真叫人受不了，"他嚷道，"我实在烦透了。安格斯一回来，我就告诉他，我非走不可。明儿早上，我就回瓜达索洛，然后回国。"

"他不会放你走的，他需要你。他觉得你的用处实在太大了。"

"我不在乎。我会捏造一个理由。"

"什么理由？"

他误解了她。

"哦，你不用害怕。我不会把真相告诉他的。要是你想告诉他，一定会叫他十分伤心。我不打算这样做。"

"你很崇拜他，是吧？这个沉闷乏味、不动感情的人。"

"他比你要强一百倍。"

"如果我告诉他，你是因为我不肯接受你的追求而走的，那倒相当有趣。"

尼尔微微一愣，随后直直地看着她，想知道她是不是当真要这么做。

"别傻了。你不见得认为他会相信这种话吧？他知道那样的事，绝不会发生在我的身上。"

"别那么肯定。"

她漫不经心地说着，只想继续争下去，并没有什么特别的意图。但她发现尼尔害怕了。于是残忍的本能促使她抓住这种有利的机会充分加以利用。

"你想要我饶恕你吗？你对我的羞辱已经超出了我的忍耐限度。你压根儿就不把我放在眼里。我发誓如果你作出任何表示要走的暗示，我就直接去找安格斯，说你趁他不在的时候试图侮辱我。"

"我可以否认这一点。别忘了,这只是你的一面之词。"

"对,但我的话才有影响。我可以证明我所说的话。"

"你这是什么意思?"

"我身上很容易就会出现瘀伤。我可以把你打我留下的瘀伤给他看。再看看你的手。"尼尔转脸飞快地看了看自己的手。"那些牙印是怎么来的?"

尼尔呆呆地定睛看着她,脸色煞白。他该怎样解释达丽亚身上的瘀伤和自己手上的伤痕呢? 如果他出于自卫迫不得已,他当然可以说出真相,但安格斯会不会相信呢? 安格斯崇拜达丽亚。无论哪个人的话都不像达丽亚的话那样叫他相信。安格斯对他那样关怀备至,而他真是太不像话了,竟然忘恩负义,完全辜负了安格斯对他的信赖! 安格斯会站在自己的立场上,公正合理地认为他是一个卑鄙龌龊的家伙。一想到芒罗,他愿意为之献出生命的芒罗会认为他是个阴险小人,就叫他心乱如麻。他心里万分难受,因而眼中充满了泪水,充满了那种显得缺乏男子汉气概的让他感到痛恨的泪水。达丽亚发现他已经屈服了,心里得意非凡。尼尔给她造成的痛苦总算遭到了报复。如今尼尔被她控制住了,完全落到了她的手掌心里。她体味着自己的胜利,内心虽说痛苦,仍在暗自窃笑,因为尼尔竟然如此愚蠢。那时候,她不知道自己究竟应该爱他还是蔑视他。

"现在,你是不是乖乖地听话了?"她说道。

尼尔抽噎了一声,突然出于本能,他想要躲开这个可恶的女人,便不管三七二十一地拔腿就跑,拼命飞奔,看上去就像一头受伤的野兽,冲进丛林,也不管自己正朝哪个地方奔跑,直到跑得上气不接下气为止。后来他气喘吁吁地停下来,掏出手帕,擦掉那些涌到他的眼眶里让他无法看清的汗水。他感到疲惫不堪,就坐下歇息。

"我必须小心在意,不要迷路。"他暗自说道。

那是他最不用担心忧虑的事儿,但他仍然为自己带着一个袖珍罗盘而暗自庆幸。他清楚自己必须朝哪个方向走。他深深地叹了一口气,抬起自己疲惫的双脚,开始前行。他一边察看道路,一边苦恼地心里暗想接下去自己该怎么做。他相信达丽亚一定会按照她所威胁的那样去做。他们还得在这个讨厌的地方待三个星期。他既不敢离开,也不敢留下。他脑子里乱糟糟的。眼下唯一能做的,就是回到营地静静地理出个头绪。大约一刻钟后,他来到一个自己认识的地点。一小时后,他回到了营地。他苦恼地一屁股坐到椅子上,脑子里老想着安格斯。他十分同情安格斯。现在尼尔蓦然看清了以前他蒙在鼓里的各种事儿。它们浮现在他的眼前,让他痛苦地一下子醒悟了。他明白了为什么瓜拉索洛的妇女对达丽亚抱有那么深的敌意,明白了为什么她们那么古怪地望着安格斯。她们带着一种亲切随便的神气对待他。尼尔原来以为,因为安格斯是个研究科学的人,所以在她们愚蠢的眼中,不免显得有些行事荒唐。如今他明白了,她们是为他感到遗憾,同时又觉得他滑稽可笑。达丽亚使他成为当地人的笑柄。要是说有哪个男人不该受到女人的不公待遇,那就是他了。突然尼尔倒抽了一口冷气,开始浑身发抖。他猛然想起达丽亚并不认识穿越丛林的道路。当时他万分苦恼,几乎完全没有意识到他们究竟走到了什么地方。要是她找不到回家的路呢?她一定会十分害怕。尼尔想起了安格斯讲过的那个迷失在森林中的可怕故事。他的头一个反应就是跑回去找她,他一下子站起身来。接着他突然心头涌起一阵怒火。不,让她自己想法应付吧。是她自愿要跟着去的。让她自己找路回来吧。她是一个可恶的女人,应该遭受可能会遇到的种种艰难困苦。尼尔满脸蔑视地把头朝后一仰,他那娇嫩光滑的脑门因为愤怒而双眉紧锁。他紧握双拳。拿出勇气来。他打定了主意。如果达丽亚再也回不来了,那对安格斯反而会是一桩好事。于是他坐下来,开始给一只山咬鹃①剥皮,但那只鸟儿的皮好像潮湿的薄绵纸,他的两只手抖个不停。他竭力把全副心神都用在眼前的工作上,但思绪纷乱,翻腾不已,就像被困在网中的飞蛾一样,他根本无法控制自己的思绪。丛林那边究竟发生了什么? 在他突然逃走后,达丽亚究竟做了什么? 每隔一会儿,他就要违心地抬头张望。达丽亚随时可能出现在林中空地上,平静地走回他们的房屋。他不应该受到责备。一切都由上帝掌握。他又开始浑身发抖。天上的乌云不断汇集到一起,天很快就黑了。

刚过黄昏,芒罗就回来了。

"正好及时赶回,"他说,"一场猛烈的暴风雨就要来了。"

他兴高采烈,他刚发现了一片极好的高原,那儿水源充足,而且是一个观赏海景的绝佳场所。他还找到两三种极为罕见的蝴蝶和一种飞鼠。他脑子里充满了各种计划,打算把他们的营地迁到那个新地方去。他发现那个地方周围充满动物活动的迹象。不久,他回到屋子里去脱下自己那厚重的靴子。他马上走出来了。

"达丽亚在哪儿?"

尼尔挺直腰杆,尽量让自己显得自然一些。

"她不在自己的房里吗?"

---

① 山咬鹃,咬鹃的一种,产于温暖地区,毛色艳丽,具有金属光泽。

"不在。也许她到仆人的住处去找什么东西。"

芒罗走下台阶,朝前走了几码。

"达丽亚,"他喊道,"达丽亚。"但是没有人应答。"来人啊。"

一个中国仆人跑了出来。安格斯问他女主人到哪儿去了。他不知道。午饭后,他就没有见到她。

"她究竟会到哪儿去呢?"芒罗问道,满脸困惑地走了回来。

他走到屋后大声喊叫。

"她不可能出去。这儿没有什么地方可去。尼尔,你上一次见到她是在什么时候?"

"午饭后,我出外采集去了。今儿早上,我没有取得什么令人满意的收获,就想再去碰碰运气。"

"真是奇怪。"

他们在营地四周找了一圈。芒罗觉得她可能会安逸地躺在某个地方,睡着了。

"她这样让我们受到惊吓,实在太不好了。"

整个探险考察队都参与到搜寻当中。芒罗开始变得有些惊慌。

"她不可能到丛林中去四处闲逛,迷失了方向。就我所知,自从我们来到这里以后,她从来没有走到离开房屋一百码以外的地方。"

尼尔看到芒罗眼睛里流露出的恐惧神色,不禁低下了头。

"咱们最好叫上所有的人,开始搜寻。注意一个问题,她不可能走远。她清楚如果一个人在丛林中迷了路,最好待在原地不动,等着大家前来寻找。可怜的人,她一定会吓得魂不附体。"

他叫来那几个达雅克猎手,并吩咐中国仆役带上灯笼。他以鸣枪作为信号。他们分为两组,一组由芒罗带领,另一组由尼尔带领,顺着那两条高低不平的小路,那两条经过他们一个月的来回行走所形成的小路前去寻找。他们约定,无论哪个人找到达丽亚,就应连开三枪。尼尔面容呆板、神色严峻地朝前走着。他并没有感到良心不安。他似乎掌握着即将到来的正义的裁决。他清楚他们压根儿找不到达丽亚。两支队伍最终相遇。根本用不着看芒罗的脸就知道结果如何。他完全无法集中心思。尼尔觉得自己就像一个外科医生,为了挽救自己心爱的人的生命,他不得不在没有助手协助或器械的情况下施行危险的手术。他应当保持坚定。

"她不可能走到这么远的地方,"芒罗说,"咱们必须回去,在房屋周围一英里范围内的丛林里一点一点地搜索。如今唯一的解释就是她被什么东西吓傻了,晕倒了或者被蛇咬了。"

尼尔没有回答。他们又出发了,大家排成队伍,在低矮的灌木丛里仔细搜寻。他们大声喊叫,不时鸣枪,然后留神静听有没有微弱的应答声。他们提着灯笼前进,夜间的鸟儿受了惊吓,呼呼地拍着翅膀,飞来飞去。他们不时朦胧地看到,也似乎猜到有头动物,不知究竟是野鹿、野猪还是犀牛,在他们靠近时拔脚逃跑。暴风雨突然来了。先是刮起一阵狂风,接着闪电划过漆黑的夜空,好像一个痛苦的女人的尖叫,歪歪斜斜的电光,一道接着一道,飞快地闪现在空中,仿佛正在跳着狂热舞蹈的一对对着魔的男女,在黑夜里不住扭动身躯。在这个神秘可怕的日子里,森林的恐怖景象完全展现在眼前。轰隆隆的雷声一阵接着一阵,滚滚而来,就像拍打着永恒的海岸那原始的滔天巨浪。在空中呼啸而过的震耳的喧嚣似乎也既有体积,又有重量。随后瓢泼大雨倾泻而下。山上巨大的树木和岩石都纷纷朝下滚落。眼前混乱不堪,煞是可怕。那几个达雅克猎手开始往后退缩,他们面对在暴风雨中发声的愤怒的神灵,吓得语无伦次,但是芒罗仍鼓励他们继续前进。雷电交加,大雨下了整整一夜,直到黎明时分才停下来。他们浑身湿漉漉的,不住发抖,总算回到营地。大家都累得筋疲力尽。他们吃完早饭后,芒罗打算不顾一切,继续开始搜寻。可是他心里也清楚,根本没有什么希望。他们再也见不到活着的达丽亚了。他疲惫地扑倒在地,脸色苍白,神情痛苦,充满倦意。

"可怜的孩子,可怜的孩子。"

译后记

英国作家毛姆的主要成就在于小说创作,他的一些长篇小说固然取得了引人注目的成功,但短篇小说却标志着他创作的新高度,为奠定他在文坛上的地位起了相当重要的作用。有些评论家甚至认为毛姆最好的写作就是短篇小说。毛姆在他的短篇小说中不仅强调故事的逻辑性和情节的曲折性,而且注重描写人物之间的性格冲突,并经常采用戏剧化的偶然事件或令人意外的结局来渲染主题。他的不少短篇小说结构紧凑,情节起伏跌宕,充满浓郁的异国情调,具有无穷的艺术魅力。

《阿金》是毛姆在一九三三年九月出版的一个短篇小说集,是他声称自己创作的最后一批可以算是富有异国情调的短篇小说。这本集子的题名用的是毛姆在马来半岛及周边地区漫游时所雇用的一个中国用人的名字。集子中收录的六篇小说,都是根据作者在二十世纪二十年代初先后两次游历马来半岛及周边地区时的见闻而写成的。

这些短篇小说的篇幅大致相当,均在一万两千字左右,都以马来半岛及周边地区为背景,鲜明生动地描写了一些西方人(主要为当地英国官员、橡胶种植园主、传教士等)的经历,展现了他们脱离了原来所处的西方文明世界后在精神上所受的影响。他们在荒僻偏远的陌生环境中,往往为自己的情欲所左右,变得行为古怪,难以捉摸,干出不同寻常的事儿。

《丛林中的脚印》叙述的是一桩相当离奇的凶杀案件,展现了白人种植园主在殖民地的生活状况。整个故事主要由警察局长盖斯讲述,他在勘查凶杀现场时发现雷吉·布朗森停下车子在地上留下的皮靴印迹始终是凶案的一大疑点,而死者身上的怀表也成了追踪犯罪线索的重要物件。尽管读者可能在盖斯揭示案子的谜底前,就已经猜到谁是凶手,但他在小说结尾处所说的话语仍然耐人寻味,令人深思。《行动的时机》描写了夫妻之间的爱情消失后给婚姻带来的毁灭性打击。作者采用倒叙的框式结构并设置悬念,引导读者一步步地往下看去。小说的开端和结尾描写的都是奥尔本和安妮当天重新踏上英国本土,来到伦敦下榻旅馆的场景,中间的主体部分则由安妮回想她和奥尔本在海外三年的生活。橡胶种植园的骚乱成为小说的关键节点,以后发生的一切都起源于此。奥尔本在处理这件事情时暴露出的弱点使他成为整个殖民地的笑柄,遭到解职,而安妮也看清了他的真实面目,因而回到英国后,两人婚姻的解体也就变得顺理成章。我们发现,殖民地的英国官员在处理紧急事务时往往并不需要头脑冷静、思虑周密的方案,而应当机立断,采取行动。《遭天谴的人》叙述了一个看似不可能发生的爱情故事。经常酗酒闹事、爱跟当地女子乱搞的白人流浪汉金杰·台德竟然最终改邪归正,跟牧师的妹妹玛莎·琼斯结婚。琼斯小姐把他们在防止霍乱过程中的彼此了解看作上帝力量的明显表现。这个短篇小说笔调诙谐，富有喜剧色彩，有着毛姆典型的令人意想不到的结尾。《书袋》则叙述了一个凄婉哀伤的姐弟乱伦的故事。叙述者"我"在代理驻地长官费瑟斯通家盘桓作客时，曾把随身携带的一本《拜伦传》借给他阅读，这一细节为下文费瑟斯通所要讲述的有关蒂姆·哈代的故事做好铺垫，隐约暗示拜伦与他同父异母的姐姐奥古斯塔·李的关系实际就跟哈代姐弟的关系一样。虽然毛姆最初把这篇小说寄给美国《大都会》杂志发表时，主编雷·朗生怕引起读者的反感没有刊载，但他实际上却十分喜爱这篇作品，因而在一九三二年将其收入了自己选编的二十篇最佳短篇小说集中。《穷荒绝域》描写了种植园主间的男女私情以及对于出轨婚姻的一种处理方式。种植园主汤姆·萨法里发现妻子与自己的好友有染后，向次日就要离任回国的驻地长官乔治·穆恩倾诉内心的痛苦，并征求他的意见。冷酷理性的穆恩劝他原谅自己的妻子，并告诫说，做好事可不要期望得到感激。他在末尾有关人性的思考以及头脑中闪现出的"跳跃的约翰尼"的景象富有象征意义，发人深省。《尼尔·麦克亚当》则描写了一种肆无忌惮的毁灭自己的激情。瓜达索洛的自然博物馆馆长安格斯·芒罗的俄国妻子达丽亚对自己丈夫的助手、年轻俊美的尼尔·麦克亚当产生了疯狂的恋情，千方百计地试图引他上钩，逼他就范，最终没有成功，反而断送了自己的性命。在这篇小说中，毛姆对婆罗洲当地的自然景物作了富有诗意的描绘，着重渲染原始森林的茂密，为最终达丽亚在丛林中的失踪埋下伏笔。毛姆在结尾处更挥洒笔墨，精心描写了暴风雨来临时原始森林的恐怖景象，表现了在大自然的威力面前人类的渺小无力，收到了很好的艺术效果。

　　有人认为毛姆凡是用第一人称的叙述方式撰写的作品都要胜过那些不用这种叙述方式创作的作品,这种说法其实相当片面,而且也不符合实情。第一人称的叙述方式只是为了取得逼真的效果而采取的一种手法,但如果作者不根据自己创作的题材要求,漫无止境地采用这种叙述方式,往往也会陷入窠臼,显得缺乏变化。在这个集子中,我们看到由于题材和内容(一篇讲述的是一桩凶杀命案,另一篇叙述的是哈代姐弟的不伦之恋)的要求,只有《丛林中的脚印》和《书袋》采用第一人称的叙述方式,以便取得真实可信的效果。毛姆坦率承认这两个故事都是别人告诉他的,他只是加以转述,把它们写得连贯合理一些,同时增强一些戏剧性。毛姆对于采用这种写法的不足之处也有清醒的认识,觉得要是"我"在小说中参与的成分过多,就会像个喋喋不休、抢着说话的人那样讨厌,引起读者反感。他认为第一人称的写法必须谨慎使用。

　　毛姆的语言风格明净流畅,朴实无华,毫无晦涩难懂之处,但翻译时如果掉以轻心,往往也会出现偏差,特别在那些看似不会出现什么问题的地方。比如在《丛林中的脚印》中,当卡特赖特与盖斯在分别多年后重逢时曾说:"We've been settled there a good many years, and I suppose we shall stay there till we go home for good."有人把这句话译成"我们在这里住了很多年了,我想,在我们永久性地返乡前,仍是会住在这里。"或者"我们在那里已经很多年了,大概回英国养老前一直就会住在那里。"他们对于句中 go home for good 的理解都不准确,其实 go home 也有"去世""回老家"的意思。这儿的意思实际就是"我想在我们合眼归天之前,会一直住在那儿。"我在翻译过程中对这些看似相当容易翻译的地方特别留意,力求传达出原文的确切含义,希望读者一看就能领略原文的意蕴,欣赏原著的魅力。

这个译本是根据英国威廉 · 海涅曼出版公司(William Heinemann Ltd.)一九三六年的作家文集版译出的,同时也参考了目前通行的企鹅版的《毛姆短篇小说全集》四卷本。在《行动的时机》《遭天谴的人》和《穷荒绝域》等篇小说中,一九三六年的文集版有时会比通行的企鹅版多上一句半句。遇到这种地方,译者均按一九三六年的文集版予以译出。

叶 尊

二〇一八年三月

图书在版编目（CIP）数据

阿金：六篇小说/[英]威廉·萨默塞特·毛姆著；叶尊
译.—杭州：浙江文艺出版社，2018.11
ISBN 978-7-5339-5382-9

Ⅰ.①阿…　Ⅱ.①威…　②叶…　Ⅲ.①短篇小说一小说
集一英国一现代　Ⅳ.①I561.45

中国版本图书馆 CIP 数据核字（2018）第 199805 号

策划统筹：曹元勇
责任编辑：王丽荣
封面设计：人马艺术设计·储平
责任印制：吴春娟

阿金

[英]威廉·萨默塞特·毛姆　著
叶　尊　译

出版：浙江文艺出版社
地址：杭州市体育场路 347 号　邮编：310006
网址：www.zjwycbs.cn
经销：浙江省新华书店集团有限公司
印刷：浙江新华数码印务有限公司
开本：880 毫米×1230 毫米　1/32
字数：170 千字
印张：9.625
插页：5
版次：2018 年 11 月第 1 版　2018 年 11 月第 1 次印刷
书号：ISBN 978-7-5339-5382-9
定价：49.00 元